盛期之風貌

與

臥龍生作品 帶動武俠風潮

《飛燕驚龍》開一代武俠新風

《飛燕驚龍》(1958)爲臥龍生成名作，共48回，約120萬言。此書承《風塵俠隱》之餘烈，首倡「武林九大門派」及「江湖大一統」之說，更早於香港武俠巨匠金庸撰《笑傲江湖》(1967)所稱「千秋萬世，一統」達九年以上。流風所及，臺、港武俠作家無不效尤；而所謂「武林盟主」、「江湖霸業」等新提法，竟成爲社會大眾耳熟能詳的流行術語了。

《飛燕》一書可讀性高，格局甚大。主要是寫江湖群雄爲覬覦傳說中的武林奇書《歸元秘笈》而引起一連串的明爭暗鬥；再以一部假秘笈和萬年火龜爲餌，交插敘述武林九大門派（代表正派）彼此之間的爾虞我詐，以及天龍幫（代表反方）網羅天下奇人異士而與九大門派的對立衝突。其中崑崙派弟子楊夢寰偕師妹沈霞琳行道江湖，卻如夢似幻地成爲巾幗奇人朱若蘭、趙小蝶之絕世武功技驚天龍幫，而海天一叟李滄瀾復接連敗於沈霞琳、楊夢寰之手；致令其爭霸江湖之雄心盡泯，始化解了一場武林浩劫云。

在故事佈局上，本書以「懷璧其罪」（與真、假《歸元秘笈》有關）的楊夢寰屢遭險難，卻每獲武林紅妝垂青爲書膽(明)，又以金環二郎陶玉之嫉才害能，專與楊夢寰作對(暗)爲反派人物總代表。由是一明一暗交織成章，一波未平，一波又起，極盡波譎雲詭之能事。最後天龍幫冰消瓦解，陶玉帶著偷搶來的《歸元秘笈》跳下萬丈懸崖，生死不明，卻予人留下無窮想像空間。三年後，作者再續寫《風雨燕歸來》以交代陶玉重出江湖，爲惡世間，則力不從心，當屬狗尾續貂之作。

在人物塑造方面，臥龍生寫男主角楊夢寰中看不中用，固然乏善可陳，徹底失敗；但寫其他三名女主角如「天使的化身」沈霞琳聖潔無瑕，至情至性，處處惹人憐愛；「正義的女神」朱若蘭氣質高華，冷若冰霜，凜然不可犯；「無影女」李瑤紅則刁蠻任性，甘爲情死等等，均各擅勝場。乃至寫次要人物如「賓中之主」海天一叟李滄瀾之雄才大略，豪邁氣派；玉簫仙子之放蕩不羈，爲愛痴狂；以及八臂神翁聞公泰之老奸巨猾，天龍幫軍師王寒湘之冷傲自負等，亦多有可觀。

摘自 葉洪生、林保淳著
《台灣武俠小說發展史》

武俠小說

台港武俠文學

流行天王

臥龍生

臥龍生是台灣最著名的武俠小說作家之一，自然也是海外新派武俠小說家中的重要一員。

在台灣武俠小說界，臥龍生曾獨領風騷被稱為「台灣武俠泰斗」。後來司馬翎、諸葛青雲脫穎而出，才與臥龍生並稱台灣俠壇的「三劍客」。那時候古龍還默默無聞。後來古龍名氣漸大，躋身高手之林，與「三劍客」合稱「台灣武俠小說四大家」，但臥龍生仍是深受讀者歡迎的武俠小說作家。

陳墨

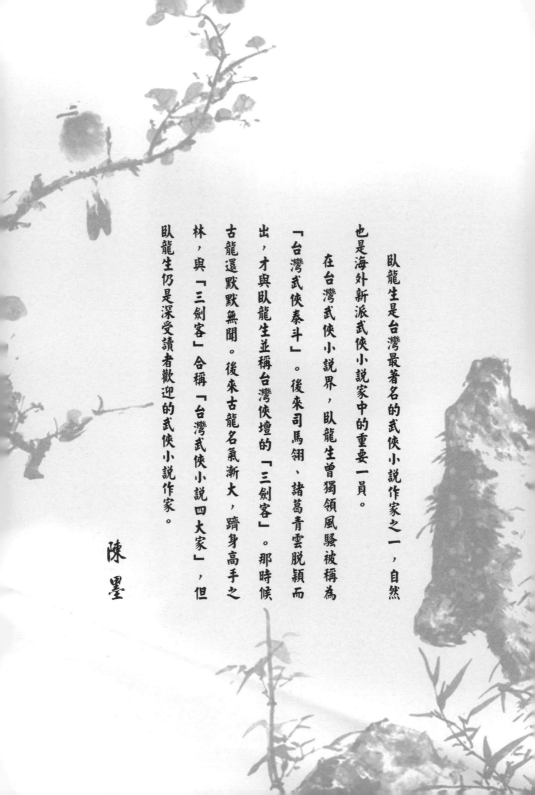

春秋筆

(四)

大結局

臥龍生精品集 56

臥龍生精品集 56

春秋筆(四)

目錄

卅一 連番伏擊

王平道：「但最重要的是，他們那一股神秘感。」
楚小楓道：「對！他們隨時可以找到敵人下手，咱們卻找不到他們。」
王平沉吟了一陣，道：「公子，會不會丐幫和排教，都有了他們的耳目？」
楚小楓道：「這就是幫主和教主，肯把貴幫和排教中的精銳，交給我的原因。」
王平道：「公子，這麼說來，咱們還得小心一些，應該……」
楚小楓道：「春秋筆在此時出現，使天下英雄盡集於此，給咱們一個很好的機會，只要咱們能誘使他們現身，很自然的，就把他們的首腦給逼出來了。」
王平道：「天下之大，無奇不有，我想總有人會認出他們的來歷。」
楚小楓道：「好！由現在開始，咱們暗中監視著那輛馬車，如是他們今夜要下手，現在已經是時間了。」
王平點點頭。
楚小楓目光銳利，忽然發現一條人影，沿著對面牆壁，緩緩向篷車摸去，不禁一皺眉頭，正想喝令王平行動，篷車的周圍也有了動靜。

兩個人，陡然站了起來。

楚小楓看得很滿意，也很高興，這些人，不但耳目靈敏，而且，個個都很負責任，夜色太暗，楚小楓看不清楚那站起的是什麼人。

王平也看到了，低聲道：「公子，咱們要不要出手？」

楚小楓道：「全心戒備，該出手時，我會招呼你。」

王平不再多言。

只聽一個冷冷的聲音喝道：「什麼人，三更半夜的，鬼鬼祟祟跑這裡偷東西啊！」

那聲音出自成中岳的口中，聲音很大，不但楚小楓聽得很清楚，想來白眉大師和胡逢春，也該聽得很清楚了。

成中岳的聲音在篷車前面七、八尺處，但那站起的兩個人，卻在篷車後面。

但見人影閃動，跨院中奔出來兩個人，迅快地到了篷車前面。

一個身軀高大，光頭長髯，約略一眼，已認出是白眉大師，另一個長衫瘦軀，不用問，自然是胡逢春了。

胡逢春高聲說道：「真有這樣大膽的賊人？好叫老夫佩服。」

成中岳由暗影中迎了出來，道：「驚動大師和胡老英雄，好叫在下不安。」

胡逢春道：「這不也是你們甘願在這座客棧的用心麼？」

成中岳道：「托福，托福。」

白眉大師道：「賊人在哪裡？」
成中岳道：「隱在對面廊下暗影中。」
胡逢春望了篷車一眼，低聲道：「這篷車裡面是……」
成中岳道：「女眷，過一天，咱們給胡老英雄引見一下。」
胡逢春微微一笑，道：「那倒不用了。」
白眉大師冷冷喝道：「膽大淫賊，還不給我滾出來。」
口中喝叫，兩道目光，卻冷冷地射向對面屋簷之下。
他目力過人，在成中岳點出了方位之後，已經隱隱約約看到了隱在暗中的人影。
忽然間綠芒一閃，由對面廊簷下飛了出來，直向白眉大師等停身之處射來。
成中岳已得指點，在白眉大師等面前，盡量收斂鋒芒，自是急急地閃避開去。
胡逢春道：「閃開。」呼的一聲，跳開八尺。
白眉大師正準備用手去接，聞聲停了下來，閃向一邊，綠芒擊在了磚牆上，但聞蓬然一聲，爆裂出一團火花。
白眉大師怒聲道：「陰燐雷火彈，好毒辣的手段。」
但見綠芒閃動，三彈並出，擊向篷車，忽然間，三點寒星飛出，在半途撞上了綠芒，三聲爆響，半空中，飛起三團火花。
是白眉大師，揮手打出三顆檀木佛珠。
兩條人影，由對面廊下暗影中飛了出來，一借腳，騰身而起，飛上屋面。

白眉大師袍袖一拂，人如一頭巨鳥直飛而起，躍向對面屋角。

胡逢春緊隨著飛身而起，追了上去，叫道：「大師留步。」

白眉大師人到屋面之上，那兩條人影，已到三丈開外。

胡逢春隨後而至，低聲道：「大師，他們手中有陰燐雷火彈，不宜苦追，讓他們去吧！」

白眉大師心中對那陰燐雷火彈，也有幾分忌憚，搖搖頭，道：「真想不到啊！在老衲眼皮下面，真的還會鬧賊。」

胡逢春道：「走！咱們先回去歇著，明天咱們要好好瞭解一下，這篷車中坐的是什麼樣子人物？」

白眉大師揚揚兩道白眉，道：「說得也是，很多人保護那輛篷車，似乎是他們知道會遇襲一樣。」

胡逢春道：「也不像是為了採花而來。」

白眉大師道：「哦！不是採花，他們摸來此地的用心何在？」

胡逢春沉吟了一陣，道：「他們好像是專為殺人而來。」

白眉大師點點頭，道：「嗯！他們要殺的是什麼人？」

胡逢春道：「這就是咱們要查明那車中是誰的原因了。」

白眉大師道：「好！天亮之後，咱們先見見那車中人，再問明內情。」

胡逢春點點頭，兩個人聯袂而下，直回跨院。

楚小楓這番安排，就是有意地把這件事情，和江湖扯上關係，如若能把少林高僧和胡逢春拖入這個漩渦中，就會引起江湖上的注意。

他並不是想藉少林僧侶的武功，保護篷車的安全，只是想引起武林同道的注意。計劃中，楚小楓把自己置身事外，以便於從旁觀察，控制全局。

自然，如是遇上了太強大的敵人，必須楚小楓親身臨敵時，楚小楓亦必會親自出手。

這一套計劃最大的用心，就是借重幾個江湖上有聲望的人，逐漸發現江湖上的危急，揭穿那一個神秘組合。

所以，楚小楓和王平，一直注意著事態的發展，但卻一直沒有出手干預，兩個人也一直未露出本色。

第二天，天亮之後，胡逢春和白眉大師立刻找到了成中岳。

巧的是楚小楓和王平，也及時趕到。

胡逢春邀了成中岳、楚小楓，在一間雅廳內共進早餐，早餐很豐盛，有魚有肉。

白眉大師不食葷腥，獨自叫了一碗素麵。

雅廳內只有四個人，楚小楓、成中岳、胡逢春和白眉大師。

王平沒有跟著進來，他被留在雅廳門外。

胡逢春等幾個人都吃好了，才笑一笑，道：「楚老弟，店裡昨夜鬧賊，你可知道？」

楚小楓道：「聽到呼喝之聲，只是未來得及趕出來。」

胡逢春點點頭，目光轉到成中岳的身上，道：「成兄，昨夜之事，他們是衝著你們來的？」

成中岳道：「是。」

胡逢春道：「為什麼？」

成中岳道：「唉！還不是為了車中之人。」

胡逢春道：「成老弟，車中究竟坐著什麼人？」

成中岳道：「幾個女眷。」

胡逢春哈哈一笑，道：「幾個女眷，那一定是很有身分的人了？」

成中岳道：「談不上身分，不過，她們都很年輕，而且，她們還有幾分姿色。」

胡逢春道：「這麼說來，他們是為女色而來？」

成中岳道：「大概是吧！」

胡逢春笑一笑，道：「成兄，你們來自何處？看樣子，你們好像也是一個門戶。」

成中岳道：「本來咱們也是一個小門派……」

胡逢春接道：「一個小門派？」

成中岳道：「是，小門派，名不見經傳的小門派。」

胡逢春道：「小門派，也該有一個名稱吧？」

成中岳道：「迎月門。」

胡逢春道：「迎月門？怎麼老夫從來沒有聽過有這麼一個門戶？」

成中岳道：「小門戶嘛！」

胡逢春道：「但迎月二字，卻是大大的有名，無極門，就在迎月山莊之中。」
當時，楚小楓借用迎月山莊，只想到不求忘本，但卻沒有想到，迎月二字，在江湖上的聲名，這兩個字，實在是用的有欠思考。
幸好，胡逢春未再追問下去。
白眉大師接了口，道：「無極門這一場大變，聽說只有兩、三個門下的弟子逃了出來，不知他們逃往何處，什麼人下的毒手？」
成中岳道：「聽說逃出來的，都被丐幫收容去了，至於下手的人，到現在為止，也沒有查出一個名堂出來。」
白眉大師道：「聽說，那是很神秘的組合，希望春秋筆，能把他公布出來，昭告天下英雄。」
胡逢春道：「春秋筆，無所不能，也許這一次，就會把那個神秘組合給揭穿了。」
白眉大師道：「但願如此。」
胡逢春目光轉到成中岳的身上，道：「看來，你們這迎月門中的人手不少？」
成中岳道：「不多啊！」
胡逢春道：「你們這一行，至少有十幾個人吧？」
成中岳道：「是的，是有十幾個人，這是我們全門中所有的精銳。」
胡逢春道：「這麼說來，你們是全數出動了。」
成中岳道：「雖非全數，但已到了十之七、八了。」

胡逢春道：「哦！你們這次大部出動，定然有什麼目的了？」
成中岳道：「咱們是要去找一個安身之地，準備把門戶，遷入泰山深處了。」
胡逢春道：「你們不是來看春秋筆的麼？」
成中岳道：「我們是小門戶，但卻也希望能有一天，出人頭地，所以，我們這一代練武很勤，自信也都有一點成就，不過，這一次，趕上了春秋筆的事，大伙兒一計議，希望也跟著去看一次熱鬧，長長見識。」
胡逢春點點頭，道：「是這麼回事。」
白眉大師道：「你們的掌門人，在不在此地？」
成中岳道：「他沒有來。」
白眉大師道：「那你是領隊了？」
成中岳道：「臨時領隊。」
白眉大師道：「你們為什麼要遷入泰山群峰之中，不在原地住下去？」
成中岳道：「因為，敝掌門人，看我們這一代還有點出息，準備遷入深山之中，好好下一番工夫，練好武功，準備十年後一鳴驚人。」
胡逢春道：「好志氣。」
白眉大師道：「那些人的來路，你們清楚麼？」
成中岳道：「我們初履江湖，見識不多，瞧不出他們的來路，不過，咱們也感覺車中的女眷，給我們帶來了麻煩，所以，一路上都很小心。」

胡逢春目光突然轉到楚小楓的臉上，微微一笑，道：「楚老弟，你聽過這位成兄的話了？」

楚小楓道：「聽過了。」

胡逢春道：「這件事，你有什麼看法？」

楚小楓道：「在下的看法麼？事情不會如此的單純。」

胡逢春道：「願聞其詳。」

楚小楓道：「在下覺著，昨夜來犯之人，不可能只是為了一個色字。」

胡逢春道：「嗯！小小年紀，見解頗合吾意。」

楚小楓道：「在下想來，不外兩種原因，一是殺人滅口……」

白眉大師呆了一呆，接道：「殺人滅口？為什麼？」

楚小楓道：「為什麼？在下就不太清楚了。」

胡逢春道：「還有一個可能是……」

楚小楓道：「他們要搶到或是要毀了一件什麼東西。」

胡逢春道：「嗯！有道理。」

目光一掠成中岳，道：「成兄，說實話，你們帶的什麼東西？」

成中岳不瞭解楚小楓的用心何在，不禁一皺眉頭，道：「真的沒有帶什麼！」

胡逢春道：「那麼車中的人呢？」

成中岳道：「是女人。」

胡逢春道：「我知道是女人，是什麼樣子的女人呢？」

成中岳道：「很年輕的女人。」

胡逢春臉色一變，似要發作，但卻又勉強忍了下去。

楚小楓低聲道：「胡前輩，他也許有難言之隱，要不要晚輩問他幾句？」

胡逢春道：「好，楚老弟，你問吧！」

楚小楓輕輕咳了一聲，道：「這位，你有口不能暢所欲言，必有苦衷，在下可以替你說出來，說得對了，你點點頭，如是說錯了，你可以搖搖頭。」

成中岳點點頭。

楚小楓道：「你們車中那位女子，是很重要的一個人，你們才動員了那麼多人保護她，對不？」

成中岳點點頭。

楚小楓道：「這位大師和胡前輩，都是江湖上有名的俠義人物，你們跟著他們走，是不是有借重他們保護之意？」

成中岳又點點頭。

楚小楓一面打出暗話，一面問道：「那車中女人可是要到映日崖的？」

成中岳又點點頭。

胡逢春忍不住，接道：「她去幹什麼？」

成中岳口齒啟動，欲言又止。

楚小楓道：「你不便說，可是因為你對人有了承諾？」

成中岳又點點頭。

楚小楓道：「其實，你很想告訴我們，只因答應了別人，大丈夫一言出口，駟馬難追，所以，心中雖急，卻無法說明。」

成中岳連連點頭，事實上，成中岳根本就不知道要說些什麼。

楚小楓回顧了胡逢春一眼，道：「胡前輩，這件事，只怕有些麻煩了。」

胡逢春道：「什麼麻煩？」

楚小楓道：「照晚輩的猜想，問了這幾句話，似乎是很對路，再問下去，很可能問出真實情形，咱們不明內情時，可以不理，一旦問明白了，是不是要管下去？」

白眉大師道：「那要看什麼事了！」

楚小楓道：「自然是插手保護那車中人的安全了。」

白眉大師道：「如若她應該保護，咱們自然要保護她。」

胡逢春道：「至少，咱們要先明白，為什麼要保護她。」

楚小楓沉吟了一陣，道：「據在下的想法，咱們目下倒不宜逼問什麼。」

胡逢春道：「這是什麼話，楚老弟，難道咱們連他們是誰都不知道，要我們糊糊塗塗地保護她？」

楚小楓道：「胡前輩，這位仁兄，既然不能作主，問他什麼，也是白問。」

胡逢春道：「哦！」

楚小楓道：「他不肯說固是可能，但最可能的是，他根本不知道這件事情的內情。」

胡逢春點點頭，道：「這倒也有理。」

楚小楓道：「胡前輩，他們敢和你胡大俠和大師走在一起，借重兩位的聲望，以保平安，是原因之一，但他們敢面對兩位，足證明他們內心之中，並無什麼。」

胡逢春道：「楚老弟，照你的意思，那就是說，不用多問他們了？」

楚小楓道：「在下正是此意。」

白眉大師道：「胡兄，這位楚檀越說得很對，就算他們有什麼隱秘，不肯說出來，也是一樣不知道。」

楚小楓道：「問題是，咱們要不要插手管這件事。」

白眉大師道：「自然要插手，咱們總不能眼看著，有人追殺他們，而置之不理。」

胡逢春目光轉到成中岳的臉上，道：「你運氣不錯，不過，一個人的運氣，不能夠每一次都很好。」

成中岳道：「至少，在下這一次的運氣還不錯。」

胡逢春道：「運氣不可持久，重要的是要守信、講理。」

成中岳道：「在下謹記指教。」

胡逢春聽得很高興，這一高興，很多事，都可以馬虎一下，不予追問了。

楚小楓低聲道：「胡前輩，請他先退席，晚輩有下情奉告。」

胡逢春笑一笑，道：「你也該去準備一下，咱們很快就要起程了。」

成中岳站起身子，一抱拳，退了出去。

胡逢春道：「楚老弟，說說看，你有些什麼下情？」

楚小楓道：「在下覺著，他們可能準備把車中人帶上映日崖。」

胡逢春道：「嗯！可是為什麼呢？」

楚小楓道：「他們會不會是春秋筆找來的證人？」

胡逢春道：「這個，倒是大有可能。」

白眉大師道：「對！一定是春秋筆找來的證人，咱們一定得要好好地保護他們。」

胡逢春道：「大師，路見不平，拔刀相助，就算篷車中，不是春秋筆找的證人，咱們也該助他們一臂之力。」

白眉大師道：「不錯，他們如真敢在這麼多武林人物面前殺人，決不會是什麼好人。」

胡逢春回顧了楚小楓一眼，道：「楚老弟，這件事，你既然知道了，到時候也該出來幫個忙了。」

楚小楓笑道：「晚輩雖然也練過幾天武功，但這點身手，只怕是很難幫得上諸位的大忙。」

胡逢春道：「幫不上大忙，幫個小忙也行，至少可以站在一邊，呼喝幾聲。」

楚小楓道：「對！笨鳥先飛，打旗的先上，到時，我一定在現場就是。」

胡逢春哈哈一笑，道：「成！你只要有這樣的想法，說不定十年、二十年後，你也能達到老夫這地位。」

楚小楓微微一笑，道：「晚輩如何能和前輩相比，只怕難有這等造化。」

胡逢春臉上泛起了微微笑意，那是一種愉快的微笑。

楚小楓那兩句恭維之詞，使得胡逢春大為開心，內心中對楚小楓的印象，又好了不少。

白眉大師道：「好，就這樣決定，幸好老衲這一次，帶了十二羅漢同來，人手上，不虞缺少，老衲倒要看看，江湖上有誰能在老衲的保護之下，出手殺人。」

胡逢春道：「也許他們已知大師在此，不會再來了。」

幾句話，說得白眉大師也笑了起來，笑聲中，三個人離開了酒樓。

原來，胡逢春這個人，也很會替人戴高帽子。

高帽子，似乎是人人喜歡，連白眉大師這等佛門高人，也有些大感受用。

篷車離開了白茅集，大道上，人、馬絡繹不絕。

胡逢春說得不錯，去看春秋筆的人，大部分都是步行，以示敬重，連騎馬的人都不多，坐車的絕無僅有，只有成中岳等這一輛。

所以，這輛篷車就顯得特別的顯眼，正午時分，白眉大師等一行到了一座小集鎮。

說是集鎮，倒不如說是一座村落，全鎮也不過是十幾戶人家，臨近官道的一家，打開了院牆，開了一座小飯舖。

大概是這幾天，過往的客人很多，而且，又都是肯花錢的江湖人，這家小飯舖，又在門前搭了一個草棚，這草棚卻搭得相當大，擺了十七八張桌子。

但現在，仍然坐滿了人，店裡的人手也很多，不少中年婦人在廚下做菜，想來是村中人過來幫忙的。

大饅頭、大鍋菜，煮好的大鍋麵，烙好的蔥油餅，吃起來，卻是很快，自然，有時間，也可以叫幾個炒菜，但也是炒蛋、炒肉之類。

白眉大師在江湖上，確然是很有身分，也有不少人認識他。

一進飯棚，立刻有不少人站了起來讓座。

十二羅漢擠了一桌，和尚不吃葷，簡單得多，叫了一些饅頭、油餅，大吃起來。

白眉大師、胡逢春、楚小楓坐了一張小桌子，後面的人，不停地行入飯棚，見到了空位就擠了上去，但白眉大師這一桌，明明空了一個位置，但卻沒有人過來坐。

顯然，這白眉大師，在江湖上，確有相當的地位。

成中岳等一行人連位置也沒有。

事實上，就算有位置，他們也不會坐，他們只是派兩個人，進入棚中，要了一些食用之物，然後，就退了出去。

雖然在進食之中，仍然有人分布在那馬車的四周，對一輛篷車，如此保護，已然引起所有在場人的注意，眼看著把吃喝之物，送入了車中，那是顯然說明了，車中坐的是人。

胡逢春低聲道：「大師，這些人看來，倒是謹慎、稱職得很。」

白眉大師道：「不錯，不錯，只看他們保護這輛篷車的小心、謹慎，就叫人十分欣賞了。」

楚小楓道：「人必自助，才得人助，他們這樣的小心、謹慎，所以才遇上了大師這樣的人。」

白眉大師笑一笑，道：「不錯，不錯。」

說話之間，忽然傳來了一陣馬蹄之聲，四匹快馬，如飛而來。

馬到篷車前面，忽然一揚右手，一點黑芒，直飛過去。

成中岳等一行人，一直在戒備之中，見那人手一揚，立時霍然而起，他坐在大道旁邊，正在吃著一塊油餅，右手一揚，油餅飛了出去，撞在了那團黑影之上，轟然一聲，爆出了一團火花。

四個騎馬人，打出了四枚火彈子，但卻都被七虎、四英手中的殘餅、饅頭，飛過來截在空中，使那四枚燐火彈在突然發難之下，竟然沒有一枚擊中篷車。

成中岳目光轉動，檢點人數，沒有傷亡，才暗中吁一口氣。

這是很精彩的一場好戲，也表現出了這一群保護篷車、名不見經傳的年輕人，都有副好身手。

飯棚中的人，大都站了起來，但卻沒有人追出飯棚。

原來，那四匹馬去勢奇快，一眨眼間，人已走得不見了。

似乎是心中都明白，就算追出來，也追不上。

官道上燃燒著幾團碧火。

飯棚內有不少識貨的人，立刻叫道：「陰燐雷火彈。」

很厲害的陰燐雷火彈。

殘餅、饅頭，撞爆了火彈之後，竟然被一團綠火包圍起來，熊熊地燃燒著。

如若這等陰燐雷火彈，擊中了人身之後，如此燃燒，揮之不去，實在是暗器中最惡毒之物。

白眉大師滿臉怒色地行了出來，道：「可惡匪徒，竟敢在青天白日、眾目睽睽之下，如此肆無忌憚地放手傷人，實在叫人氣忿。」

胡逢春緊隨在白眉大師身後，道：「他們已志在必得，連這等江湖上大忌之事，也不放在心上了。」

楚小楓道：「這麼看來，那篷車中的人，實在很重要。」

白眉大師點點頭，道：「他們兩度施襲，用的都是陰燐雷火彈，大有置那車中人於死地的用心，所以，咱們應該全力保護那輛篷車。」

這老和尚是屬於明快那一類型的人，說幹就幹，立刻召來了十二羅漢，道：「由此刻起，你們分批保護這輛篷車。」

一個灰衣僧人低聲道：「師伯，那篷車中坐的什麼人？」

這一問，倒是把白眉大師給問住了，他實在不知道車中坐的什麼人。

當下一皺眉頭，道：「不用管什麼人，反正車中人很重要，你小心保護他就是。」

灰衣和尚應了一聲，道：「師伯，他們一行人數不少，看樣子都是保護篷車的人，要不要先過去和他們說明一下？」

白眉大師道：「這倒很需要，你去和他們的頭兒說明一下。」

這灰衣僧人，似是十二羅漢之首，點點頭轉身行了過去，雙掌合十，道：「哪一位施主執事？」

成中岳一抱拳，道：「在下領隊，大師有何吩咐？」

灰衣僧人道：「貧僧志堅，奉命保護篷車，施主意下如何？」

成中岳道：「在下等十分感激。」

志堅大師道：「感激倒是不用，只要施主不反對就行了。」

成中岳道：「大師言重了。」

志堅大師微微一笑，道：「咱們之間，必須有一個安排之法。施主帶來的屬下不少，如是貧僧派人來，只怕會生出人多擁擠之弊。」

成中岳道：「不錯，這得好好計劃一番。」

志堅大師既是十二羅漢之首，而且，也是一位很有江湖經驗的人，提出了一個辦法。

成中岳感覺這辦法，相當適用，立刻採納。

經過了一番風險之後，顯然立刻引起了場中大部分江湖同道的注目。

有些人，故意地慢了下來，走在篷車的前後，希望看到一場熱鬧。

楚小楓對自己設計的篷車，雖然充滿著信心，但亦擔心著情況會有突然轉變。

日落西山的時刻，篷車行到了一條狹長的山路上，兩面都是峭壁。

楚小楓看了形勢一眼，心中暗道：「如若他們硬行動手，這倒是一個很好的地方。」

但楚小楓並不很擔心對方的攔截。

因為這一行的人數很多，長長一行，不下百名。

在這樣多江湖人面前，再大膽的匪徒，也會有很多的顧忌。

這時，篷車還行在峭壁夾持的山道中間。

在篷車的前面，至少有五十個人。

但白眉大師、胡逢春、楚小楓等都走在篷車的後面。

絕沒有人會想到，在這麼多武林人物前面，會出現截擊篷車的人。

但忽然後面、前面山壁上，滾落下兩塊巨大的山石。

重過數千斤的巨石，由兩側峭壁上滾動下來，重量加上速度，變成了一種人力難以抗拒的奇大力量，所有的人，紛紛讓開。

谷道中人數雖然很多，但個個身手靈活，飛騰、躍避，竟是無人受傷。

白眉大師兩道白眉聳動，臉上怒意泛生，冷冷說道：「好大的膽子，他們竟敢對這多江湖同道攻擊，志堅，分出六個人，攀登兩面山壁。」

志堅大師應了一聲，六個少林僧人，分向峭壁爬去，每面三人。

楚小楓低聲道：「胡前輩，蛇無頭不行，鳥無翅不飛，這麼多人，一片混亂，老前輩何不挺身而出，招呼一聲，使他們合於一處，把力量集中起來。」

胡逢春心生猶豫，他不相信自己，能有這麼大的聲望，使這麼多武林人物，能夠聽命於他。

幸好白眉大師接道：「胡檀越，當仁不讓，你該出面了，老衲絕對支持你。」

白眉大師支持，情勢完全不同，胡逢春突然一提氣，高聲道：「諸位靜靜。」

原來，這時，還有不少人的商討、叫罵，嚷成一片。

胡逢春的喝叫聲，發生了極大的效用，那叫鬧聲，立刻停了下來。

胡逢春對成中岳一揮手，道：「借用篷車。」

呼的一聲，飛上了車頂接道：「諸位聽著，春秋筆秉至誠大公，寫出武林中這些年的陰暗是非，江湖道上，無不敬仰，想不到竟有人在途中攔截觀賞春秋筆出現的人……」

楚小楓示意王平。

王平高聲說道：「胡大俠說得不錯，這是大背江湖規矩的事，便是那兩塊滾落下的巨石，就存心傷咱們。」

陳横接著說道：「是啊！幸好在場的人，都會兩下子，如是不會武功的人，單是那兩塊大石，至少要使七、八個人死亡，傷者就難以數計了。」

王平道：「看這情形，對方決不是單獨數人的行為，必然是一個龐大的組合，才敢這麼膽大妄為，不把咱們放在眼中，所以，咱們最好也能推舉一個人出來，領導咱們，才能和他們對抗。」

這番話，激動群情，立時有數十人附和，說道：「對！咱們要推一個領頭的人，才能號令統一，進退有序。」

人群中有人叫道：「白眉大師聲望最隆，咱們就推他為首吧！」

王平道：「諸位，白眉大師雖然當之無愧，但他是出家人，心中慈悲之念太重，對這等頑強敵人，下不得毒手，在下之意，應該推舉廬州胡大俠，出面領頭才是。」

陳横又大叫道：「胡大俠和白眉大師，一路同行，友情深重，哪個人都是一樣。」

谷道上，立刻爆出一片掌聲、叫嚷聲，道：「對，咱們擁戴胡大俠就是。」

胡逢春哈哈一笑，道：「好！諸位盛情，老朽卻之不恭，不過，我只能答應做臨時領頭，等一到映日崖，我就算退了位。」

楚小楓心中暗道：「看來這胡逢春，也是好名之人。」

但見胡逢春舉手互擊三掌，谷道中突然靜了下來。

胡逢春抱拳行了一個羅圈揖，道：「諸位對老朽的厚愛，逢春十分感激，江湖無老少，達者為尊，我想諸位之中，定然有不少異人、奇士，不喜虛名，老朽既被諸位抬了出來，只好厚顏承擔，還望大家多多捧場。」

語聲一頓，臉色也變得嚴肅起來，高聲接道：「春秋筆出現映日崖，是武林中難得一見的盛事，天下英雄，雲集於此，無非都是想一睹春秋筆，對近年江湖中的善惡批判，但想不到的是，竟然會有人在途中向咱們施襲……」

抬頭望了一下正在向兩面峭壁攀登的少林高僧，接道：「白眉大師帶來了少林寺十二羅漢，再加上諸位之力，不論來的是什麼人物，咱們也不用放在心上了……」

這時，突然有一個粗壯的聲音，傳了過來，道：「胡大俠，來者不善，善者不來，他們敢在這麼多高手之下，出手施襲，想來，如非有很充分的準備，就是有很大的仗恃，咱們也不能掉以輕心。」

胡逢春縱目望去，只見那說話之人，身軀高大，虎背熊腰，一臉短髭，手中執著一棍銅棍，看重量決不在少林僧侶的禪杖之下。

點點頭，道：「朋友說得不錯，請教大名。」

那大漢道：「在下亶州武承松。」

胡逢春道：「武兄請這邊來，只怕一旦有事，要多偏勞武兄了。」

武承松大步行了過來，一面說道：「只要用到俺武某之處，俺決不推辭。」

這時，另有一個清冷的聲音，傳了過來，道：「胡少俠，如若在下的看法不錯，好像是他們的用心，在對付這一輛篷車。」

此言一出，全場中立刻引起了一片竊竊私議之聲。

楚小楓轉頭望去，只見那說話之人，乾枯瘦小，剛好和武承松形成鮮明的對比。

胡逢春輕輕吁一口氣，道：「這位兄台說得不錯，看樣子他們是衝著這輛篷車來的。」

楚小楓心頭震動了一下，忖道：「胡逢春竟是這麼一個見風轉舵的人。」

心中念轉，一面示意王平接口。

王平忽然高聲說道：「胡大俠，這位兄台的話就不對了。」

胡逢春道：「你閣下的意思是……」

王平道：「咱們把你推舉出來，主持大局，希望你胡大俠，擁有全權，如是你一言、我一語，鬧得意見紛紛，咱們推舉你胡大俠主持其事，豈不是變成了一個傀儡了。」

這幾句話說得很重，也提到了胡逢春的痛處，皺皺眉頭，胡逢春道：「這倒也是。」

這時，那枯瘦之人，突然快步行了過來，道：「胡大俠，到映日崖的人，大都步行，至多騎馬，我不知車中人什麼身分，但他們坐車而行，第一，就表現出了對春秋筆的不敬。」

王平道：「就算是如此，咱們也不能看著他們被人劫殺呀！」

枯瘦人冷笑一聲，道：「你朋友的意思，咱們應該保護他們了。」

王平道：「見義勇為，俠義本色，哪有什麼不對？」

枯瘦人笑一笑，道：「這倒也是，不過，至少應該使咱們見見篷車中的人，是個什麼樣子？什麼身分？值不值得大家保護？」

這人明退暗進，幾句話確是擊中了要害。

一時間，全場呼應，道：「對，咱們先看篷車中人。」

車中人，本就有點神秘，這輛篷車又很特別，更引起眾人的好奇，一經那枯瘦人挑起群豪情緒，立刻形成一股浪潮。

胡逢春久走江湖，一看這場面，心中已明白，決不是幾句話可以壓下去了。回頭望去，只見楚小楓就站在身側，立時低問道：「楚老弟，你看看，現在的情勢應該如何？」

楚小楓道：「眾怒難犯，最好讓他們見見篷車中人。」

胡逢春道：「老夫也是這麼想。」

當下提高了聲音，道：「諸位稍安勿躁，老夫自有仲裁。」

這幾句話，說的聲音很高，場中之人，大都聽到。

喧鬧之聲，突然停了下來。

胡逢春目光轉到成中岳的身上，道：「成兄，這情形你看到了。」

成中岳道：「看到了，胡大俠準備如何處置這件事？」

胡逢春高聲道：「車中坐的是女眷麼？」

成中岳道：「是。」

胡逢春道：「能不能叫她們露個面？」

成中岳早已得到楚小楓的暗示，點點頭，道：「胡大俠的吩咐，在下自然遵命。」

胡逢春飛躍而下，道：「好，識時務者為俊傑，真金不怕火，你要她們出來吧！」

楚小楓已暗中下令，要成方、華圓，由暗中摸了過去，釘在那枯瘦人的身側。

楚小楓卻行到了胡逢春的身邊，道：「胡大俠，如若女眷現了身，萬一遇上什麼變化，咱們只怕措手不及，最好能準備一下。」

胡逢春道：「我會小心。」

篷車的門開了，綠荷、黃梅齊齊探出了半個身子。

那枯瘦人擠在篷車前面，綠荷、黃梅一露面，立刻一抬右手。

成方就站在他的身側，他右手一抬時，立刻搗出一拳，這一拳，使他的準頭一偏。

一蓬銀芒，疾射而出，準頭取偏，使得一筒毒針，偏向一側，慘叫聲中，立刻有六、七個人倒了下去，這些人倒下去之後，立刻臉色發青。

好厲害的毒針，果然是見血封喉，立刻致命。

綠荷、黃梅迅速退入車中，關上了車門。

圍在篷車四周的人，驚叫著向後退去。

成方大聲喝道：「凶手！」一把抓住那枯瘦之人。

成中岳帶著七虎、四英，分站在篷車四周，黃一虎站在車前，控制著馬匹，以防備馬匹受驚。

成方一撞之勢，使那枯瘦人手中針筒一偏，一排毒針，射向馬頭，成中岳是最危險的一個，毒針掠面而過。

站在成中岳身後的幾個人，卻做了替死鬼，驚喝聲中，倒了下去。

胡逢春究竟是老江湖了，也早已對那枯瘦人有了懷疑，所以，一直在注意著他。

看他由袖中取出了針筒，喝令已來不及。

枯瘦人的動作相當快，針筒才現，毒針已經飛射而出。

幸好成方早已戒備，才及時一拳撞斜了針筒。

枯瘦人回手一掌，劈向成方。

成方舉手封架，還了一掌。

胡逢春突然飛身而至，一把抓去，口中厲聲喝道：「好啊！原來你是別有用心。」

站在周圍的人，疾向四周退去，空出一片圓圓的空地。

成方和那枯瘦人對折了兩招，向後退開。

自然，這是楚小楓的令諭。

他們隱身暗中的人手，已經不多，楚小楓希望盡量能保持身分的隱秘。

所以，成方退開之後，立時一轉身，穿入了人群之中不見。

枯瘦人回手擋開胡逢春一掌，冷冷說道：「胡大俠，你本是江湖上很受人敬重的人，為什麼要蹚這渾水？」

胡逢春道：「這種事，叫老夫遇上了，怎能不管，何況，老夫已經被他們推做頭兒了。」

口中說話，雙手的攻勢，並未停息，攻勢反而愈來愈快速了。

那枯瘦人手底並不含糊，胡逢春攻勢雖然猛烈，但他卻應付自如，而且，守中有攻。

眨眼之間，兩個人已經對折了二十餘招。

胡逢春出手二十餘招，仍然未能制服敵手，心中暗暗震動，忖道：「這小子名不見經傳，竟然是如此的難纏，不知是什麼來路？」

只聽那枯瘦人冷冷說道：「胡逢春，沒有人會真的幫助你，我已經給足了你的面子，你要再不知足，別怪我要下毒手了。」

這幾句話，正是胡逢春心中的疑慮，他心中明白，真正能支持他的，可能只有白眉大師一個，和他帶來的十二羅漢。

但在眾目睽睽之下，就算他想罷手，也有些不方便停下來了。

只好硬著頭皮撐下去，道：「我胡某人，既然被大家推舉了出來，就該有一個交代，不管有沒有人支持我，我該管的事，絕不能放手。」拳法一變，攻勢更見凌厲。

這是他壓箱底的本領，苦練了四十餘年的破山拳。

但聞拳風呼呼，威力強猛異常，枯瘦人掌法一變，施出了一套陰柔的掌法。

只見他雙掌飄忽，竟然把那股強烈的拳勢，完全化解於無形之中。

這時，四周圍觀的人，已經完全靜了下來，靜得聽不到一點聲息。

胡逢春的破山拳，固然是威猛凌厲，但那枯瘦人的陰柔掌法，更是令人心頭驚駭。

白眉大師緩緩擠過人群，到了前面。

楚小楓也發覺了那枯瘦人不好對付，胡逢春遇上了棘手的強敵。

那武承松手持銅棍，看兩人打得十分激烈，心中雖然想幫忙，但卻不知如何著手。

卅二 妙建奇功

楚小楓心中亦在盤算，如若出手相助，對付了那枯瘦人，就算擊斃對方，但對胡逢春的聲名，也沒有什麼幫助，要怎生想個法子，暗助那胡逢春一臂之力，使那枯瘦人不知不覺地傷在胡逢春手下，這件事，才算得完美無缺。

同時，這又證明了一件事，那就是隱在暗中的那一個大組合，實力相當大，隨便派出一個人，就可以和江湖上一流的高手對抗。

如非丐幫、排教早有準備，全力訓練出七虎、四英這等人物，單是找幾個對抗那神秘組合中的一般人手，就非易事。

這時，白眉大師也皺起了眉頭，顯然，他對這枯瘦人的武功，也很驚奇。

突然間，胡逢春大喝一聲，全力劈出一掌。

枯瘦人冷笑一聲，道：「找死。」

右手一拍，橫裡封去，左手卻一招「穿心指」，點了出來。

楚小楓看得真切，這一招，胡逢春避開的機會不大。

再不出手，胡逢春可能就要傷在對方的穿心指下。
幸好楚小楓早已暗作戒備，一指點出，一縷指風，襲向枯瘦人的曲池穴。
白眉大師也看出了胡逢春的危機，舉步向前行去。
那枯瘦人封架胡逢春掌勢的右肘，突然一麻，力道全失。
胡逢春一掌劈了下來，擊斷了枯瘦人的右臂，一掌劈在枯瘦人的頂門之上。
枯瘦人慘叫一聲，倒了下去，他的左手指，已經點在了胡逢春的前胸，可惜已經無法發出力道。
人群中一聲呼叫：「好雄渾的掌力。」
胡逢春吁一口氣，道：「唉！老夫實無殺人之心，但形勢逼迫，實在是沒有法子了。」
他好像完全不知道這一次勝得十分凶險。
白眉大師點點頭，道：「虎無傷人意，人有害虎心，下一次，和人動手時，胡施主也不可手下留情了！」
胡逢春道：「說得也是，這人名不見經傳，但武功實在不弱。」
場中似乎是沒有人看出什麼破綻。
這時，登上兩面山壁的少林僧侶，高聲叫道：「兩側有不少巨石，但人已跑得不見了。」
白眉大師道：「好！你們就在山峰上走吧！如若再有人準備推下巨石，你們就出手對付，格殺勿論。」

兩邊山峰上，傳來了少林僧侶的回應之聲。

楚小楓一直留心著四下的舉動，希望能看出還有些什麼可疑的人物。

胡逢春擊斃了那枯瘦人後，聲望似是忽然提高了不少。

圍觀群豪，臉上大都流露出敬佩之色。

那枯瘦人似乎是沒有同黨，至少，沒有人出面向胡逢春抗議。

群豪又緩緩向前行去。

胡逢春忽然行到了楚小楓的身側，低聲道：「楚老弟，老朽想請教幾件事情？」

楚小楓道：「不敢當，大俠吩咐。」

胡逢春道：「此地距映日崖，還有數日行程，只怕這一路之上，還有變故發生。」

楚小楓道：「老前輩高見不錯。」

胡逢春道：「這一群，雖有近百人之眾，但卻是每人一心，老朽在江湖上走了幾十年，認人不算不多，但這一群人中，我認識的除了白眉大師以外，不過三、五人而已。」

楚小楓笑一笑，道：「老前輩的意思是……」

胡逢春接道：「老朽被他們抬了出來，好像是做了人的擋箭牌，想不到我終日打雁，今日被雁啄了眼睛。」

楚小楓笑一笑，道：「老前輩德高望重，才會被人推出來，領導群豪。」

胡逢春輕輕嘆息一聲，道：「楚老弟，情況有些不對！」

楚小楓道：「哦！有什麼不對？」

胡逢春道：「那小子名不見經傳，但武功卻高強得很，這些人不知道從哪裡闖出來的，老朽感覺到，這些人的來路，十分可疑。」

楚小楓道：「老前輩覺著他們哪裡不對？」

胡逢春道：「老實說，我也說不出哪裡不對。」

楚小楓道：「老前輩覺著那些人，是不是來自一個很有組織的組合中？」

胡逢春道：「對！就是這麼一個說法。」

楚小楓道：「我想，老前輩既然擔起了這個責任，似乎是無法拒絕了。」

胡逢春道：「老朽正因此煩惱。」

楚小楓道：「老前輩，事實上，這是大家的事，也不能讓老前輩一人擔起來。」

胡逢春道：「對！目下就是這樣一個局面。」

楚小楓道：「其實，有一個辦法，可以解決老前輩的煩惱。」

胡逢春道：「說說看，有什麼辦法？」

楚小楓道：「在下覺得，老前輩應該想法子把他們組織起來。」

胡逢春道：「對！組織起來！但怎麼個組織之法？」

楚小楓道：「把所有的人，分編成若干個組隊，責任分擔，然後，想法子給他們分配些工作。」

胡逢春道：「如何一個分配法？」

楚小楓道：「這件事，晚輩只能提供一些意見。」

胡逢春忽然間，覺著楚小楓是一個很可愛的人，而且，也是一個很有智慧的人，當下笑一笑，道：「好！老夫洗耳恭聽。」

楚小楓道：「這個，晚輩只能出主意，事情還要老前輩去辦吧！」

待楚小楓解釋完方法之後，胡逢春道：「老朽這就去和白眉大師商量一下，老實說，這件事得要他大力支持才行。」

白眉大師同意實行胡逢春的計劃，出了山谷之後，胡逢春就宣佈了這個計劃。

十之七八的贊成，但也有十之二三的人反對。

這件事，也無法勉強，不同意的人，就先行離去。

胡逢春清查了留下的人，還有八十六個，加上白眉大師和十二羅漢，一共有九十九個人，自然這些人包括了楚小楓和成中岳。

九十九個人，由白眉大師率領的十二羅漢，成為一組。

成中岳帶著七虎、四英，自成一組，仍然保護篷車。

綠荷、黃梅、紅牡丹，都已坐入了車中。

成方、華圓、王平、陳横卻和楚小楓擠在一起。

其實，既要編分為組，誰都會和幾個相處知己的人，分在一處，真的有了什麼事，也好有個照顧。這就是，群豪自動分集於一起的原因。

胡逢春老江湖了，自然是成全各人的心願。

九十九人，除了白眉大師一行十三個，成中岳等十二個，楚小楓等五個，胡逢春又把武承松留在了自己的身邊，餘下還有六十七個人。

這六十七人，自動站了四堆，胡逢春就把他們分成了四個組隊。

每一個組隊中，推舉出一人為首。

楚小楓低聲向胡逢春建議，要他把四個組隊，各別給予一個名稱，以便於招呼。

五行定名，分成了金、木、水、火、土五個組隊。

金隊人手最多，有二十一人，木隊十九個，水隊十七人，火隊十人，楚小楓等五個人分成土隊。

每一隊中，都推舉一個人為領隊，也就是這一群人中最具人望，武功最好的人。

金隊是天馬行空田伯烈，木隊是分花手時英，水隊是水中神龍何浩波，此人來自長江水幫，確有過人的水中工夫。火隊是百步飛蝗譚志遠，土隊是楚小楓。

楚小楓暗中觀察，發覺被人推舉出來的四大領隊，確然是個個神采內蘊，實是江湖中的高手。原本楚小楓心中懷疑他們是對方派來此地的人。但他們在江湖上，都已早有名氣，而且和隊中之人，大部份相熟，心中才消去疑念。

胡逢春聽過了各隊自行推選出的領隊姓名之後，態度忽一變，對四大領隊立刻流露出十分敬重之態。

胡逢春低聲說道：「楚老弟，了不起啊！了不起。」

楚小楓道：「什麼事了不起？」

胡逢春道：「那四位領隊，可都是江湖上大大有名的人物，老夫聞名久矣，可是都沒有見過他們，今天，要不是他們報上名號，我也想不到會是他們四個。」

楚小楓道：「這四個人，很有名麼？」

胡逢春道：「喝！大大有名的人物，七、八年前，他們的名號已響徹了江湖，不知何故，他們這兩、三年來，忽然息隱不見，想不到，竟然潛在了這群人中。」

楚小楓道：「他們忽然間，不求聞達，究竟是為了什麼？」

胡逢春道：「這個，我就不太清楚了。」

楚小楓道：「我想他們可能有什麼苦衷。」

胡逢春道：「說的也是，不過，有了這四個人，我相信篷車中人，這一路上，可以安全通行無阻了。」

楚小楓道：「老前輩，在下有一個很不幸的預感。」

胡逢春笑一笑，道：「什麼不幸的預感？」

楚小楓道：「我擔心，很快會發生事情。」

胡逢春道：「什麼樣子的事情？」

楚小楓道：「那自然是一種慘事！」

胡逢春道：「慘事，楚老弟可是說，會有人被殺？」

楚小楓道：「是，而且，不是一二人被殺！」

胡逢春一皺眉頭，道：「老弟，這個，好像不太可能吧！」

楚小楓道：「老前輩經驗豐富，也許有很獨特的看法。」

胡逢春搖搖頭，道：「有人要對付篷車中的女眷，在下相信，但如說，有人還要在這裡殺人，老夫就不敢相信了。」話剛落口，正在行走的人馬，突然停了下來。

胡逢春還未來得及問話，一條人影，疾如流星般飛奔過來。

是天馬行空田伯烈，他號稱天馬行空，來勢奇快，一幌眼間，人已到了胡逢春的身前，低聲道：「胡兄，前面有事。」

胡逢春心頭震動了一下，先看了楚小楓一眼，才回頭望著天馬行空田伯烈一眼，道：「什麼事？」

田伯烈道：「前面有一片攔道樹林，林中發生了命案。」

胡逢春呆了一呆，道：「看來，被楚老弟說中了。」一面舉步向前行去，一面高聲說道：「走！咱們去瞧瞧。」

樹林距離篷車不過有一里多遠，胡逢春等加快腳步，片刻即到。

全隊的人，都在林外四丈左右處停了下來。

胡逢春越眾而出，抬頭看去，只見四個穿著勁裝的大漢，被吊在樹上。

他們的身上，仍然佩著兵刃，衣履整齊，似乎是完全沒有經過反抗，就被人吊了起來，掛在樹上。

胡逢春輕輕吁一口氣，道：「四個，其餘的人呢？」

田伯烈道：「我在想，其餘的人，是不是全都死在樹林之內？」

胡逢春道：「不太可能吧！」

田伯烈道：「我認得出來，那四個吊在樹上的，至少有兩個是剛剛離開咱們的人。」

胡逢春道：「數十個人，難道就完全無聲無息的死了麼？」

田伯烈道：「奇怪處在此，可怕處也在此了，一共有二十八個人，但卻像投入在大海中的沙石，聽不到一點聲息。」

胡逢春點點頭，他盡量想保持鎮靜，但聲音中，卻有點微微發抖。

他久走江湖，經歷過很多事，但他從來沒有遇上過這種恐怖可怕的事。

田伯烈輕輕吁一口氣，道：「胡兄，咱們要不要進入林中瞧瞧？」

這個人，倒是還有幾分豪壯之氣。

胡逢春道：「對！應該進去瞧瞧，不過，先請白眉大師來商量一下。」

不用請，白眉大師帶著兩個僧侶，已經匆匆趕來了。

楚小楓一直沒有說話，但卻很仔細的觀察那吊著的四個人，他希望能從四人死狀上，瞧出一點蛛絲馬跡。

看到了懸空而吊，在風中飄盪的四具屍體，白眉大師也不禁微微一呆。

這位常年在江湖上走動，豪氣凌厲的少林高僧，也被這景況給嚇住了。

把四個人吊在樹上，不是難事，難在這些都是武林人物，而且，又是成群結隊的走在一起，幾十個武林人物，一聲不響，就這樣的死了，這手段不但很可怕，簡直是匪夷所思。

前面，只是一座不太茂密的森林，一條寬濶的大道，由林中穿過，沒有虎踪、蛇跡，每天，都可能有很多人車在這裡經過。

但此刻看起來，那稀疏的林中，卻是鬼影幢幢，陰森可怖。

使得很多闖蕩過江湖的高手，望而卻步。

一陣很長時間的沉默，楚小楓不得不開口了，輕輕吁一口氣，說道：「胡前輩，這些人，如若剛才肯留下來，也不致發生這一場慘事了。」

一開口，先使得在場之人，有著為自己慶幸之感。

白眉大師道：「想不到，春秋筆再度出現江湖之時，竟然還有人敢在這裡殺人。」

楚小楓道：「看對方殺人的手段、方法，決非一二人所為，必是一個很嚴密的組合。」

田伯烈道：「下手的人，武功也都相當的高明，不是一般庸手。」

白眉大師道：「哪一位願和老納進去瞧瞧？」

楚小楓道：「晚進追隨。」

胡逢春道：「兄弟被大夥兒推舉了出來，自然是不能後人。」

田伯烈道：「金隊奉命開道，田某是領隊，自然是責無旁貸。」

這幾個人一開口，立時有不少人隨聲附和，似乎是不少人激起了進入林中，一看究竟的豪氣。

楚小楓低聲道：「前輩，進林查看，不宜多人，一則，人多手雜，可能破壞了留下的痕跡，二則，林中如是還有埋伏，可能造成很大的傷亡。」

胡逢春輕輕一捋山羊鬍子，神情肅然的點頭，道：「對！大師，咱們不能去太多人。」

白眉大師道：「好，胡兄你是大家公推出來的頭兒，這件事，就由你作主吧！」

事情一步一步的逼上來，胡逢春就算想推開這個擔子，情勢亦是有所不能，只好一挺胸，道：「好，大師，田少兄，楚老弟，咱們四個進去。」

幾句話，說得相當吃力，大有慷慨赴義的味道。

楚小楓一上步，道：「在下開道。」當先向林中行去。

田伯烈哈哈一笑，道：「大不了一條命吧！我就不信他們真的是三頭六臂。」緊隨楚小楓身後行去。

胡逢春、白眉大師魚貫行入林中。

楚小楓暗自提聚真氣戒備，緩步而行。

他在江湖上藉藉無名，說出姓名來，也是無人知曉，田伯烈完全沒有把他放在心上，但此刻卻忽然對他生出了股敬重之情，急行兩步，道：「楚少兄，慢一點，大家走在一起，也好有個照應。」

楚小楓道：「多謝田兄……」突然，停下腳步。

只見兩丈外的樹上，一排吊了十二個人，一共兩排，合計二十四人，加上前面林邊的四個人，總計有二十八個，一個人也不少。

胡逢春呆住了，白眉大師和田伯烈，也都楞在了那裡。

一行二十八人，都被活活吊死在樹上，又不見一點打鬥痕跡，實在是江湖上從未有過的事。

就算這些人，明知非敵，但在性命相關之間，也不能使這二十八人，束手被吊死樹上。但對方竟然作到了。

楚小楓一長腰飛身而起，攀在一枝樹枝上，正面對一具吊著的屍體，仔細瞧了一陣，才飄落實地。

田伯烈低聲道：「楚兄，瞧出了什麼沒有？」

楚小楓點點頭，道：「瞧出一些痕跡。」

田伯烈道：「什麼痕跡？」

楚小楓道：「毋怪他們能夠無聲無息，把這樣多人，一下子置於死地了。」

田伯烈道：「難道他們用了什麼手段？」

楚小楓道：「毒，一種很普通的手法，只不過，我們都未想到罷了。」

白眉大師低宣一聲佛號，道：「我說呢，這麼多人，一下就被無聲無息的收拾了，原來，是用毒而已。」

楚小楓道：「至少，那說明了，他們並不可怕。」

田伯烈輕輕吁一口氣，道：「那用毒之人，也是一個高手，所以，能夠輕輕鬆鬆毒倒了這樣多的人。」

楚小楓道：「現在，我們最需要防備的一件事，就是他們用毒。」

胡逢春雙目盯注楚小楓身上，瞧了一陣，道：「老弟，看來，我胡某人這雙老眼，還沒有昏花！」

楚小楓道：「怎麼說？」

胡逢春道：「因為，我沒有瞧錯，你老弟是一個有勇有謀的年輕人。」

楚小楓道：「不敢當，不敢當，老前輩太過誇獎了。」

田伯烈笑一笑，道：「胡老，他們費了這樣大的手段，把中毒的人，一個個吊了起來，用心何在呢？」

胡逢春道：「嗯！他們一定有一種陰謀。」

楚小楓道：「我看，他們的用心，不外不讓咱們進入這片樹林罷了。」

胡逢春道：「造成一種莫名的恐怖，使人心生畏懼。」

田伯烈道：「咱們應該如何對付呢？」

胡逢春道：「自然要想法子，阻止他們這一種惡行。」

楚小楓道：「在下覺著，目下，已經不是阻止對方這麼簡單了。」

胡逢春道：「老弟，還有什麼很新鮮的看法？」

楚小楓道：「在下覺著，目下的情形，對方似是有意要展開一場屠殺，他們要殺的人，包括了你我在內，現在，咱們不是和敵人對抗，而是咱們要團結起來保命。」

胡逢春道：「保命？」

楚小楓道：「諸位想，樹上吊的這些人，和他們不一定有什麼恩怨，但卻一個個都被置於死地，難道，他們會不殺咱們。」

胡逢春點點頭道：「有道理，有道理，情勢非得逼咱們結合於一起不可。」

白眉大師道：「這實在是出人意外的一件事，真的竟有人在春秋筆出現的時刻殺人。」
田伯烈道：「大師，我想這是一種故意安排，用心也就在反對春秋筆。」
白眉大師點點頭，道：「單是這一樁理由，咱們就應該對付他們了。」
只聽一陣森冷的笑聲，傳了過來，道：「白眉大師，你好大的膽子。」聲音在正東方傳了過來。
白眉大師等在場之人，都凝目向正東方望去。
只有楚小楓暗生警惕，他知這些人太陰狠了，完全背棄了一般江湖上行事規矩。
這些人不求揚名立萬，只求達到目的。
所以，當群豪都注意正東方位時，楚小楓目光卻在西南打轉。
那裡有幾株枝葉特別茂密的大樹。
果然，楚小楓發覺了一株大樹上，枝葉無風自動，急急大聲叫道：「三位快些閃開。」
白眉大師等三人，都在戒備中，聞聲警覺，急急一閃到幾株大樹後面。
就在幾人避入大樹後面的同時，銀光閃閃，數十道寒芒，疾射而至。
只聽幾聲卜卜輕響，上百枚的銀針，都射在了樹身之上。
幸好是在樹林之中，有物可以掩遮，如是在空曠之地，這些人就算及時得到了警告，亦很難避過這等百枚銀針的攻襲。
目光由枝葉中透射下來，照在那棵樹上的銀針之上，只見那三寸多長的特製銀針上，閃動著一片藍汪汪的光芒。

一眼之下，就可以瞧出來那些銀針上，經過劇毒淬練之物。

胡逢春嘆息一聲，道：「好惡毒的手段，當真是存心把我們全栽在這裡了。」

田伯烈道：「幸好咱們來的人不多，如是多來幾個人，定然會造成很大的傷亡。」

白眉大師道：「他們用的暗器，好像是江湖上禁用的梅花針之類。」

胡逢春道：「這不是梅花針，這是子午追魂針，比梅花針長、大，也有梅花針歹毒，強力的機簧，可以使毒針射到五丈之外，大概是暗器中最歹毒的一種。」

田伯烈道：「這種暗器，聽說來自萬知兵器譜上，在暗器中排名第四，天下能夠躲過這種暗器的人，實在不多，一筒子午追魂針，二十五支，看樣子，至少有四筒齊發，如非那位楚兄早招呼咱們一聲，只怕咱們都難逃過這一劫，如非這裡有樹，咱們就算得到了招呼，只怕也無法逃避子午追魂針的速度。」

白眉大師道：「子午追魂針，可不可以連續發射？」

田伯烈道：「可以，裝填的手續很快，可以連續發射，分段機簧，可以一枚一枚的射出，也可以一起射出二十五支。」

白眉大師道：「這麼說來，咱們被困在此地了。」

田伯烈道：「暗器，本來只是補充武功上的不足，一個真正造詣很高的人，不太怕暗器，但如像子午追魂針這樣的暗器，那就超越了武功的速度，構成威脅了。」

胡逢春道：「田老弟對暗器一道，似是特別熟悉。」

田伯烈道：「我田家以暗器自豪，所以我對萬知兵器譜上有關暗器一道，特別留心。」

楚小楓道：「田兄，子午追魂針，排名第四，那一二三名，又是什麼樣子的暗器呢？」
田伯烈道：「在下只知道第二名，叫作血翅鳳，至於第一，第三，那就不知道了。」
楚小楓道：「田兄出身暗器之家，對暗器一道，修養至深，但不知現在，咱們應該如何應付？」
田伯烈道：「目下處境，只有用強弓強箭，對付他們。」
胡逢春道：「田兄身上沒有帶暗器麼？」
田伯烈道：「有，我一身暗器，但只能到三丈左右，無法射到他們。」
楚小楓道：「那只有設法利用這樹木掩護，退出樹林，再作道理了。」
田伯烈道：「這雖然有些冒險，但也只好如此了。」
楚小楓暗中估算過，借林木掩護，自己也許可以對付那隱在枝葉叢中的暗器手，但那勢必要全力施為，只恐會驚世駭俗，暴露出身分。
至少，目前還不是他全力以赴的時機。
胡逢春道：「好，諸位先退，老夫斷後。」
田伯烈道：「如論對暗器的瞭解，在下比諸位深刻一些，還是在下斷後吧！」
白眉大師道：「此地在他們子午追魂針控制之下，先脫危境，再想辦法。」
楚小楓道：「大師和胡老，是咱們領頭人物，不可涉險，兩位先退，在下和田兄斷後。」一面伸手撿起了一把石子。
胡逢春道：「好，兩位小心。」飛身疾轉，繞到了另一株大樹之後。

楚小楓運足內力，一揚手，七八顆小石子如流星一般，直向那株枝葉密茂的大樹上飛去。連他自己也未料到，這些時日，內力竟然是大有增進，七八顆小石子流星閃電一般，射入枝葉中。

但見樹葉紛紛飄落，緊接著，響起了兩聲呼叫。

一全身綠衣的人，蓬然一聲，由樹上摔了下來。

那枝葉茂密的大樹上，似乎是人還不少，楚小楓這七八顆小石頭，竟然打下來一個人。

就這一陣混亂，白眉大師和胡逢春已閃飛出林。

田伯烈和楚小楓相距約八九尺遠，都藏在一棵大樹之後。

對方顯然是受過嚴格訓練的人，略一混亂之後，立刻恢復了平靜。

田伯烈低聲道：「現在，他們都在舉著針筒等著咱們，咱們逃走的機會實在很渺茫。」

楚小楓道：「除非，咱們能再製造一次混亂。」

田伯烈道：「很難很難，咱們幾乎是沒有機會再製造一次混亂。」

楚小楓道：「機會一向由人來創造。」

田伯烈怔了一怔，道：「好，楚兄豪氣過人，兄弟佩服。」

楚小楓道：「不敢當，田兄，你帶有幾種暗器？」

田伯烈道：「我帶有七種暗器，而且數量也不少，只可惜，很難有打出去的機會。」

楚小楓道：「為什麼？」

田伯烈道：「我打暗器的手法，雖然不錯，但這暗器的速度，絕對快不過對方的子午追魂針，但更重要的是，我打出暗器的距離，比他們要短兩丈。」

楚小楓道：「你是暗器名家，對這子午追魂針的暗器，也相當瞭解，你看咱們有幾分逃走的機會？」

田伯烈笑一笑，道：「他們有五具針筒，在這種距離之下，他們瞄準發射，咱們連一成的機會也沒有。」

楚小楓低聲道：「這麼說來，咱們只有自己創造機會。」

兩人談話的聲音，雖然不大，但因距離不太遠，林中也很靜，仍然有不少話，被對方聽到。

只聽一個冷冷的聲音，由那大樹上傳了過來，道：「胡逢春和白眉大師僥倖走脫，算他們運氣，但你們兩位，算是死定了，絕對沒有再逃脫的機會，子午追魂針，已經完全封鎖了你左右的退路。」

楚小楓未再答話，卻一提真氣，向樹上緩緩升去。

他速度很慢，而且極端小心，不讓它發出一點聲息。

田伯烈看到了，心中暗叫了兩聲慚愧，忖道：由樹上走，當真是唯一的機會，這麼簡單，我竟然沒有想到，當下一提真氣，也向樹上升去。

兩人很快的爬升兩丈多高，已到樹身分叉之處，再向上，就可能被人瞧到。

手抓樹幹，暗暗調息一下。

楚小楓用手勢打出了一個走的表示，同時回頭視察退路。

田伯烈點點頭。
兩人幾乎在同一時刻，忽然彈身而起，雙足在樹身一蹬。
身子倒躍而射，疾如流矢，果然，這一招，出了對方的意料之外。
待對方警覺，兩人已飛出五丈外，脫出了子午追魂針的有效射程之外，人也跌入草叢之中，落到實地。
田伯烈一臉佩服之色，道：「楚兄，你這種冷靜急智，好叫兄弟佩服。」
楚小楓道：「愚者一得，碰巧罷了。」
田伯烈笑一笑，道：「一個人表達出的應急機智，是天賦才慧和平日修養混合而成，成敗雖然有幾分運氣，但才慧總是主體。」
楚小楓微微一笑，道：「偶然一個靈機，當不得田兄如此誇獎……」語聲一頓，接道：「田兄，你是暗器名家，如何對付子午追魂針，還要田兄出個主意才是。」
田伯烈道：「萬知兵器譜上，此針排名第四，凶利可知，難處在那強力的機簧，製造不易，針筒也經算計製造，如今，對方把鋼針加上劇毒淬煉，更加歹毒，一般的藤牌，只怕也擋它不住，只怕要用特製的盾牌。」
楚小楓道：「這等荒涼山野，那裡去造盾牌？」
田伯烈笑一笑，道：「一個真正的高手，隨手都可以找到可以代用的盾牌。」
楚小楓點點頭，道：「那毒針能不能穿過兩寸厚木板？」
田伯烈道：「那要看什麼木質了，這強力彈簧發射的毒針，雖然尖利，但它還是小一些，藤牌雖然擋它不住，但兩寸以上的木板，應該可以擋得住它了。」

楚小楓道：「多謝指教，咱們退回本隊去吧！」

楚小楓和田伯烈退到樹林外面之後，胡逢春和白眉大師已經把人手撤退到了十幾丈外。眼看楚小楓、田伯烈退了回來，胡逢春才長長吁了一口氣，道：「好！好！兩位也平安退回來了。」

突然間，胡逢春對楚小楓生出了無比的好感，不但覺著這個人智勇雙全，而且，可與共事，遇上了什麼危險疑難，他好像都是一馬當先。

他是老江湖了，心中雖然對楚小楓偏愛很多，但對兩人所表示的歡迎，卻是一樣的熱烈。

白眉大師已經把十二羅漢調了上來，每人手中，都執著兩面銅鈸。

田伯烈微微一笑，低聲道：「楚兄，這十二羅漢還會飛鈸，少林飛鈸，在萬知兵器譜上排名第十，但飛鈸威力可以及遠，聽說練到十分火候，可以取人十丈，那些針手，未必都武功高強，飛鈸對付他們，應該是最好的利器。」

他不愧為暗器專家，每一種暗器，入他之目，都可以說出一番道理。

楚小楓道：「田兄，萬知兵器譜上，一共排名幾種暗器？」

田伯烈道：「十種。」

楚小楓道：「少林飛鈸是敬陪末座了。」

田伯烈道：「能排上名，已經不錯，我們家傳一十三種暗器，沒一種排上兵器譜的。」

楚小楓只覺此人胸羅極博，應該和他好好的談談，倒是可以增長不少的見識。

但他心中明白，這不能表現得太明顯，點點頭道：「田兄博學。」

轉身行近王平，低聲吩咐數語，王平帶著陳横、成方、華圓急步而去。

只聽白眉大師高聲說道：「一入樹林，飛鈸即無作用，咱們這些人，決無法通過子午追魂針筒的攻襲。」

胡逢春道：「想不到，這一次春秋筆的出現，竟帶來了如此嚴重的挑戰。」

楚小楓道：「唉！看對方屠殺無辜者的手段，只怕咱們現在散去，回頭，對方也未必會放過咱們了。」

原本有些人，已準備散去，回頭離開，不再參觀春秋筆出現的事，但楚小楓這幾句話，卻立即發生了強大的嚇阻之力。

樹林中被吊死的人，景象依舊，仔細想一想，誰也不敢輕易離群獨行。

楚小楓已肯定，正面臨到那神秘組合的全力擊殺。他們要保護隱密不外洩，必須殺死知道隱密的人。

以自己在江湖這等聲譽的身分，決無法說服這群武林人物，合力同心，對付強敵，只有用些技巧了。雖然是用的手段，但也有幾分事實，這些人分散之後，極可能遭到那神秘組合的屠殺。

分散之後，他們保護自己的能力就更為脆弱。

十步之內，必有芳草，楚小楓發覺了這一批同行的武林人物，有很多武林中藉藉無名，但卻是身懷絕技。

田伯烈緩步行了過來，低聲道：「楚兄……」炯炯的目光，盯注在楚小楓的臉上。

楚小楓儘量保持著神情的平靜，道：「什麼事？」

田伯烈低聲道：「你像知道他們來自何處？」

楚小楓搖搖頭，道：「不知道，不過，我知道他們是一個組合，一個神秘強大的組合，目下，還對我們展開各種擊殺。」

田伯烈道：「是我們所有的人？還是只有你們幾個，及那輛馬車中的人。」

楚小楓淡淡一笑道：「田兄，也許車中人只是一個起因，但就目前他們的作法而言，好像是要對付我們所有的人。」

田伯烈沉吟了一陣，道：「楚兄，咱們一見如故，不過，我田某人向不喜被人蒙蔽，我想知道實情。」

楚小楓心頭震動了一下，緩緩說道：「有一個神秘的組合，要對付武林中所有的正大門戶，我們也許是被他們優先選中的人。」

田伯烈道：「只有這些麼？」

楚小楓道：「兄弟能知道的並不多，我不知道他們的來路，也不知道他們是一個什麼樣子的組合。」

田伯烈道：「篷車中那位婦人知道嗎？」

楚小楓道：「她也許知道，但她不肯說。」
田伯烈道：「這就是楚兄全力保護她們的原因麼？」
楚小楓道：「在下很希望瞭解內情，所以只好全力以赴了。」
田伯烈道：「好！在下相信楚兄，我再請教最後一件事了。」
楚小楓道：「兄弟知無不言。」
田伯烈道：「那婦人有沒有告訴楚兄，她胸中的隱密，到什麼時候，才可以說出來？」
楚小楓道：「她沒有肯定說出來，但看樣子好像準備在春秋筆出現的時候。」
田伯烈道：「這也是楚兄保護她的原因麼？」
楚小楓道：「不錯。」
田伯烈笑一笑，道：「多承指教，在下要交你楚兄這個朋友。」
楚小楓一抱拳道：「承蒙不棄，小弟何幸如之。」
田伯烈哈哈一笑道：「好！大丈夫肝膽論交，田某人不客氣，叫你一聲兄弟了。」
楚小楓道：「田兄年長，理當如此。」
胡逢春快步行了過來，道：「兩位談的很投機啊！」
田伯烈笑道：「胡老，在下認了個兄弟。」
胡逢春嘆息一聲，道：「患難與共中，最易見真情……」
這時，白眉大師帶著分花手時英，水中神龍何浩波，百步飛蝗譚志遠，匆匆行了過來。
分花手時英和田伯烈，相識甚久，微微一笑道：「林中被殺了幾十個江湖同道，田兄，仔細看過他們的屍體了？」
田伯烈道：「是這位楚兄看的。」
時英回頭打量了楚小楓一眼，才淡淡一笑道：「楚兄，能肯定他們是先中毒，才被吊上樹麼？」
楚小楓道：「是，在下看過了。」
這些時日中，他處處留心觀察，學會了由外表，看透一個人的內心。
他發覺了這位分花手，冷靜幽沉，說話清晰緩慢，內心中，存有著一股莫名的傲氣。
這種人，大都是很自負，也真有一點本領的人。
楚小楓發覺了時英就是屬於那種冷傲不群的人。
時英嗯了一聲道：「楚兄，能肯定麼？」言下之意，頗有不信任的味道。
楚小楓還未及接口，田伯烈已經搶先說道：「時兄，這位楚兄觀察入微，決不會錯。」
時英哦了一聲，道：「田兄如此推崇一個人，倒是少見啊！」
田伯烈道：「兄弟句句真言。」
時英對楚小楓點點頭，道：「能得天馬行空如此頌讚的人，自非凡響。」
楚小楓一抱拳，道：「是田兄抬愛。」
白眉大師突然插口，道：「諸位檀樾，老衲在江湖走動了幾十年，但卻很少遇上如此殘忍的大屠殺，這些人未必是他們的仇人，只是用來向人示威，就下了如此的毒手。」
胡逢春道：「咱們也一樣是他們屠殺的對象。」

田伯烈道：「對！目下情勢，似乎是已經造成咱們要拚命保命的局面了。」

白眉大師道：「敵人心狠手辣，殺人不分皂白，老柄已經交代了十二羅漢，他們如進樹林，就用飛鈸對付他們。」

胡逢春道：「大師，老朽連做夢也想不到，途中會遇上這樣的事，目下有兩件大事，必須有個決定才好。」

百步飛蝗譚志遠道：「那兩件大事？」

胡逢春道：「第一、咱們是不是要過那片樹林，冷酷的屠殺，已在那片林中，造成一個恐怖關口，第二、目下之人，大都是一方豪雄，萍踪相聚，合於一處，造成了這樣一個局面，每人心中，都有自己的打算，是否真能坦然合作，很難預料，目下也該作個自處了。」

田伯烈道：「胡老，第一件大事，咱們要廣集群智，商量個辦法出來，至於第二件，用不著多考慮了，前轍可見，那些屍體，仍在林中高掛，向前進充滿著凶險，向後退，未必就能躲過劫難，大家既然都是常在江湖上走動的人，這一點必會看得清楚。」

白眉大師道：「田施主的話不錯，就算你宣佈了讓他們走，只怕他們也不會離去的。」

田伯烈道：「胡老，你既然是大家推舉出來的頭兒，就該發號施令，兄弟和楚兄，都會全力支持。」

時英道：「蛇無頭不行，鳥無翅不飛，胡老要咱們辦什麼，吩咐一聲就是。」

大家這一捧，捧得胡逢春豪氣大震，呵呵笑道：「諸位這麼一說，老朽是責無旁貸了，好，現在，咱們要商量一下，如何過那片充滿著凶險的樹林。」

田伯烈道：「林中埋伏的人，持有子午追魂針筒，而且多達數具，就算咱們全力衝進去，也未必能夠過得了那一關。」

百步飛蝗譚志遠道：「照田兄的說法，咱們不能散，也無法通過那片樹林，咱們究竟應該如何呢？」

田伯烈道：「這是一個大困難，現在，咱們聚集於此，就是要想個法子通過那片樹林，咱們的目的是去映日崖看春秋筆的出現，決不能在中途退走。」

時英笑一笑，道：「春秋筆不定期出現江湖，這可是難得遇上，決不能錯過。」

水中神龍何浩波道：「時兄的話是不錯，那實在是一個很難見到的盛會，但我們先要有一個通過樹林的法子。」

時英道：「何兄，辦法是大家想的，所以，才請諸位來商量。」

何浩波道：「哼！」

時英一皺眉頭道：「何況，咱們是在陸地上，不是在水中。」

何浩波臉色一變，道：「什麼意思？」

時英道：「不是在水中，何兄最好能客氣一點。」

何浩波怒道：「姓時的，就算不在水中，我何某人還未把你放在心上。」

時英冷冷一笑，緩步向何浩波行了過去，他沒有發怒，也沒有暴跳如雷，但雙目中，卻流動著濃重的殺機。

田伯烈攔住了時英，低聲道：「時兄，這不是意氣之爭的時候。」

時英笑一笑道：「好！田兄吩咐了，兄弟只好從命。」又緩緩退了回去。
何浩波回顧譚志遠一眼，道：「譚兄，兄弟要先走一步。」
胡逢春搖搖頭，道：「何少兄，水隊有十七個人，他們的生死，大都操在你的手中，怎可因一句話不投機，竟拂袖而去。」
何浩波沉吟了一陣，回身坐下。
楚小楓暗暗嘆道：江湖之上，最怕名聲相若的人，同聚一處，不是你輕視我，就是我看不順眼你，彼此心中，早已經有了成見，很容易造成衝突。
對付這種人，似乎是只有一個辦法，表現出使他敬服的武功。
胡逢春道：「諸位有何高明之見，渡過那片樹林？」
群眾相顧默然。
楚小楓道：「晚進倒是想起了一個辦法，但不知是否可以。」
胡逢春道：「你請說。」
楚小楓道：「晚進已派隊中三人，去作了幾面盾牌，一俟盾牌完成，晚進就準備率領著他們當先替諸位開道。」
田伯烈道：「好！開道的事，兄弟也算一份。」
時英道：「咱們既然被推出為一隊首腦，自然不能後人，兄弟也去。」
胡逢春道：「老夫也算一個。」
時英道：「何浩波，你敢不敢去？」

何浩波道：「你時英敢去的地方，何某又為什麼不敢去。」
時英道：「好！咱們就把這股勁，較量在對付敵人的手法上。」
何浩波道：「當然奉陪。」
譚志遠道：「你們都走了，看樣子，兄弟也不能不去了。」
時英道：「咱們如是不幸而亡，別人也就用不著去了。」
白眉大師道：「好！老衲也算一份。」
楚小楓道：「人手已經夠了，大師就不用涉險了。」
胡逢春道：「我們都去了，外面的事情還要大師照顧。」
白眉大師想了一會，道：「好，老衲帶十二羅漢，守在樹林外面，二十四面飛鈸，也該可以阻止他們子午追魂針的屠殺。」
田伯烈笑一笑道：「對！大師最好把他們集中一處，便於防護。」
胡逢春目光轉到楚小楓的身上，道：「楚老弟，你要他們造了幾付盾牌？」
楚小楓道：「七付。」
胡逢春道：「差不多了，咱們也不能進去太多的人。」
楚小楓道：「那盾牌是木頭作的，能不能防止子午追魂針，還要田兄查看一下才行。」
談話之間，王平等已經行了過來。
所謂盾牌，就是一塊兩尺見方，厚過四寸的木頭，中間加了兩個扶手而已。
王平道：「這是很堅硬的老松木，就原狀稍加修過，不知道合不合用？」

田伯烈伸手在木牌上敲了兩下，道：「厚度大小都不錯，就是太重了一些。」
胡逢春抓住了扶手掄動了一下，道：「只要子午針穿不透就行。」
楚小楓道：「胡老，現在，咱們要算一算，哪些人進入林中。」
胡逢春道：「老朽算一個……」
田伯烈接道：「時英、譚志遠、何浩波，再加上楚老弟和在下，一共有六個人了。」
胡逢春道：「田老弟，你是暗器名家，該如何應付那些追魂針，要靠你老弟想法子。」
田伯烈道：「天下就是這麼樣的巧事，我田某人練了一身暗器，但胡老別忘了譚志遠，他號稱百步飛蝗，一身暗器，絕不在田某之下。」
胡逢春道：「不錯，不錯，老朽當真的老昏庸了。」
譚志遠道：「兄弟身上的暗器，雖然未上兵器譜，但自信也有一些獨到之處，子午追魂針，太過霸道，而且距離太近了，就算有盾牌，也不易拒擋，最好也用暗器對付他們。」
胡逢春點點頭，道：「好主意。」
譚志遠道：「田兄能確定他們有五支針筒麼？」
田伯烈道：「我估算子午針的數量，大概差不多。」
譚志遠道：「好，咱們就算他們有五支針筒，也夠人頭痛了……」輕輕吁一口氣，接道：「子午針中人無救，兄弟也有歹毒暗器，也有解藥，但卻不能解子午針上之毒，入林之後，生死各憑命運，如是誰不願去，現在還來得及……」
時英淡淡一笑，接道：「暗器手法，在下不行，不過，我想，那也不是什麼大學，咱們撿幾塊石頭，也一樣可以招呼他們。」
譚志遠冷笑一聲，道：「進了樹林，在子午針威脅之下，你就知道用幾塊石頭，能不能對付敵人了，咱們走吧！」
他好像和時英鬥上了氣，抓起一塊木牌，當先行去。
幾人中，最不願入林涉險的，可算是胡逢春了，但他是這群人中推出來的大頭子，只好硬著頭皮向林中闖了。
楚小楓很少說話，但已進入樹林，立刻走到了最前面。
田伯烈急行兩步，笑道：「老弟，這是玩命的事，總該小心一些才是。」
楚小楓道：「田兄，總要有一兩個人走在前面，這個人，該是誰呢？」
田伯烈笑道：「就是你和我吧！但也不能走得太快呀！」
楚小楓淡淡一笑，道：「田兄，咱們是否已經進入了子午針的射程以內？」
田伯烈道：「兄弟，那些手執子午針筒的是人，他們也許已經向前移動。」
說話之間，忽聽譚志遠大喝一聲，一揚手，一片寒芒，電射而出。
然後，迅快的隱身於一株大樹之後。
寒芒射入了一株大樹密茂的枝葉叢中，只聽一陣悶哼，兩個人由樹上跌了下來。
同時，一筒子午針，也由密茂的枝葉中射了出來。
田伯烈說的不錯，隱身藏在林中的殺手，果然移動了位置。
枝葉拂動，似是有人飛躍而去。

田伯烈低聲道：「好險啊！好險啊！如若他們早一些發射出子午針，咱們很可能早死於子午針下了。」

楚小楓道：「奇怪呀！譚志遠怎麼知道這樹上藏的有人？」

田伯烈道：「一個善用暗器的名家，養成了一種特別的觀察力，自然和常人有很多的不同地方。」

楚小楓道：「哦！」忽然間，發覺了那跌下的兩具屍體旁側，有一個子午針筒。

來不及招呼田伯烈，突然間飛身一躍，直撲過去。

田伯烈高聲叫道：「小心。」木牌護身，滾了過去。

楚小楓伸手撿起了一具子午針筒，立刻用木牌護住身子，向一株大樹後面退去。

只見銀線閃動，四枚子午針疾射而至。

銀針射在了楚小楓的木牌上。

田伯烈卻疾掠而至，伸手抓住了一具屍體，滾入了與楚小楓相同的一株大樹後面。

楚小楓輕輕吁一口氣，道：「田兄，我撿到了一支針筒。」伸手遞了過來。

田伯烈笑一笑，道：「咱們有一具子午針筒，就可以和他們抗拒了。」

伸手由那屍體之上，取下了一排白絹，上面插了數百枚長針。

田伯烈笑一笑道：「這是針袋，如是只有這一筒毒針，也不會對他們構成威脅了。」

輕輕吁一口氣，道：「這針筒是你拾到，自然為你所有，但不知楚老弟是否會用？」

楚小楓道：「小弟不會用。」

田伯烈道：「我教你。」果然，教導了楚小楓施用之法，並且裝上了缺少的毒針。

楚小楓道：「田兄，我看這子午針筒，還是你拿著用吧！」

田伯烈道：「不！我滿身暗器，用不著針筒，這暗器只要腕力穩定，就可百發百中。」

楚小楓接過針筒，道：「多謝指教。」

這時，胡逢春、時英在木牌護身之下，行了過來。

胡逢春抬頭看了那隱藏敵人的大樹一眼，緩緩說道：「田老弟，你看，那樹上還有敵人沒有？」

田伯烈道：「很難說，不過，在下覺著，他們的鬼域技倆，絕不止此，這片樹林之中，只怕還有別的變化。」

楚小楓道：「對，在下和田兄的看法相同，只怕這樹林中，還有埋伏。」

這時候，百步飛蝗譚志遠，水中神龍何浩波，也趕了過來。

田伯烈回頭說道：「譚兄，剛才那一手漂亮極了。」

楚小楓道：「如非譚兄及時施為，只怕在下和田兄都要傷在對方的子午追魂針下了。」

譚志遠淡淡一笑，道：「我只是要證明暗器就是暗器。要比石頭管用多了。」

楚小楓生怕時英發作，造成衝突，但自己又無法排解，只好望了田伯烈一眼，希望他能出面阻止。

那知時英竟然微微一笑，道：「譚兄的暗器，實在高明，兄弟今天算是開了眼界。」

譚志遠怔了一怔，道：「你……」

時英笑一笑，道：「我如不激譚兄幾句，只怕譚兄也表演不出來那一手奇妙之技了。」

田伯烈笑一笑，道：「譚兄，剛才打出的暗器，可是飛蝗梭？」

譚志遠道：「不錯，正是飛蝗梭。」

田伯烈道：「聽說譚兄施用的暗器，都有飛蝗二字。」

譚志遠道：「對！」

田伯烈道：「譚兄暗器，未上兵器譜，實是一大憾事。」

胡逢春道：「譚老弟，你看前面那株大樹，枝葉密茂，人如藏在其中，實在難見痕跡，要不要再試試你的飛蝗梭？」

譚志遠抬頭向那株枝葉特別密茂的大樹看了一眼，道：「那株大樹是……」

胡逢春接道：「就是第一度打出追魂針的地方。」

譚志遠哦了一聲，道：「有何不可。」伸手入懷，摸出了一把飛蝗梭來。

時英道：「這裡距離那株大樹，應該有六丈以上的距離。」

田伯烈道：「已在子午追魂針有效射程之外。」

譚志遠道：「在下的飛蝗梭，也許可以及到。」一揚手，一片寒芒，電射而出。

飛蝗梭離手丈許，突然散開，變成了三尺方圓一片。

田伯烈本是暗器名家，約略一眼，已經估算出哪一片銀梭至少有九梭之多。

看飛蝗梭的去勢，田伯烈也不得不佩服譚志遠的手法新異。

那果然是一種很特異的手法，使飛蝗梭到六丈之外，仍然穩定著去勢。

飛梭射入了密茂的枝葉叢中。幾聲慘叫中，果然有兩個人跌了下來。

胡逢春道：「當真是英雄出少年，好手法啊！好手法。」

譚志遠淡淡一笑道：「是胡前輩指點之功。」

分花手時英道：「何兄，敢不敢和兄弟一起衝過去？」

這人到處激人出手，自己卻也豪勇非常。

何浩波冷笑一聲，道：「有什麼不敢？」

時英道：「好，咱們走！」一舉木盾，當先奔出。

何浩波緊隨身後，追了過去。

楚小楓微笑，舉步向前行去。

田伯烈道：「楚老弟慢一點，咱們結伴。」飛身一躍，和楚小楓並肩向外衝去。

胡逢春望了譚志遠一眼，站著未動。

不知是否因為譚志遠那一掄飛蝗梭，使得隱身樹上的針筒射手，造成了暫時的混亂，時英和何浩波，竟未遇子午針的襲射。但楚小楓和田伯烈，卻沒有了那份幸運。

兩人奔到了一丈左右處，一蓬銀芒，已然疾射而至。

兩人的反應都夠快速，陡然收住了腳步，全身縮在那木盾之後。

但聞幾聲波波輕響，每一塊木盾之上，都釘了七、八枚子午針。

時英、何浩波已然快接近了那株大樹，眼看子午針射出，立時舉盾護身，分別閃到了兩株樹身之後。

譚志遠縱聲大笑。

胡逢春輕輕吁了一口氣，道：「譚老弟，你應該助他們一臂之力。」

譚志遠道：「自然是義不容辭，不過，在下這飛蝗梭打造不易，而且存物不多，事後還要他們幫我收集一下。」

胡逢春道：「這個當然。」

譚志遠道：「好！在下相信你胡老之言，必可辦到。」話未完，飛蝗梭已然出手。

第一波四梭，飛到三丈左右外，第二波緊接出手，第三波也是四梭。

慘叫聲中，又有三個人掉了下來。

胡逢春道：「好厲害的飛蝗梭。」

這時，隱在樹後的楚小楓，突然飛身而起，直撲到大樹下面。

田伯烈道：「楚老弟小心。」緊隨著飛躍而起。

人在途中，已然打出了兩支袖箭、一支金鏢、一把銀針，全數飛向大樹。

大樹上又掉下了兩個人。

枝葉晃動中，兩條人影斜飛而出，向另外一株大樹上躍去。

田伯烈突然飛躍而起，右手疾揮，兩枚亮銀鏢疾射而出。

飛鏢奇準，但聞兩聲慘叫，兩個向前飛行的人，突然間摔了下來。

楚小楓已飛身登上大樹，除了發覺一具屍體之外，又撿到了一具針筒，楚小楓很快地把針筒收藏了起來，他瞭解目前的處境，面對的，是一個險惡無比的組合，不能太君子。

田伯烈也撿到了兩具針筒。

楚小楓飛身落地，道：「樹上、樹下，一共七具屍體。」

田伯烈道：「四具針筒，就算有漏網之魚，也不過一、兩個，和一具針筒。」

楚小楓笑一笑，道：「這一次，他們是全軍覆沒。」

胡逢春、譚志遠、時英、何浩波，全都趕到了。

時英道：「田兄，好神奇的兩鏢，懸空出手，鏢不虛發。」

譚志遠冷笑一聲，道：「胡老答應在下的事情，最好是別忘了。」

胡逢春心頭一震，道：「我答應你什麼……」哦了一聲，接道：「對！對！對！老朽想起來了。」語聲一頓，接道：「楚老弟，適才你們身陷險境，老朽要譚老弟，打出兩把飛蝗梭，給你們幫忙不少，只是這飛蝗梭是一種特製的暗器，打造不易，所以……」

所以下面，突然住了口。

時英道：「總不會要咱們去把它撿回來吧？」

胡逢春道：「譚老弟正是此意。」

這一次，田伯烈、何浩波臉上都變了顏色。顯然，這兩句話觸犯了眾怒，不過，大家都還是忍了下去。

胡逢春眼看變成了僵局，急急說道：「楚老弟，你看這件事應該如何處置？」

楚小楓道：「在下覺著，應該幫譚兄撿回來。」一面說話，人已轉身向外行去。

時英略一沉吟，道：「如若不是譚兄那一把飛蝗梭，只怕咱們早已傷在了子午針下，飛蝗梭打造不易，丟了也實在可惜。」

胡逢春道：「說得是啊！此後，咱們還可能再遇上子午針，飛蝗梭不能消耗太多。」

不一會兒工夫，收回了三十餘枚。

這一下，譚志遠反倒不好意思了，連連抱拳，道：「有勞諸位。」

收好飛蝗梭，譚志遠回顧胡逢春，道：「這樣吧！咱們一路搜索過去，看看是否還有埋伏，兄弟這笨鳥先飛。」舉步向前行去。

楚小楓道：「我給譚兄掠陣。」緊隨在譚志遠的身後行去。

林中再無埋伏。

但楚小楓卻心中明白，真正主事人物，已經撤走，這只是他們設下的第一道埋伏，必還有更厲害的埋伏，設在後面，但也不能說出來。

胡逢春帶群豪，穿過樹林，又行約十餘里，天色已近黃昏。

有了一次教訓，群豪變得小心起來。

胡逢春未待太陽下山，選了一塊平坦草地，下令休息。

五隊分成了五行方陣，互成犄角之勢，並派出了很嚴密的守衛。

胡逢春在楚小楓土隊住宿。

金、木、水、火、土各據一處，成中岳帶著的篷車，和白眉大師帶著的十二羅漢，另是各據一處。

嚴格地說起來，這些人共分了七處地方。
每一個組隊中，都派出了三個人，在四面守衛。
但楚小楓的土隊，和白眉大師的人，沒有派出守衛之人。
成中岳也派了人，但他們是守在篷車上面。
這一片淺坡方圓十丈之內，都無林木。
有幾叢深草，也被田伯烈下令割去。
楚小楓卻把兩個子午針筒，交給了王平、陳横，並且告訴了他們使用方法。
另外兩具針筒，一支落在了田伯烈的手中，另一支機簧遭到破壞，已然無法使用。
深夜，三更時分，幽寂的山野中，突然響起了兩聲狼嚎。
場中人，都聽得十分清楚，一些睡著的人，都霍然坐了起來。
周圍十二個守夜人，更是振作起了精神，嚴加戒備。
胡逢春也坐了起來，道：「是狼嚎。」
楚小楓道：「不錯，是狼嚎，但深更靜夜，怎會發出這兩聲狼嚎呢？」
胡逢春道：「山野之中，難免有猛獸之類，狼遇上了猛獸，自是難免會發出慘嚎。」
楚小楓道：「黑豹……」
胡逢春怔了一怔，道：「黑豹？老弟怎能如此肯定，也許那隻狼遇上的是一頭老虎，或者是一頭獅子。」
楚小楓嘆息一聲，道：「如是一頭獅子，那就好了，不過，在下的想法是，牠們十之

八、九是遇上了黑豹。」

胡逢春笑一笑，道：「就算是一頭黑豹吧！咱們有這麼多人，諒牠也不敢找上門來。」

楚小楓低聲道：「如若那黑豹是人扮的呢？」

胡逢春怔了一怔，道：「人會裝作黑豹，那又是為了什麼？」

楚小楓道：「為了殺人，也為了便於暗中偷襲。」

胡逢春道：「你，楚老弟……」

楚小楓道：「我親眼看過他們殺人，比起真的黑豹，更為矯健、凶厲。」

胡逢春霍然站起身子，道：「江湖上，有這等事情，老朽怎未聽過？」

楚小楓：「胡老，他們很神秘，像那發射子午針筒的人一樣。」

胡逢春道：「哦！」

楚小楓道：「所以，胡老還是想法通知四大領隊一聲。」

胡逢春沉吟了一陣，道：「這個很難啟齒，萬一錯了……」

楚小楓道：「錯不了，你只管放心。」

胡逢春又沉思良久，才緩緩說道：「好，我去告訴他們一聲。」舉步走去。

不大工夫，胡逢春又行了回來，並道：「他們還真的相信。」

楚小楓道：「你怎麼說？」

胡逢春道：「我告訴他們小心黑豹來擊，可能是人扮的，他們立刻下令全隊戒備……」

放低了聲音道：「他們分守東、西、南、北，你這一隊在中央，可以歇著……」

楚小楓笑一笑，接道：「胡老，你可知道，聰明的黑豹，總是先向中間的人攻擊。」

胡逢春怔了一怔，道：「有這種事？」

楚小楓道：「胡老，何況，他們是人，比真的黑豹更可怕的假黑豹。」

胡逢春突然一笑，道：「楚老弟，咱們的運氣實在不算太壞。」

楚小楓道：「怎麼說？」

胡逢春道：「像田伯烈、時英、何浩波，譚志遠這樣的人物，也是江湖上不多見的高手，想不到，他們竟然會混在這一群人中，更妙的是，他們竟然肯出面領導，還有你，雖然名不見經傳，但你表現的武功、機智、勇氣，都不在他們四位之下，再加上少林寺的白眉大師，和他手下十二羅漢，老朽自信，咱們這一股實力絕不在江湖上一個門戶之下。」

楚小楓心中忖道：「看來，這好名之心，已使他激勵出一股強烈的向上之氣。」

心中念轉，口中卻說道：「胡老說得是，在下也有這個感覺，不過，大家肯在你胡老的號令之下，合於一起，也是胡老在江湖上的聲望所致。」

胡逢春沉吟了一陣，道：「看過了你們諸位的技藝，使老朽有個很大的感覺，那就是英雄出少年，老實說，你們這幾個年輕人的藝業，老朽也十分欽佩，至於白眉大師，在江湖上的威望，更是勝我十倍，但他太剛直，老朽自己明白，我不過是長了幾歲，如若我也有長處，那就是善於調和各位的意見。」

楚小楓道：「這一點確是無人可及。」

這時，正東方位上，突然傳過來一聲大喝，道：「什麼人？」

緊接著，響起了一聲驚喝，道：「黑豹！」
胡逢春道：「果然是黑豹。」
楚小楓道：「走，咱們過去瞧一瞧。」
胡逢春長身而起，直奔過去。
楚小楓緊隨身後。
武承松提著鐵棍，放腿奔去。
守在正東方位的是木隊。
這時，全隊都已覺醒，一十九人，全都亮了兵刃。
分花手時英帶著兩個執刀的大漢，守在前面。
三頭黑豹，就停在時英身前丈許左右處，前腿伏在地上，瞪著六隻眼，望著人群。
也許是受到了楚小楓的號召，胡逢春勇氣十足，一下子衝到了時英身前，道：「時老弟，那些黑豹是人裝的。」
時英道：「我說呢！他們太冷靜了，冷靜得不像一頭豹子。」
楚小楓道：「他們本來就不是豹子，是人，披著豹皮的人。」
時英冷笑一聲，道：「不論好人、壞人，總還是披著一張人皮，想不到竟然有人，放著好好的人不幹，卻扮作畜牲。」
他罵的很刻薄，但那伏在地上的三頭黑豹，仍然動也不動一下。
這時，分站在時英身側的兩個執刀大漢，一聽到那黑豹是人扮的，精神一振，突然躍飛而起，撲向黑豹，人未到，兩柄單刀已疾快揮出，攻了過去。

但是左右兩頭黑豹，右爪一抬，噹的一聲，竟把兩柄斬來的單刀擋開，左爪乘虛而入。兩聲慘叫，傳了過來，兩個執刀大漢，竟被一爪探入胸中，生生被挖出了心臟。

時英怒叱一聲，抖出腰間的軟劍。他有分花手之稱，手上功夫，確有過人之處。但他也對那黑豹的利爪，生出了顧慮，所以，才亮了兵刃。

楚小楓道：「時兄，殺雞不用牛刀，這三頭黑豹，交給在下了。」口中說話，人已撲了過去。

話說完，一頭黑豹，已然伏誅倒下。

左、右兩頭黑豹，忽然就地躍起，分由兩個方向，撲了下來。

凌厲絕倫的一擊。

但見黑豹在空中不停地翻爪，四條豹腿上，都伸出了很長的利爪。

時英看得清楚，那不是豹爪，豹爪沒有那麼長。

是長過半尺的利刃。

時英心中震動了一下，如若那豹爪之下籠罩的是自己，就無法躲過這一擊。

但楚小楓卻不但躲過了雙豹的利爪合擊，而且，一劍屠雙豹，脫離開黑豹利爪的同時，揮劍腰斬了雙豹。

他完好無傷的退出了一丈左右，幾乎是他出手之前的原位上。

兩頭仍在空中的黑豹，先噴灑出一片血雨，才摔落在地上。

這一招，看得時英佩服極了。

但他未多讚美，只望了楚小楓一眼，點頭微笑。

胡逢春卻一伸大拇指，讚道：「好劍法，老朽今日是大開眼界了。」

時英緩步行近了三頭黑豹，發覺果然是三個人所改扮。

一個手執利斧的大漢，跑了過來，道：「這是三張上好的豹皮，由腰中斬斷，實在是可惜得很。」伸手向一個豹頭上抓去。

那豹皮還未抓起，人已慘叫著倒了下去。

原來，那豹口之內藏有彈簧控制的暗器，豹口一張，立時有十二枚鋼箭射出。

剛才，楚小楓劍勢太快，又是專門對付這些黑豹的劍法。

如是他稍晚一些，兩頭黑豹由空中張口射出暗器，楚小楓就很難幸免了。

這是黑豹武士們最新的裝置，在襄陽的黑豹武士，口中還未裝暗器。

分花手時英高聲道：「我們已折損了三人，由現在開始，諸位最好是不要輕舉妄動。」

他是木隊首腦，片刻間，有三人受傷，內心中實在難過。

楚小楓道：「時兄，這兩天，咱們死了不少的人，但就大體而言，還算是不幸中的大幸，以他們這精心的設計，咱們應該有更大的傷亡。」

胡逢春道：「他們沒有想到，咱們這些人手中，竟有這樣多的高手。」

楚小楓道：「對！他們有些意外，更沒想到，這其中有兩位暗器名家，這一次，他們的設計，似是以子午追魂針為主，事實上，如若咱們稍微大意一些，就會被他們傷害了很多。」

胡逢春點點頭，嚴肅地說道：「不錯，仔細想一想，咱們是有些僥倖。」
時英道：「什麼人發動這一次攻襲，他們目的在哪裡？」
楚小楓道：「什麼人發動的這一次攻襲，只怕沒有人會知道，至於他們的目的，咱們倒是可以想一想。」
時英道：「那篷車中的婦人？」
楚小楓道：「大有可能。」
時英沉吟了一陣，道：「楚兄，你究竟知道多少事情？」
楚小楓道：「我不是知道，我只是猜想，那篷車中的人，可能是他們攔殺的主要對象。很不幸的是，叫咱們遇上了這件事！」
時英道：「你是說，咱們已經捲入了這個漩渦之中，無法自拔了？」
楚小楓輕輕吁一口氣，道：「時兄，是否有此感覺？」
時英雙目凝注在楚小楓的臉上瞧了一陣，道：「好像被楚兄說對了。」
胡逢春道：「既然諸位都有這種感覺，咱們除了團結一起之外，似乎是別無他法了。」
這時，田伯烈、譚志遠、何浩波、白眉大師，全部行了過來。
黑豹的出現，顯然已引起所有人的關心了。
楚小楓覺著這件事，也沒有一個明確的決定，才能使所有的人，更為團結。
楚小楓吁一口氣，道：「在下也覺著，應該如此。」
時英道：「照目下情勢看，對方的安排，似乎是不止如此，前面必有更惡毒的手段。」

胡逢春道：「他們至多在途中攔擊，總不致把人手安排在映日崖中。」
時英道：「這個很難說，如若他們真的害怕春秋筆，就不會在途中攔擊咱們了。」
楚小楓道：「此情此景，仰仗任何人，都非良策。而是咱們自己要振作起來，和那神秘的組合對抗，在下覺著，春秋筆也好，萬知子也好，絕對沒有辦法幫助咱們。」
田伯烈道：「經過這兩次對抗，他們的仇恨，似是已經包括了咱們所有的人。」
白眉大師道：「老衲也覺著，此刻不宜再行分散。」
楚小楓道：「風雨同舟，福禍與共，集大家的力量，拚命、保命，哪一位如是不願合作，不妨早作決定。」
時英又望了楚小楓一眼，但卻沒有反對。
他對楚小楓表現出的武功，生出了很大敬慕。
但也對楚小楓生出了懷疑。
田伯烈道：「在下同意楚兄之見。」
譚志遠道：「叫那些趕車的來，咱們已經為那篷車死了很多的人，如若他們不肯坦誠說明內情，咱們就把他們趕出去，叫他們單獨走。」
何浩波道：「對！前途仍然充滿著凶危，咱們要賣命也要賣到明處，死了也不能做個胡塗鬼。」
胡逢春一皺眉頭，望望楚小楓和田伯烈。
田伯烈淡淡一笑，道：「如若他們不讓你看？」

何浩波道：「在下已經說過了，不讓看，就趕他們離開。」
田伯烈淡淡一笑，道：「何兄，我不知道你數過他們的人數沒有？」
何浩波道：「我很注意，他們一共有十二個人，不算篷車裡面的人。」
楚小楓和神出、鬼沒、及二位劍童，自成一隊，沒有算在內。
田伯烈道：「他們雖然只有十二個，但兄弟說一句你何兄不愛聽的話，咱們這五隊，金、木、水、火、土，哪一隊也不是他們的敵手。」
何浩波道：「有這種事？」
譚志遠道：「咱們五隊聯手，除了楚老弟那土隊之外，也就不過是咱們幾個人可以頂用，這一點，譚兄想過沒有？」
譚志遠道：「白眉大師和十二羅漢呢？」
田伯烈道：「第一，這要看白眉大師是否同意，他是有道高僧，只怕和你譚兄的看法有點不同。再說，咱們這五隊人手，也未必能聯合起來。」
何浩波道：「你田兄不同意？」
田伯烈道：「不錯，兄弟覺著這做法是自相殘殺，不能同意。」
時英道：「在下也不同意。」
楚小楓道：「田兄說得對，如若咱們先衝突一場，給別人以可乘之機，只怕誰也討不了好去。」
譚志遠道：「這麼說，你也反對了？」

楚小楓道：「不錯，是反對。」
譚志遠霍然站起身子，道：「我們已替他們拚了兩場，不能為他們再拚下去。」
目光一掠白眉大師，道：「大師有何高見？」
白眉大師道：「老衲很為難。」
他是真的為難，覺著不應讓這些素不相識的人，以性命保護篷車，也不好把那一批逐離此地。
行俠仗義、濟困扶危，要本人願意才行，何況，那篷車中的人物，一直很神秘，保護車中的神秘人物，連行俠仗義也說不上。
譚志遠盯得很緊，冷冷望了胡逢春一眼，道：「你是咱們的頭兒，應該說一句公平話。」
胡逢春也很為難，他心中明白，他雖然是推舉出來的頭兒，真正去管事，誰也管不了，沒有一個人，真正對他忠實。
沉吟了良久，才緩緩說道：「要諸位去保護篷車中人，實在有些說不過去，可是，目下處境，又不……」
譚志遠接道：「行啦！有胡老這一句話，咱們就可以撵走他們了。」
楚小楓道：「譚兄，這幾句話未免斷章取意，你真要聽胡老的，就該讓他把話說完，不願意聽，那也是你譚兄的事……」
譚志遠怒道：「住口，你是什麼東西，也敢教訓我譚某人？」

楚小楓淡淡一笑，道：「譚兄，不用出口傷人，在下倒有一個兩全其美的辦法。」

胡逢春道：「楚老弟快些說出來聽聽。」

楚小楓道：「咱們推舉了你胡老出來，又不能真正的擁戴，那不如散伙，各行其是，願意留的留，願意走的走，每人都可以抉擇如何一個走法。」

在爭執不下中，這實在是一個好辦法。

胡逢春道：「楚老弟，你怎麼決定？」

楚小楓道：「我留下，和篷車走在一起。」

田伯烈道：「我也留下。」

時英道：「兄弟和田兄交情一向不錯，他留下來，兄弟也留下了。」

胡逢春道：「老朽也留下來。」

白眉大師道：「老衲覺著，既然保護了他們，那就只好再多保護幾天了。」

措詞雖不同，但誰都聽得懂。

譚志遠道：「胡老，有一件事，咱們要說清楚，我們是要攆走篷車，諸位不是留下來，而是帶著篷車走。」

楚小楓笑一笑，道：「好！不過，現在夜色幽暗，危機四伏，就算各行其是，也該要到明天才行。」

譚志遠道：「明天？」

楚小楓道：「譚兄總不能要我們立刻動身吧！」

譚志遠望望何浩波。

他們已經發覺了自己正處於一個孤單的環境中，明天，田伯烈等一行離開，很可能會帶走所有的人。

那時，不但面子上大受折損，更重要的是，所有的人，實力分散，處境必然十分危險。

兩人雖然一身武功，也有些自負不凡，但目睹了對方設計的精密、實力的龐大，心知一旦實力分散，以兩人力量，很難抗拒對方。

形勢逼得兩個人無法自然下台了。

兩個人對望了一眼之後，有一刻短暫的沉默，但沉默中，卻隱藏著無比的緊張。

因為在場之人，都看得出來，譚志遠和何浩波兩人的情緒，都正有著劇烈的變化。

必然有一場麻煩。

卅三　金鈴追魂

果然，譚志遠開了口，冷冷地說道：「胡老，你是咱們推舉出來的頭兒，做事一定要主持公道。」

胡逢春道：「哦！」

何浩波接道：「不平則鳴，如是你處事不公，只怕會很容易引起麻煩。」

譚志遠道：「一旦大家撕破了臉，事情就很難處置了。」

楚小楓暗暗忖道：「這兩個人麻煩得很，如是不把他們給壓服下去，只怕還要鬧下去了。」心中念轉，口中說道：「胡老，你是大家選推出來的首腦，權威不容輕侮，在下衷心支持，但有所命，必然全力以赴。」

言下之意，大有不論什麼後果，都願接下來的用心。

譚志遠、何浩波都聽懂了弦外之言。

胡逢春自然也聽得明白，立刻說道：「譚老弟、何老弟，所謂的麻煩，不知是何用心，我被諸位推舉出來，如是諸位不肯授予在下全權，老朽只有辭去這徒有虛名的頭兒了。」

譚志遠道：「咱們這個組織，本也是臨時湊合，眼看就要散了，胡老這頭兒的癮，實在也過不下去了。」

胡逢春氣得臉色大變，白眉大師也聽得心頭冒火，正想接口，楚小楓已搶先挺身而出，道：「譚兄，你太放肆了，你罵我楚小楓，也就算了，但這樣對大家選出的首腦，那就有些目無長上了。」

譚志遠沒有看到楚小楓對付兩個黑豹時的快劍，如若他看到了，也許不會這樣衝動。

只見他一下子跳了出來，冷冷說道：「你小子好大的口氣。」

他正要找一個人鬥一場，楚小楓在他眼中，是最好的對象之一。

楚小楓冷然一笑，道：「譚兄覺著兄弟之言不對麼？」

譚志遠道：「不對！你這口沒遮攔的狂妄小子，在下也要好好地教訓你一頓。」呼的一拳，搗了過來。

他生恐田伯烈、時英等出面干預，立刻動手。

兩人只要打了起來，別人就不好出面了。

楚小楓誠心折辱他，眼看一拳擊來，不閃不避，只待拳勢近身三寸，才突然一側身，左手疾出，托住了譚志遠的右肘，順勢向前一帶，借力使力。

譚志遠只覺身子騰空而起，一下子摔到了一丈開外。

看上去，也許是平淡無奇，但這手法卻是精巧絕倫，是一種技巧和功力的結合。

田伯烈、白眉大師、時英等都看得出來，是一種絕對深奧的武功。

但被摔出一丈多的譚志遠，偏偏仍沒有看出來，他一挺而起，怒聲說道：「好小子，你還真有一套。」口中喝叫，手中卻已扣住了兩枚飛蝗梭。

田伯烈冷冷說道：「譚兄，朋友比武，點到為止，你如動暗器，那就不夠朋友了。」

譚志遠道：「彼此動手，各憑本領，暗器也是本領之一，為什麼不能使用。」

田伯烈道：「譚兄，你可知道一動暗器，那就會導致彼此間手下不再留情了。」

譚志遠道：「本來，也就不需留情。」

楚小楓手握劍柄，冷冷說道：「譚兄，執意如此，兄弟捨命奉陪。」

譚志遠道：「好！你小心了。」一抬手，兩枚飛蝗梭電射而出。

夜色幽暗，這種小巧、犀利暗器，實在很難防備。

但楚小楓有辦法。

只見他拔劍一揮，全身都被包圍在一團劍光之中。

飛蝗梭被那繞身飛舞的劍尖擊落實地。

劍光暴長，挾一團冷芒直射譚志遠。

譚志遠吃了一驚，來不及發出暗器，事實上，就算能發出暗器，也未必能夠阻擋得了對方，只好拔劍封去。

楚小楓的劍勢來得太快，譚志遠也不過拔出一半，楚小楓手中劍千鋒合一，劍芒已經指到了譚志遠的咽喉要害。

譚志遠呆了一呆，鬆開了握在手中的劍柄。

一個人，真正面臨到死亡關頭時，求生的本能，會使他冷靜下來。

楚小楓還劍入鞘，向後退了三步，道：「譚兄，明天天一亮，兄弟就帶人離開，絕不拖累諸位。」

譚志遠輕輕嘆息一聲，道：「不用了。」

楚小楓道：「譚兄的意思是……」

譚志遠接道：「如若咱們之間，一定要有人離開，那就是兄弟，看情形，他們跟著你楚兄，才會多一份生機。」

田伯烈道：「譚兄，金、木、水、火、土，五行缺一不可，江湖上有句話說，不打不相識，朋友是交出來的，譚兄為什麼不肯留下來呢？」

譚志遠沉吟了良久，道：「兄弟很慚愧，其實，我早該看出來，楚兄有一身驚人的武功，但我卻自取其辱……」

楚小楓接道：「譚兄言重了，你的連環飛蝗梭，沒有施展出來，如非手下留情，在下只怕早傷在飛蝗梭下了。」

譚志遠苦笑一下，道：「唉！楚兄……」

田伯烈一揮手，接道：「兩位別再客氣了，江湖上應該有三分傲氣，但大家既然交上了朋友，那就不能再鬧什麼虛偽、客氣了。」

譚志遠道：「好吧！既然楚兄不咎既往，兄弟願意留下。」

何浩波沒有說話，但可從他神色中，看出他亦無拒絕留下之意。

胡逢春哈哈一笑，道：「好！好！只有咱們這樣合在一起，才能全力對外。」
譚志遠道：「胡老，目下情形，好像已非咱們臨時湊合、壯壯膽子所能應付。」
胡逢春道：「你有什麼高見？」
譚志遠道：「我知道，咱們之中，有很多不滿之人，兄弟覺著，不妨說明，可以自己離去，願留下的，必須聽從調度，要號令森嚴，才能使力量集中，動用靈活。」
胡逢春點點頭，道：「對！應該如此。」
時英道：「胡老，要號令森嚴，就必須要執法如山，所以，必須要列舉出幾種規範，但要簡單明白，很清楚，使人沒有爭辯的餘地，然後，嚴厲執行，絕不寬貸。」
胡逢春淡淡一笑，道：「老弟，這個不太好吧！我們只是臨時湊合在一起，過幾天，就要散去，嚴厲執法，一旦要處決違法者，只怕人心不服，日後也不便向武林同道交代。」
時英笑一笑，道：「胡老，這是為他們好，你如有不便之處，只要吩咐一聲，我們執行就是。」
會商的結果，只訂了一條。
那就是：嚴格遵行令諭，不得稍有違背。
其實，這一條立法，也就夠了，一個人，只要遵從令諭，什麼法也就不會犯了。
田伯烈、時英、何浩波、譚志遠、楚小楓同時宣布了這件事。
全體近百人，竟然無人提出抗議，也沒有一個人自行離開。

第二天，天色大亮之後，才一同上路。

這一次，改由譚志遠帶領著屬下，走在前面，他心中對楚小楓有著很深的愧疚，總希望有一個機會表現一下，所以，他自請走在前面。

譚志遠表現出了大無畏的勇氣，選了兩個武功較好的人走在數丈之前。

有了很謹慎的戒備，走起來也很小心。

又越過兩座山峰，也不過是二十里左右，天色已然近午。

這兩座山峰相當的高。

雖然，都是有一身武功的人，也都有點倦意，最重要的，大家都有些口渴。

正好，山峰下有一條小溪，水清見底。

谷道至此，已成山徑。

那是說，不論用多麼健壯的馬，也無法拖著篷車行走了。

成中岳打量了一下山勢，不禁一皺眉頭。

馬車是無法再向前行了，這一輛精心設計的篷車，勢必要棄去不用了。

群豪取出了乾糧、水壺，灌取一些泉水，準備食用。

楚小楓突然行到了溪邊，低聲對譚志遠道：「譚兄，別讓他們食用溪水。」

譚志遠是何等人物，點點頭，高聲說道：「諸位切不可飲用溪水。」

都是老江湖了，誰還會聽不懂弦外之音。

楚小楓取出一根象牙籤子，放入了溪水之中。

果然，象牙籤緩緩變色。

那說明了水中有毒，不過，是慢性之毒，毒性並不強烈。

譚志遠一皺眉頭，道：「好卑下、好惡劣的手段。」

這時，已經有兩個口渴的人，忍不住，喝下去了不少的溪水。

胡逢春望了兩人一眼，道：「兩位可有不適之感？」

這藥性本來很慢，還未到發作時間，但兩人知道了水中有毒之後，心理作用，立刻覺著腹中隱隱作痛起來。

胡逢春緩步行了過來，送上了兩粒丹丸，道：「這是少林解毒金丹，兩位各服一粒，看看能不能解去身中奇毒。」

兩個中毒大漢，接過藥丸，立刻吞下。

中毒的兩人，都屬於譚志遠率領的火隊。

所以，譚志遠心頭很火，冷冷說道：「我們已連經險難，諸位心中，都該有點警惕，不願同行的，可以立刻走路，留這裡，就必須要聽我們的令諭行事。」

他說的聲音很高，似乎是有意讓所有的人都聽到。

楚小楓眼看一些汲取溪水的人，大都連手中的水壺一起丟掉，當下低聲說道：「譚兄，不用責備他們，我準備和那護車的人談談。」

時英接道：「我陪楚兄一行。」

楚小楓不便反對，只好答應。

成中岳心中正感焦急，不知如何處置這件事，卻見楚小楓行了過來。

可惜有一人同行。

將近成中岳時，楚小楓故意落後了一步，他早有算計，準備要時英開口。

成中岳也明白了楚小楓的心意，一抱拳，道：「時兄。」

時英不想開口也不成了，只好說道：「你是……」

成中岳接道：「在下姓成。」

時英道：「好，成兄，前面已無可通篷車之路，不知成兄要如何處置她們？」

成中岳道：「時兄是說這輛篷車？」

時英道：「篷車倒是簡單，丟了不要就是，但篷車中的人，如何安排呢？」

成中岳道：「兄弟正在盤算，時兄可有高見，指點兄弟一、二。」

時英笑一笑，道：「就是張良還魂，孔明重生，我看也想不出什麼高明的辦法，只有讓她們下來走路了，或是棄置她們不管。」

成中岳道：「兄弟想給她們找兩根滑竿坐坐。」

時英笑笑道：「不管用什麼方法，都沒有法子使她們保持原來的隱秘，別說敵人……就是我們自己人，也充滿著好奇。」

楚小楓站在旁邊，一直很用心地聽兩人說話，但卻一直未發言。

顯然，對此事已完全授權給成中岳處理了。

輕輕吁一口氣，時英接道：「我說成兄，我們大夥兒都在等你決定。」

成中岳略一沉吟，道：「好！我要她們下來，不過，有幾點不合常情之處，還望諸位擔待一、二。」

時英道：「好，你請說。」

成中岳道：「她們不能和私人交談，而且，我要她們經過一番易容改扮，諸位也要約束手下，不能讓他們多問。」

時英道：「這都不是什麼難事。」

成中岳道：「好，就這麼決定了，還望時兄屆時多為美言。」

時英本來想逼對方公開車中人的身分，這樣一來，倒是不好意思再追問了，拱拱手，道：「好，成兄還走中間，此事，我們可以擔保。」

回顧了楚小楓一眼，還未來得及開口，楚小楓已搶先說道：「時兄這件事辦得高明。」

轉身而去，胡逢春、田伯烈、何浩波、譚志遠都未再刁難。

楚小楓要王平等用石塊在溪上安幾處停腳的地方，當先而過。

溪中水既有毒，最好能連衣服也不沾水。

車中人卻改扮了男裝，混在人群之中，但仔細看，還是可以看出來。

她們仍和成中岳等走在一起。

綠荷、黃梅、紅牡丹，總是在有意和無意之間，把小紅夾在中間。

四英、七虎又故意圍繞在四女的身邊，越過了小溪，又向前行去。

胡逢春豪興勃發，帶著武承松和楚小楓，走在最前面。

這時，土隊開道，王平、陳橫、成方、華圓走在前面。

連續經過數次變化，群豪心中都有了一種感覺。

這是一段很崎嶇的路，充滿著危險，稍一不慎，就可能會步入死亡之中。

血淋淋的證明，使他們都有著離開這個團體，就會失去保障的感覺。

太陽還未下山的時刻，路轉峰迴，一山擋道。

一片寬闊的草地上，並肩站著三個人。

三個人穿著一樣，一色的黑色長袍，臉上也是一片黑，但黑的並不是皮膚本色。

一眼之下，就可以看出來，那是用黑色塗在臉上。

儘管三個人的臉型不同，但塗上了黑色之後，很難看得出這些臉上的差別。

只能從他們身材的高、低，來分辨三個人了。

居中一人，身材最高。

只聽他冷笑一聲，道：「諸位之中，哪一個可以負責答話的？」

胡逢春道：「老夫。」

居中人道：「你能夠作主？」

胡逢春道：「我是這群人推舉出來的頭兒，你說我能不能作主。」

居中人道：「哦！」

胡逢春道：「有什麼話，盡可以對我說了。」

居中人道：「你們這群人中，有一個女人。」

胡逢春道：「怎麼樣？」
居中人道：「把她交出來，你們這一群人，就可以平平安安地到映日崖了。」
胡逢春淡淡一笑，道：「你們暗中算計了我們不少次，都沒有成功，暗裡不行，準備明來了是麼？」
居中人道：「閣下怎麼稱呼？」
胡逢春道：「還要報個名字出來？」
居中人道：「不錯，報個名字，咱們才能秤出來，你有多少分量？」
胡逢春心中很為難，他久年在江湖上走動，心知這一回答，必然會留下無窮的後患，能逃過今日之劫，也逃不過日後的追殺。
他忽然感覺到走在最前面，爬到最高的人，也危險最大。
但此時此情，胡逢春也似乎是只好認命了。
但他久走江湖，至少學會了不吃虧，冷笑一聲，道：「在下有名有姓，只要說出來，就算是閣下不認識，也不難打聽得出來，但閣下卻用黑色塗抹了一張臉，連真面目也不肯示人。」
居中人道：「這張臉，是被顏色塗過，不過，這也就是我們永遠的臉了，它會陪我們直到死亡。」
胡逢春道：「為什麼？」
居中人道：「因為塗在我臉上的黑色，是一種永遠沒有辦法洗去的顏色。」

胡逢春道：「哦！為什麼？」

居中人道：「這張臉，就是真的我，所以，我沒有什麼隱瞞的了。」

胡逢春微微一笑，道：「你是誰，該有一個名字吧？」

居中人道：「有，金牌為證，閣下請看。」取出一面金牌，遞了過去。

武承松伸手接過，交給胡逢春。

只見金牌上面，寫著一個七字，另一面，雕刻了一面牛頭。

胡逢春道：「這是什麼意思？」

居中人道：「牛頭七號劍士，就代表我。」

胡逢春道：「這倒是很輕鬆啊！如若老夫隨便報個姓名呢？」

居中人道：「牛頭七號劍士，簡稱七，你只要能找到我們的住處，一問就會有人知道，不過，我們的住處很隱秘，似乎是很不容易找到。」

胡逢春道：「哦！」

牛七道：「至於你，大可不必用什麼假名假姓，其實，不論你什麼名字，我們要找你，並非難事。」

胡逢春哈哈一笑，道：「好！牛七，老夫胡逢春。」

牛七冷笑一聲，道：「你們這些人走在一處，好像是準備和我們對抗了。」

胡逢春道：「我們不和人對抗，但也不願被人傷害。」

牛七哈哈一笑，道：「這意思我們明白，問題在你們願不願意交出那個女人？」

胡逢春冷冷說道：「我們不肯交出又如何？」

牛七道：「那就麻煩了。」

胡逢春道：「你們在林中埋伏，又披上豹皮傷人，如今又威嚇我們。」

牛七道：「不是威嚇，我們是真真正正的要留下人，你們如是不肯交出來，那就只有一個辦法。」

胡逢春道：「什麼辦法？」

牛七道：「闖過去。」

楚小楓冷冷接道：「你們已經殺死了不少的人，又哪在乎多殺幾個人呢，我們就算交出，你們也一樣不會放過我們。」

牛七道：「這個……」

楚小楓接道：「你不過是一個牛頭級的劍士，想想看，你能作得了什麼樣的主。」

牛七道：「哦！」

楚小楓緩緩向前逼近幾步，道：「胡老，請退後幾步掠陣，在下闖過。」

牛七冷然一笑，道：「就你一個人麼？」

楚小楓道：「對你們幾位，大概還用不著我們多人聯手，你們亮劍吧！」

牛七右手握住劍柄，但左、右兩個黑衣人，卻已長劍出鞘。

楚小楓道：「很好，三位聯手，希望能接下我三招。」

牛七道：「你說什麼？」

楚小楓覺著，此刻，已經到了應該表現自己的時刻，對這些武林同道而言，他表現的愈好，對方就會把目標集中在他身上，那就會減少別人的危險。

所以楚小楓決定不再隱蔽，他要顯露出最凌厲的武功，成為這一群人心中最敬服的人。

牛七拔出了長劍。

三個黑衣劍士，相互望了一眼，突然間，一齊出手。

三柄長劍，有如三道閃電一般，分由三個方位刺到。

楚小楓心中早已想好了他們有幾種攻勢。這三人的合擊之勢，正是楚小楓想到的一種。

三道閃電一股劍光，構成了很嚴密的一片劍網。

任何人，都替楚小楓捏了一把冷汗，躲開這一劍，應非易事。

楚小楓迅快地拔劍，寒芒交織，忽然間失去了所有的人影，幾聲悶哼，傳入了耳際。

劍光收斂，一切又恢復了平靜。

楚小楓的劍，已還入了鞘中。

三個黑衣人仍然站著，咽喉間，忽然噴出一股鮮血。三個人倒了下去。

每個人都在咽喉上中了一劍。所以，每個人，都只能發出一點聲音，三個人，都是劍中咽喉。

沒有人看清楚楚小楓是如何出劍的，但卻看到了三個黑衣人出劍。

那是組合嚴密的一片劍網，但卻被楚小楓脫網而出，而且，殺了三個人。

這一劍，當真是石破天驚，不但擊斃了三個黑衣人，而且，也震驚了全場。

一時間，場中一片靜，靜的聽不到一點聲息。

直待三具屍體倒下良久之後，胡逢春才第一個開口，道：「好劍，好劍，老夫活了大半輩子，第一次看到了這種快劍。」

群豪之中，難過的是譚志遠，以楚小楓這等奇怪的劍法，如是真要殺他，實是易如反掌。但楚小楓卻對他一直忍耐、謙讓。

楚小楓一抱拳，道：「胡老，在下幸未辱命。」

胡逢春道：「老弟，行！英雄出少年。」

田伯烈行了過來，低聲道：「楚兄弟，這三個人的劍法不弱，只可惜，他們還未來得及出手，卻已死於你的劍下了。」

楚小楓笑一笑，道：「田兄，小弟覺著，很多的麻煩，都由小弟多言而起，所以，小弟覺著，應該挺身而出了。」

時英道：「看起來，這不是一件偶然發生的事，而是一件有詳細計劃的截殺，楚兄表現出的武功，也會使他們提高警覺，後面的攔截，必然會更惡毒十倍以上了。」

楚小楓道：「不錯。」

田伯烈道：「唉！事實上，咱們真的交出人，他們也未必會放過咱們。」

胡逢春低聲道：「楚老弟，那女人究竟是誰，為什麼這麼多人要殺她？」

楚小楓嘆息道：「希望前輩相信，在下確實不明內情。」

這幾天，他一直未履行對小紅許下的承諾，小紅也沒有機會告訴他真實的內情。

這幾天內，兩人連見面機會也沒有。

現在，一個瘦瘦小小的黑衣人，正向楚小楓行了過來。

女孩子，穿上了男人衣服，和真的男人比起來，個子都小了很多。

可是現在，有四個小個子男人行過來。

她們個子不大，但走起路來，卻是很像男人。

楚小楓心中明白，那四人是綠荷、黃梅、紅牡丹，再加上小紅。

四個女人，都是經歷過風浪的人，每人，都很會控制自己。

四個人，行近了楚小楓，緩緩把他圍了起來。

胡逢春急道：「你們這是幹什麼？」

楚小楓低聲道：「胡老，不要緊，她們有事情問我。」

四個美麗的大姑娘，經過一番改扮之後，還真是不太好辨識，楚小楓打量了半天，才看出小紅，笑一笑，道：「有事情告訴我？」

小紅點點頭，行的更近一些，幾乎撞上了楚小楓的鼻子。

楚小楓微微躬身，把耳朵湊近她的嘴邊。

小紅的聲音很低，低的只有楚小楓才可以聽到：「他們要殺我，而且，不惜代價。」

楚小楓點點頭，道：「我知道。」

小紅道：「這些人，和我素不相識，但卻全力保護我，是不是因為你的原因？」

楚小楓道：「不全如此，還有俠義精神，覺著應該保護。」

小紅嘆息一聲，道：「我該怎麼辦呢？」

楚小楓道：「最好的辦法，就是說出你所知道的一切，那不但對我們目下的人，有很大的幫助，就是對整個的江湖同道，也有很大的幫助。」

小紅道：「你是說，要我現在當眾宣布出來？」

楚小楓道：「對！」

小紅搖搖頭，道：「不行。」

楚小楓道：「為什麼？」

小紅道：「因為，我如說了實話，他們會更感不安，如是騙了他們，也不是辦法，那就不如使他們感到一個前途茫茫，由他們一直警惕著，也許會更好一些。」

她說得很有道理，這些人中，很少有像楚小楓同樣決心的人。

楚小楓只好點點頭，道：「好吧！不過我還是希望早些知道內情。」

小紅道：「你忘了……」

楚小楓道：「什麼事？」

小紅道：「你還沒有陪過我。」

楚小楓呆了一呆，答不出話。

小紅狡獪一笑，道：「不過，我可能改變主意，你選幾個你相信的人，今晚，咱們宿營之後，我們好好談談。」

楚小楓點點頭。

忽然金鈴聲動，劃空而過。

小紅的臉色一變，道：「他來了。」

楚小楓道：「誰？」

小紅道：「金鈴追魂叟。」

這幾句話，說的聲音很大，站在旁邊的人，都聽到了。

楚小楓道：「金鈴追魂叟，沒有聽說過啊！」

胡逢春道：「我聽過。」

小紅等四個人，匆匆而去。

楚小楓道：「胡老，金鈴追魂叟，是怎麼樣一個人？」

胡逢春道：「一等一的殺手，三十年前，他在江湖上走動，一年之內，殺了十二個高人，但卻沒有人見過他，光聽到他的金鈴聲響。」

楚小楓道：「這個人很神秘？」

胡逢春道：「不是神秘，而且是詭秘，充滿著殺機、恐怖的詭秘。」

楚小楓道：「胡老，既然被稱為叟，想來必然是一位老人了。」

胡逢春道：「三十年前，他叫金鈴追魂叟！三十年後，他還活著，當年，就算他是個老人，但也不是個很老的人。」

楚小楓道：「他在一年之中殺了十二個人，倒不算是最凶險的人了。」

胡逢春道：「他殺的人，不算太多，不過，那十二個的身分，都是非常特殊，別的人就算想殺一個，只怕也得策劃上一年、半載。」
楚小楓道：「這麼說來，金鈴追魂叟，是一個很可怕的人了。」
胡逢春道：「是的，很可怕，奇怪的是，殺了那十二個高人之後，這位怪人，也忽然消失不見了，想不到三十年後，又出現在江湖上。」
楚小楓道：「也許，他一直在江湖上走動，只不過，他收起了金鈴，三十年前，他可能還是個很年輕的人，故意扮做了一個老人，江湖上易容之術，有時候，幾可亂真。」
胡逢春呆了一呆，道：「有道理，這實在是一件很簡單的事，怎麼這幾十年中，就沒有人想到？」
楚小楓道：「只不過是沒有人去想它，只要稍微想一下，就可以想得很清楚了。」
胡逢春道：「哦！」
楚小楓道：「現在，在下要好好地商量一下，如何對付金鈴追魂叟了。」
原來有些自傲的白眉大師，此刻卻像是有沉重的心事，臉色一片肅穆。
田伯烈、譚志遠、時英、何浩波，也都沉思不語。
這情形有兩個可能，一個是，所有的人，都對那金鈴追魂叟，有很大的顧忌，根本就沒有對付強敵的鬥志。
第二個是，一時間，想不出辦法，只好三緘其口。
楚小楓暗暗吁一口氣，道：「諸位，金鈴出現，如若是一種警告，那就和出現的黑衣人有密切的關係，這些人，是死在區區的劍下，金鈴追魂叟要替他們報仇，亦必會先找上我。」

田伯烈等齊齊抬頭，望了楚小楓一眼。

楚小楓笑一笑，道：「如是金鈴追魂叟，一定要殺我們，我相信，就算咱們肯束手就擒，他也一樣會下手。」

時英道：「不錯。」

楚小楓道：「我不知道，一個真正的高手，武功能高到什麼樣的程度，但我想一個人的體能總該有一種極限，金鈴會飛，也只不過是一種構造很巧的暗器，絕對不是魔法、神術。」

田伯烈道：「楚兄說得是，咱們既然不能束手任它宰割，那也只有放手一拚了。」

胡逢春道：「嗯……」

楚小楓接道：「眼下還不敢肯定，他是否一定和這三個人有關，不過，咱們不能不準備一下。」

胡逢春道：「楚老弟……」

楚小楓道：「胡老，金鈴追魂叟，只有一個人吧？」

胡逢春道：「是！」

楚小楓道：「只要他一現身，先由在下對付他。」

這幾句話，豪氣干雲，使得田伯烈、譚志遠等，都聽得精神一振。

胡逢春突然哈哈一笑，道：「好！諸位都不怕，老夫這一把年紀了，哪裡還會把生死之事，放在心上。」

楚小楓提供了一個很詳細的建議，這些人手，重新的分配一下。

成中岳、四英、七虎都擔當重任。

白眉大師和十二羅漢，也分配重要的任務。

但真正對付金鈴追魂叟的，卻是楚小楓、田伯烈、時英、何浩波、譚志遠等。

成方、華圓、陳横及時馳援。

連番變故，造成的恐怖，已使得在場的江湖人物，有一個強烈的感受，只有聽候安排，才可以減少凶險。

金鈴追魂叟，並未出現。

但每個人，都能感覺到一種無形的壓力，在暗中激蕩，這種無形的壓力，又與時俱增。

第三天，中午時分。

胡逢春打量了一下行經的山谷，道：「再有兩天，咱們就可以到映日崖了。」

田伯烈道：「胡老，其實，到了映日崖又能如何呢？還不是一樣，他們既然敢在途中殺人，又為什麼不敢在映日崖中殺人呢？」

胡逢春道：「那不同，映日崖雲集了天下英雄，金鈴追魂叟大概也不敢在那裡殺人。」

時英道：「胡老之意，可是說，他們要對付咱們，一定會在到達映日崖之前了。」

胡逢春道：「這一點，老夫可以擔保。」

田伯烈道：「今天是最重要的一天。」

譚志遠道：「這地方，也是一個很適當的地方。」

楚小楓道：「不錯，咱們應該停下來了。」

胡逢春心中雖已明白了他說話的意思，但仍忍不住問道：「停下來，為什麼？」

楚小楓道：「胡老，請看山谷形勢，兩面的山壁，愈來愈高，中間通道，卻是越來越是狹窄，咱們只要深入百丈，就可能陷入絕境，敵人埋伏，一旦發動，必然會使咱們造成重大的傷亡。」

胡逢春道：「此地通往映日崖，只有這一條路可走。」

楚小楓道：「在下的意思，只是覺著咱們自己先走一趟，一旦遇變，也好應付。」

田伯烈道：「大隊停在谷口，咱們先進去幾個人瞧瞧。」

胡逢春道：「老夫既是領頭的，義不容辭。」

楚小楓微微一笑，道：「在下追隨。」

譚志遠、田伯烈等齊聲接口。

最後的決定是，胡逢春帶著五行領隊，進谷查看。

楚小楓和田伯烈在前面開道。

深入百丈之後，兩側山壁如削，中間的山谷，只有兩三丈的寬度。

楚小楓突然停下了腳步，高聲說道：「諸位，可以下來了，咱們已經發現了你們，所以，才把大隊停在谷口處。」

他語氣肯定，似乎是真的早已經發現了對方一樣。

胡逢春低聲道：「譚老弟，你看兩側是否有辦法藏人？」

譚志遠還未來得及答話，一側山壁間，已傳出了一聲冷笑。

峭壁數十丈處，一顆大山石後，突然站起一人。

雙方的距離，雖然還有數十丈，但楚小楓卻看清了那是一個老人。

楚小楓低聲道：「田兄，看到那人沒有？」

田伯烈道：「太遠了，看不清楚。」

楚小楓道：「一個老人，留着白髯，不知是不是金鈴追魂叟。」

只見那人站起身子，忽然一躍，竟從四十五丈的高處跳了下來。

將近實地的時候，忽然間雙掌向下一按，一股潛力擊在地上。

那股力道很巧妙，別人只見雙手向地上微微一按，向下急墜的身子，好像忽然受到了控制，身子一挺，站了起來。

只這一手，已經是使得在場之人，看得心頭一震。

田伯烈、時英、何浩波、譚志遠、胡逢春，都自覺沒有這份功力。

但楚小楓似是一點也未放在心上，迎了上去，笑一笑，抱拳道：「閣下是金鈴追魂叟？」

那人穿著一件黑色長衫，雪白的長髯，直垂腹間，但臉色卻是一片紅潤。

看臉色，他應該只有三、四十歲，但那一把雪白大鬍子，至少也應該有七、八十歲了。

那一身輕功，和這把大鬍子，這人的武功，應該已到了爐火純青之境。

黑衫白髯，看上去別有一股威武氣勢。

只見他一拂胸前長髯，冷冷說道：「小娃兒，報個名字上來，老夫掂掂你的份量，看夠不夠和老夫說話。」

楚小楓冷笑一聲，道：「閣下最好先把你的身分說出來，在下也要看看，你老人家，有沒有這個威名？」

白髯老者冷然一笑，道：「好大的口氣！」

楚小楓道：「閣下不覺著，也有些倚老賣老麼？」

白髯老者臉色一變，道：「金鈴追魂叟，有沒有倚老賣老的這個身分。」

楚小楓道：「果然是你！」

白髯老者：「說出來，你的名字呢？」

楚小楓道：「楚小楓，後生晚輩，名不見經傳，說出來，閣下也不會知道了。」

金鈴追魂叟淡淡一笑，道：「老夫倒是聽過這個名字。」

楚小楓道：「這倒是出了晚輩的意料之外。」

金鈴追魂叟道：「楚小楓，老夫要人！」

楚小楓道：「區區在此。」

金鈴追魂叟道：「不是你，老夫要的是另外一個人，一個小丫頭。」

楚小楓道：「老前輩，先拿下了區區，再打別人的主意。」

金鈴追魂叟突然仰天大笑道：「楚小楓，見過老夫的人，非死不可，你不擔心老夫不放過你？」

楚小楓道：「見過你的人，都死了……」

金鈴追魂叟道：「不錯。」

楚小楓道：「區區見過了閣下，現在還不是好好的活著麼？」

金鈴追魂叟道：「很快，立刻可以要你如願以償。」

楚小楓道：「在下恭候大駕，閣下有什麼手段，盡管施出來。」

金鈴追魂叟右手一揚，但卻又突然停了下來，道：「楚小楓，老夫兇名甚著，見我之人，無不害怕，但你卻好像一點也不畏懼老夫。」

楚小楓笑一笑，道：「你有什麼可怕？」

金鈴追魂叟呆了一呆，道：「你說什麼？」

楚小楓道：「我說，你這人並沒有什麼可怕，別人怕你，那是因為他們怕死……」

金鈴追魂叟道：「你不怕死？」

楚小楓道：「不怕，何況，你也未必能殺得了我。」

金鈴追魂叟冷笑一聲，道：「楚小楓，老夫本來還有幾句話要告訴你，但你這樣無禮，老夫似乎是用不著再和你多費唇舌了。」

忽然間，雙手一合，數道寒芒，疾射而出。

如此接近的距離之下，任何人，都很難躲過。但楚小楓早已有了準備。就在對方雙手一動之時，人已飛騰而起。數道寒芒，擦著靴底而過。

追魂叟微微一怔之後，突然哈哈大笑道：「好啊！楚小楓果然是名不虛傳。」

人隨著呼喝之聲，飛騰而上，有如一支筆直向上的弩箭，直向楚小楓追了過去。

人未到，右手一抬，一道寒虹，疾射過去。

這追魂叟，果非凡響，劍隨身動，軟劍已如閃電般，急射而出。

楚小楓人在騰飛而起時，右手已握住劍柄。

揮劍下擊，雙方接實。

金鐵相觸，只響起兩聲輕微的波波之聲。

但兩條人影，卻在空中橫裡翻騰開七尺。

就是那七尺的距離，兩人已交手七劍。

楚小楓心中一動，道：「袖中劍，天王針。」

金鈴追魂叟點點頭：「好見識，叫破老夫劍、針雙絕的，你還是第一個。」

這本是楚小楓在無名劍譜上，所見的東西，隨口一叫，竟是正著。

楚小楓道：「天王針，殺人於不備之中，袖中劍，卻只有三招追魂奪命的閃擊。」

金鈴追魂叟臉色一變，道：「你……」

楚小楓接道：「原來，你殺人就是憑此針。」

田伯烈道：「天王針在暗器中列名第三，又叫無影針，想不到追魂叟也是一個施用暗器的大行家。」

追魂叟點點頭，道：「好！今日，你們在場之人，一個也別想活著離開。」

楚小楓道：「閣下，你連傷我一人，也未必能夠。」

長劍一震，忽然政擊，一連三十二劍。

這三十二劍連綿而出，攻勢凌厲異常。金鈴追魂叟竟然被逼得一連向後退了一丈多遠。

追魂叟臉色一片清紫，極力想反擊搶攻。

但楚小楓那三十二劍，綿連成一片劍光，未留有一點空隙。

一直等到楚小楓這三十二劍用完，追魂叟才突然展開反擊。

仍然未見他亮出兵刃，只是一雙手展開反擊。

但楚小楓心中明白，追魂叟只是在等待著機會。

適當的機會，袖中劍和天王針，立刻就會攻出來。

追魂叟越是不輕易出劍，楚小楓心中警惕越高。

所以，楚小楓改採了守勢之後，劍勢十分嚴謹。

追魂叟雙掌變化雖多，但他卻一直沒有辦法攻入劍光之中。

一個人，能和金鈴追魂叟打成平手，也是一件轟動江湖的大事。

場中之人，個個都是江湖中一流高手，任何人，都看得出來，楚小楓劍勢雖然變化莫測，但並未全力施展。

金鈴追魂叟卻是雙掌如輪，極力搶攻。

但他一直無法把掌勢的壓力，攻人那綿密的劍光之中。

雙方搏鬥了數十合，仍然保持個不分勝負的局面。

胡逢春低聲道：「田老弟，你看楚老弟的劍法如何？」

田伯烈道：「高明得出人意外。」

胡逢春道：「唉！長江後浪推前浪，一代新人勝舊人，楚老弟這一身造詣，不能不叫人佩服。」

譚志遠道：「慚愧，慚愧！這位楚兄弟年紀最輕，但武功卻高過我們十倍不止。」

時英笑一笑，道：「十倍倒是未必，不過，他卻比咱們強了很多，他的劍法中，也有很多破綻。」

田伯烈笑一笑，道：「時兄，你說他哪裡有破綻？」

時英道：「楚兄的劍法，雖然高明，但有幾招，明明可以斬傷追魂叟的雙手，但他卻劍招不發。」

田伯烈道：「個中必有原因！」

時英道：「劍上餘力用盡，那就很可能影響到劍招變化，收發不能隨心，不過，照在下的看法，他很可能會一劍成功，斬下追魂的雙手。」

這時，成方、華圓、王平、陳横，由後邊趕了上來，逐漸向搏殺的場中接近，越過了譚志遠、何浩波等，大有出手相助之意。

田伯烈大聲叫道：「站住。」

王平等停了下來。

成方一回頭，道：「田爺……」

田伯烈接道：「我知道，你們關心楚兄的安危，不過，別去打擾他，你們幫不上忙，反可能害他分心。」
王平哦了一聲，向後退開八尺。
楚小楓和追魂叟仍然沒有分出勝負。
但從兩人形態上，已看出雙方的搏鬥之局，進入了十分緊張局面。
金鈴追魂叟神情沉重，楚小楓一臉嚴肅。
只聽田伯烈低聲說道：「時兄，你看到沒有？」
時英道：「看到什麼？」
田伯烈道：「追魂叟一直沒有出劍的機會。」
時英道：「這倒是有些令人不解，他打的似是十分吃力，何以一直不肯出劍？」
田伯烈道：「他一直在等待，等待著楚小楓的破綻，要一擊追魂，取命。」
時英道：「楚小楓一直沒有破綻。」
田伯烈道：「這就是他一直不肯輕易出劍的原因了。」
時英道：「這也是楚小楓一直不敢冒險求勝的原因。」
田伯烈道：「這實在是一場很典型的搏殺，兩個武林中第一流的頂尖高手，在拚命搏鬥中，又揉合了機智。」
時英道：「其實，咱們一側觀察的，也有著很大的收穫。」
忽然，響起了一聲長嘯。
金鈴追魂叟飄拂在胸前的長髯，忽然間飄飛起來，根根如刺。

一道白芒，突然間，由追魂叟的袖中飛出。

白芒舒捲，把楚小楓捲入了那一道白芒之中。

沒有人看清楚雙方交手的經過。

因為，它太快速了。快速的目不暇接。

看清楚現場情形時，只餘下了結果。

只見楚小楓仗劍而立，面色慘白，前胸處，破裂了兩處傷口，鮮血汨汨而出。

金鈴追魂叟卻破空而去。

他走的很匆急，也很快速，人影閃了兩閃，已自不見。

楚小楓放下了手中長劍，緩緩坐了下去。

田伯烈行了過來，道：「你們別打擾他，讓他好好的坐一下，他需要休息。」

成方、華圓、王平、陳横，都向後退了一些。

但他們卻不是退的很遠，只是分守在楚小楓的四周。

表現出無比的關心，無限的忠誠。

胡逢春點點頭，道：「好！好！金鈴追魂叟出道江湖，大概是第一次沒有殺了見過他真正面目的人，也是第一次，被人打跑了。」

何浩波道：「奇怪，他的金鈴絕技，凶厲萬分，何以，竟未施展？」

田伯烈道：「如若他還有能力施展金鈴絕技，我相信，他不會逃走，他會先殺了楚小楓，然後再殺了我們。」

何浩波道：「田兄的意思是……」
田伯烈道：「他也受了傷。」
何浩波轉頭看去，只見楚小楓神情肅然，前胸兩處破裂的地方，仍然是向外流著鮮血。
何浩波低聲說道：「田兄，他傷的很重。那兩處傷口不大，但可能很深。」
田伯烈道：「他傷的不輕，不過，還不足以致命。」
何浩波道：「楚小楓的傷，看來必須要早些療治。」
田伯烈皺皺眉頭，道：「何兄，你說了半天，在下還是不太明白你的用心？」
何浩波笑一笑，道：「在下的身上，有一種藥物，那是療治刀劍傷勢的聖品，如是他傷的不重，這藥物用了，未免是太過可惜，所以，在下很想瞭解，楚兄的傷勢情況如何？」
時英道：「何兄，你如有什麼靈丹妙藥，那就早些拿出來，別這麼婆婆媽媽的成麼？」
田伯烈笑道：「何兄那身懷的靈藥，必是極為珍貴，所以，才不肯輕易拿出來。」
何浩波道：「兩位知道保命散麼？」
田伯烈臉色一變，道：「保命散，你有保命散？」
何浩波道：「對！我有保命散，而且，只有一包，這一包保命散，帶在我身上，已經有十幾年了，我一直捨不得用。」
時英道：「聽說，那保命散，是象肝、蛟膽、犀牛心為主藥，配合的療傷聖品，不知是真是假？」
何浩波道：「象肝和犀牛心，並不是太難找的藥物，但蛟膽，卻是絕無僅有之物，而且，除了這三種主藥之外，還有一十二種配藥，如今，那配製此藥的人，早已死去，聽說，一共留下了十二包，兄弟身上有一包，目下江湖上，還有十一包，但卻無人知曉它在何處。」

這時，楚小楓突然睜開了眼睛，道：「何兄，那藥物如此寶貴，不可輕易使用，何況，兄弟的傷勢，並不太重。」緩緩站了起來。

何浩波道：「是啊！如是傷勢不太重，用了實在可惜……」突然住口不語。

原來，楚小楓那兩個傷口之處，流出的血，已經變成了紫色。

不但何浩波發覺了，就是田伯烈和時英，都發覺了情形不對。

楚小楓原來蒼白的臉上，此刻也浮動著一片黑氣。

那是中毒之徵。

胡逢春道：「糟啦！金鈴追魂叟是一個用毒的高手。」

田伯烈道：「胡老怎會知道？」

胡逢春道：「他已經很多年沒有在江湖上走動了，對這老兒的事，早已經忘懷了很多，事實上，傷在他手下的人，屍體潰爛，常常會化成一灘血水。」

大步行近了楚小楓，伸手抓住了楚小楓的衣衫，道：「老弟，別太逞強，讓我瞧瞧你的傷勢。」右手一用力，刷的一聲，撕開了楚小楓的衣服。

只見楚小楓前胸處，兩個傷口，很小的傷口，只不過兩三分大，但它卻相當的深，深到有半寸。沒有人看得出來，這是一種什麼樣的兵刃所傷。

胡逢春吁一口氣，道：「老弟，他怎麼樣子傷了你？」

楚小楓苦笑一下，道：「我刺了他一劍，打了他一掌，但卻被他在前胸上點了兩指。」

胡逢春道：「不是指痕，明明是一種利器所傷。」

楚小楓道：「他本來也不該點中我這兩指，但他的手指，卻突然長出了五寸。」

田伯烈道：「那是一種指箭，平常套在手指上，很難看得出，想不到，堂堂的追魂叟，竟然也用指箭。」

楚小楓道：「傷勢不算太重，但卻很難過。」

田伯烈回顧了何浩波一眼，道：「何兄，看來，要用你的保命散了。」

譚志遠快步行了過來，道：「讓我看看傷口。」

楚小楓道：「指箭上有毒，大概是不會錯了。」

譚志遠仔細瞧了一陣道：「不錯，箭上之毒，就是叫人聞名喪膽的化骨粉。」

胡逢春道：「該死，該死，我早該想到的。」

譚志遠道：「這種毒，不會立刻發作，但卻惡毒得很，它隨著血液流行全身，然後，由內部壞起，然後，再擴散全身，很快，就會死去，但死前很痛苦。」

田伯烈回頭望了何浩波一眼，欲言又止。

何浩波淡淡一笑，由懷中取出一包藥粉，緩緩遞了過去，道：「田兄，服過此藥後，至少要一個時辰運氣逼毒。」

田伯烈打開藥包，道：「楚兄，吃下去。」

楚小楓也感覺到時機不容拖延，張口吞下了一把白色藥粉。田伯烈手中還有一部份藥粉，敷在了楚小楓的傷處，丟了手中的白綾藥包，拍拍手，望著何浩波笑道：「何兄，希望你這包保命散，還未失效。」

話說的很含蓄，但何浩波仍聽出了弦外之音，冷笑一聲，道：「你這話是什麼意思？」

田伯烈笑一笑，道：「東西放久了，總會有些變質，對麼？」

何浩波道：「對！十幾年了，保命散可能變了質，再說，也可能根本就不是保命散。」

田伯烈道：「不是保命散，自然就是毒藥了。」

何浩波道：「田兄高見。」

田伯烈笑道：「好！咱們是一條線上拴了兩個螞蚱，跑不了你，也飛不了我，毒死楚小楓，咱們兩個替他償命。」

這時，楚小楓已盤膝坐了下來，運氣調息。

何浩波冷哼一聲，快步向前行去。田伯烈一皺眉頭，快步跟了上去。

何浩波行到兩三丈外，停了下來，道：「田伯烈，你跟著我幹什麼？」

田伯烈道：「如是何兄真有了逃走的打算，在下也只好跟你何兄走了。」

突然一瞬間，兩條人影，疾快的由兩面懸崖上飛落而下。

像閃電一般，衝向了正在坐息的楚小楓。

這兩個黑衣人的輕功，實在很高明，速度快，譚志遠掏出了暗器，兩個黑衣人已經衝到了楚小楓的身前。

譚志遠的暗器扣在手中，卻不敢投擲出手。

兩個黑衣人雙刀並舉疾劈而下。刀光如雷，就在刀光將要沉落之時，楚小楓突然滾落在一側。

兩個黑衣人刀勢落空。

成方、華圓，兩支劍，雙龍出水一般，攔住了兩個黑衣人。

王平、陳横，抱起了楚小楓，向後退去。

譚志遠，疾快的奔了過來。他們接過這兩個黑衣人的刀勢，知道這兩個黑衣人，功力十分雄厚。在兩人想像之中，華圓、成方，絕對不是兩個黑衣人的敵手。

那知兩人劍勢縱横，不但把兩個黑衣人攔住，而且是攻多守少。

譚志遠原本準備出手相助，現在，卻停了下來。

回顧了時英一眼，低聲道：「時兄，他們年紀雖小，但劍法上的造詣要高明很多。」

語聲甫落，成方、華圓的劍勢卻突然一變。

兩劍童用出了楚小楓傳授他們的精華劍招。

劍幻百鋒，光聚一束，慘叫聲中，兩個黑衣人，被腰斬成兩截。

這時，田伯烈、何浩波，也行了過來。

時英讚道：「好劍法。」

成方、華圓，點頭一笑，轉身奔向楚小楓。

楚小楓已被王平、陳横移後數丈，仍然在盤膝而坐。

譚志遠低聲道：「看樣子，他們絕不是臨時湊合在一起的人。」

田伯烈道：「他們是一伙的，楚小弟，可能就是他們領頭的人。」

何浩波道：「這麼看來，那篷車中人，也和他們有關了。」

時英笑一笑，道：「八九不離十啦，不過，他們這伙人，好像是和我們有利無害。」

何浩波道：「走！過去看楚小楓的傷勢如何？」

楚小楓緊閉著雙目，仍然運氣調息。

田伯烈低聲道：「何兄，服用過保命散的人，是不是不能有任何舉動？」

何浩波道：「這個兄弟就不清楚了。」

楚小楓突然睜開雙目，站了起來，抱拳一禮，道：「多謝諸位關心，兄弟已經逼出了身中奇毒。」

何浩波怔了一怔，道：「這麼快。」

楚小楓笑道：「中毒不深，又被剛才那兩個人一攪和，心中一急，出了一身大汗，適才兄弟運氣相試，覺著毒性已除。」

何浩波、田伯烈等都明白他這是搪塞之言，他必然是修習了一種與眾不同的內功，所以，才這麼快速的，逼出了身中之毒。

這時，忽聽人聲喝叫，一個人影，疾如流星般，直奔過來。

胡逢春臉色一變，道：「刀過無聲簡飛星。」

簡飛星微微一笑道：「不錯，正是簡某。」

目光一掠楚小楓，道：「楚老弟，小兄終於追上你了。」

楚小楓道：「簡兄是……」
簡飛星接道：「來給助拳來了。」
楚小楓一抱拳道：「多謝簡兄。」
這刀過無聲簡飛星，可是江湖上大大有名的人物。以如此聲望的人，對那楚小楓這樣客氣，頓使場中之人，對楚小楓觀感又是一變。
胡逢春急急一抱拳，道：「簡兄來得正好，兄弟被他們硬打鴨子上架，給抬了出來，這個擔子，壓得我直不起腰，現在，倒是可以交給簡兄了。」
簡飛星道：「不行，我來此，為楚老弟助拳，一切都唯他之令行事。」
楚小楓急道：「簡老言重了，小楓如何敢當？」
簡飛星笑一笑，道：「不要客氣，我匆匆趕來，就是為了助你一臂之力，別把我當外人看，有什麼事，盡管吩咐一聲就是。」
楚小楓道：「簡老，這個……」
簡飛星道：「小楓，別這麼稱呼，你如看得起我，那就叫我一聲簡兄，或是大哥，如是你不願交我這個朋友，那也行，隨便你怎麼稱呼都好。」
楚小楓艱澀一笑，道：「簡兄如此吩咐，小弟就恭敬不如從命了。」
簡飛星道：「好！這才是我的好兄弟。」
回顧了胡逢春一眼，道：「胡兄，你明白吧！簡某來此，是聽候遣差。」
胡逢春道：「這麼說來，楚老弟，我看，這要你擔承這個責任了。」

楚小楓接道：「胡老，話不是這麼說，小楓雖承簡兄愛護，但究竟是缺少江湖經驗的人，實不足已擔當大任，再說小楓等人，都會全力支持胡老。」

胡逢春道：「這個……」

楚小楓道：「胡老，不用再推辭……」

田伯烈接道：「胡老，楚老弟是由衷之言，希望你不用推托，咱們雖然力量薄弱，但絕對支持你胡老。」

時英笑一笑，道：「你見識多，閱歷豐，至少在和人交往談判上，不會吃虧，拚命打架的事，咱們挺上。」

胡逢春沉吟了一陣，道：「好吧！諸位都如此說，老朽如若再推辭，就有些矯情了。」

楚小楓道：「這才是長者之風。」

簡飛星微微一笑道：「胡兄，如有什麼吩咐，兄弟是唯命是從。」

胡逢春仰天吁一口氣，道：「諸位，我看咱們要急趕一陣了。」

譚志遠道：「為什麼？」

胡逢春道：「過去，這些山村人家，咱們可以借糧打尖，目下，似乎是不可行了。」

何浩波道：「對！得防他們下毒。」

胡逢春道：「目下遭遇的一大問題是乾糧，事先沒有很充分的準備，現在，就算是想準備也來不及了。」

簡飛星道：「大家帶的乾糧，還可食用幾日？」

胡逢春道：「大約還可以食用兩天。」
簡飛星道：「如若只有兩天的口糧，事情就有點嚴重了。」
楚小楓道：「簡兄，他們真的會在這山泉之中全都下毒麼？」
簡飛星道：「這個，很難說了。」
楚小楓道：「簡兄，他們究竟是一個什麼樣子的組合？」
簡飛星道：「兄弟，我雖然被他們利用過，但我對他們瞭解的太少了，老實說，我還不知道他們是誰！」
胡逢春怔了一怔，道：「你也被他們利用過？」
簡飛星道：「對！他們扣押了我的妻女，逼得我和楚兄弟，激戰了半夜。」
這句話令人吃驚，刀過無聲四個字，在江湖上，令人聞名喪膽，但楚小楓竟能和他打個秋色平分。
胡逢春拂髯問道：「那一夜，你們打了個未分勝負？」
楚小楓道：「是簡大哥手下留情。」
簡飛星笑一笑道：「兄弟，咱們用不著客套，剛動手時，我確有點未用全力，但打到後來，我雖用出了全力，仍是沒有辦法勝你，兄弟，老實說，到最後，反而是你手下留情了。」
楚小楓道：「簡兄，其實，你可以在五十招內殺我……」
簡飛星哈哈一笑，道：「但五十招後，我就完全沒有機會了……」語聲一頓，接道：「兄弟，老哥哥有幾句話，希望你們聽聽。」

他說得莊重，臉色也是一片嚴肅之色。

楚小楓一躬身道：「簡兄指教。」

簡飛星道：「咱們面對的組合，是江湖上從未有過的一個邪惡組合，他們不惜任何手段，利用各種方法，殺害要殺的人，如水銀瀉地，無孔不入，我走了大半輩子江湖，見過的惡人多了，但卻從沒見到這麼惡毒的組合，你在劍術上確有很深的造詣，但你太仁慈了一些。」

楚小楓道：「小弟受教。」

簡飛星道：「兄弟，別的人不說了，以後再遇上這個組合的人，不用手下留情了。」

楚小楓道：「我明白。」

胡逢春道：「聽簡兄這一番說明，咱們心中算有了一個大概的瞭解，諸位可召集所屬，把乾糧分配一下，目下局面，已是個生死相共的境界，也不用隱瞞他們……明白的告訴他們目下處境，生死禍福，一半靠天命，一半要靠自己的力量了。」

這些來自天南地北的江湖人物，經過了幾番變遷之後，自然的形成了一個進退有序的組合了。

胡逢春的號令，已可以嚴格遵行。

白眉大師和十二羅漢，也成了一個小隊，和群豪一致行動。

過了峽谷，天色已黑，胡逢春選擇了一座倚山傍水的崖壁，停了下來。

炊食自辦理，倒把這群江湖人給鬧得手忙腳亂。

這些江湖人，幾時作過廚下工作，但事到臨頭，也只好勉力為之了。

卅四　鬼謀施毒

簡飛星建議，在營地十丈外燃起了幾堆火。

這雖然暴露了豪群的宿住之處，但如有人進入了十五丈內，就無法逃出夜哨的監視。

胡逢春很用心機地布置下了崗哨，而且，把宿住的地方，也安排得很完美。

四面都有嚴密的防守。

和簡飛星一番談話之後，胡逢春不但提足了勇氣，而且，也感覺到自己受到了從未有過的敬重。

這些年輕人，一個個都有十分高強的武功，尤其是楚小楓，他的成就，竟然能超過了一代大俠刀過無聲簡飛星，至少，兩個人那一戰，是一個平分秋色的局面。

想想看，自己已是花甲之年，在江湖上也混了大半輩子，雁過留聲，人過留名，現在，有了這個機會，實在也應該轟轟烈烈地做一番事業了。

所以，胡逢春決心要全力以赴，也開始真正關心這些人的生死。

三更時，西南突然出現兩條人影。

這時，總值巡夜的是田伯烈，一面下令戒備，一面向胡逢春稟報，自己卻帶著四個人迎上去。

來的是兩個人，是一男、一女，男的有四十多歲，穿著一身黑色的長衫，女的大約有二十多些，長得很有風情。

黑衣人停下腳步，笑一笑，道：「在下寸鐵未帶。」

田伯烈和來人，保持著七、八尺的距離，打量了來人一眼，果然未見他帶著兵刃。

那女人也是一樣，穿著一身青衣，未佩刀、劍。

淡然一笑，黑衣人緩緩說道：「在下希望見見你們的主事人！」

田伯烈道：「有什麼事？」

黑衣人道：「大事，很重要的大事。」

田伯烈道：「閣下能不能說出姓名來？」

黑衣人道：「區區薛寒，這位是舍妹薛依娘。」

田伯烈道：「七步追魂薛寒？」

黑衣人道：「正是在下。」

田伯烈道：「在下田伯烈，久聞大名，今日有幸一會。」

薛寒道：「原來是田兄。」

田伯烈道：「薛兄，一定要見我們的主事人麼？」

薛寒道：「茲事體大，如若田兄願意作主，兄弟告訴田兄也是一樣。」

談話之間，胡逢春帶著楚小楓，趕到了現場。

田伯烈道：「咱們的頭兒來了，薛兄有什麼話，可以和咱們的頭兒說了。」

薛寒道：「這位是……」

田伯烈道：「廬州大俠……」

薛寒道：「胡逢春。」

胡逢春道：「不敢當，朋友是……」

田伯烈接道：「胡老，這位是大人物，七步追魂薛寒。」

胡逢春呆了一呆，道：「久仰，久仰……」

薛寒笑一笑，接道：「胡老，過獎了……」

語聲一頓，接道：「區區有要事奉告胡老。」

胡逢春道：「好！老朽洗耳恭聽。」

薛寒道：「諸位，也許還不知道吧？」

胡逢春道：「什麼事？」

薛寒道：「胡老一行，有百多位人吧？」

胡逢春道：「差不多。」

薛寒道：「可惜，他們都無法再見到明天的落日了。」

胡逢春道：「什麼意思？」

薛寒道：「他們都中了毒。」

田伯烈道：「薛兄，兄弟怎麼會全無感覺？」

薛寒道：「因為，還未到發作的時間。」

田伯烈道：「薛兄，這毒性，幾時才會發作？」

薛寒沉吟了一陣，道：「明日午時之後，開始發作，太陽下山之前，諸位就全部西歸道山了。」

田伯烈道：「由毒性發作，到死亡，一共有多少時間？」

薛寒道：「一個時辰。」

田伯烈道：「這毒藥，並不太強烈。」

薛寒道：「只能說，是一種慢性的藥物，不過，一發作，就無藥可救了。」

胡逢春道：「你們幾時下的毒？」

這些人的鎮靜，倒使得薛寒的心頭一震。

一個人，在知道了自己和所有的同伴，中了毒，而且非死不可的時候，居然不流現一點驚慌之色，實在不是一件容易的事。

這有兩種可能，一個是，他們根本就不相信自己中毒，另一個原因是，這些人，確然有一種視死如歸的豪氣。

胡逢春吁一口氣，道：「恕老夫托大，我要叫你一聲薛老弟啦。」

薛寒笑一笑，道：「敬老尊賢，理當如此。」

胡逢春道：「好！老弟，你們幾時下的毒藥，如何一個下法？」

薛寒道：「說起來，這該是天下最叫人無法防備的下毒手法了，咱們把毒藥布在小徑之上，只要你們走過去，就可能會中毒。」

胡逢春道：「果然是很高明的下毒手法。」

田伯烈道：「好！就算我們中了毒，薛兄，大概不是來替我們送解藥的吧？」

薛寒道：「在下來此，自然是和解藥有關了。」

胡逢春道：「解藥不會帶在你的身上吧？」

薛寒道：「不會，我想胡老也應該明白，我不是太笨的人。」

胡逢春道：「薛老弟來此是別有用心了？」

薛寒道：「我是來談談解藥的事情。」

胡逢春道：「好！老夫洗耳恭聽。」

薛寒道：「諸位如是不想在明天死掉，咱們可以談談條件！」

胡逢春道：「什麼條件？」

薛寒道：「不願死的人，我們可以奉上解藥，但必須離開此地，回歸原籍，從此不問江湖中事。」

胡逢春道：「哦！封刀歸隱，退出江湖。」

薛寒道：「正是如此。」

胡逢春點點頭，道：「好主意，問題是，他們是不是真的能回到原籍？」

薛寒道：「這一個，胡老可以放心。」

田伯烈道：「如是不願意回去的人呢？」

薛寒道：「這個，只有毒發身死一途了。」

田伯烈微微一笑，道：「薛兄，在下有些奇怪……」

薛寒道：「奇怪什麼？」

田伯烈道：「你們下毒的用心，旨在置我們於死地，對麼？」

薛寒道：「嗯！」

田伯烈道：「可是你們又為什麼來救我們呢？」

薛寒道：「因為，上天有好生之德，咱們不希望殺人太多。」

田伯烈道：「哦！」

楚小楓突然接道：「薛兄，你們是奉命而來呢？還是自作主意？」

薛寒道：「在下是奉命而來，這位是……」

楚小楓接道：「在下楚小楓。」

薛寒道：「哦！」

楚小楓笑一笑，道：「薛兄，如是我們留下你們兩兄妹，會是什麼樣的結果呢？」

薛寒道：「這件事，也許你們能做到，但要付出很大的代價。」

楚小楓道：「什麼代價？」

薛寒道：「擒服了咱們兄妹兩人，不是一件容易的事，諸位人手雖多，但在下相信，必須付出幾條人命的代價，才能夠使咱們就擒，咱們兄妹兩個，就算被諸位殺了，但你們賠償的是百多人的生命。」
楚小楓淡淡一笑，道：「薛兄，也許咱們都會毒發而死，不過，對付貴兄妹，在下倒覺著不是太難的事。」
薛寒冷笑一聲，道：「你好大的口氣。」
楚小楓道：「薛兄如不相信在下的話，你可以試試！」
薛寒道：「咱們兄妹寸鐵未帶！」
楚小楓道：「我知道，這正是閣下的聰明之處。」
田伯烈道：「如若咱們真的都中了毒，以你們的卑下手段，咱們也用不著和你們講什麼江湖規矩的。」
胡逢春道：「薛老弟，你最好能想個法子自保，一旦落入了咱們之手，那就有些麻煩了。」
薛寒道：「什麼麻煩？」
胡逢春道：「你們對咱們下了毒，如果貴兄妹不幸遇擒，咱們也會按公意，制裁你們兄妹。」
田伯烈接道：「那可能是亂刀分屍，也可能是慢慢地讓你們死，直到咱們毒性發作的時間。」
薛寒臉色微微一變，道：「你們這意思，是逼我們兄妹拚命了？」
楚小楓道：「就是要你們全力施展。」

薛寒道：「啊！」

楚小楓道：「咱們用真本領、硬功夫，制服你們，希望你們能輸得心服、口服。」

薛寒回顧了青衣少女一眼，道：「妹妹，看來，咱們是估算錯了。」

薛依娘道：「咱們要別人的命，人家不放過咱們，自也是情理之中。」

薛寒點點頭，道：「諸位一定要強自留下咱們兄妹，咱們兄妹，也不甘束手就縛，但不知諸位是群攻呢？還是單打獨鬥？」

楚小楓道：「在下向薛兄領教。」

只聽一個豪壯的聲音，道：「不！把薛寒留給我，愚兄一向不喜和女子動手。」

隨著說話之聲，人已到身旁。

是刀過無聲簡飛星。

薛寒臉色一變，道：「簡大俠……」

簡飛星接道：「不錯，薛寒，你用的是軟劍，只怕是早已暗藏在腰中了。」

薛寒笑一笑，道：「在下如是不亮兵刃，你簡大俠，總不會用刀吧？」

簡飛星道：「早上兩個月，你這幾句話，就把我給套住了，不過，現在老夫已經不吃這一套。」

薛寒道：「哦！這麼說來，簡大俠是非要動刀不可了。」

簡飛星哈哈一笑，道：「薛寒，別人不瞭解你，但老夫對你知道的很清楚，你號稱七步追魂，除了劍法陰狠之外，還有一種很特殊的毒針，聽說能在和人動手中，施展出來，針如牛毛，而且，射中人，也使人感覺不出。」
薛寒道：「好！既然簡大俠知道了，在下就只好說清楚了。」
簡飛星道：「哦！」
薛寒道：「簡大俠說的都對，只有一樣，你沒有說出來，我這牛毛針上還含有一種奇毒，中人之後，七步斃命，這就是兄弟被人稱作七步追魂的原因。」
仰天大笑一陣，接道：「有很多人，都死在了這種毒針之下，只可惜，他們至死不知道。」
簡飛星點點頭，道：「七步追魂，原來是這麼一個追法，老夫今夜要領教了！」
只見他右手一舉，腰中掛的長刀，已入手中。
刀過無聲，連拔刀的手法，也不帶一點聲息，一把長刀，握到了簡飛星的手中，就像變魔術似的，忽然之間，變成了一片刀幕，整個人，隱入了一片刀芒之中。
薛寒雙手正想揮動，打出牛毛毒針，但卻臨時強自忍了下來。
他心中明白，只要一動，簡飛星手中長刀，必會以排山倒海之勢，攻了過來。
所以，他沒有動。
簡飛星果然不好意思揮刀砍出。
胡逢春淡淡一笑，道：「薛老弟，你可是準備束手就縛了。」
在場之人，都看得出來，薛寒是被簡飛星刀上威勢鎮住。
簡飛星道：「薛寒，我再給你機會，你如不肯出手，那可就沒有機會了。」

薛依娘的人，被楚小楓的劍勢罩住，楚小楓兩道冷厲的眼神，盯住在薛依娘的身上，長劍已然出鞘，劍尖微微上翹，斜斜指向薛依娘。

但薛依娘的感覺中，對方的劍勢籠罩了自己身上七處大穴，只要稍有疏忽，就可能被對方乘虛而入。所以，薛依娘不敢動。

薛寒原本寄望妹妹會出手助他，但回目一顧，立刻涼了半截。

薛依娘輕輕吁一口氣，道：「哥哥，咱們遇上高手了。」

薛寒苦笑了一下，道：「是的！咱們遇上高手了，我正在考慮。」

薛依娘道：「你考慮什麼？」

薛寒道：「我在想，我們出手反擊，會有幾成把握。」

薛依娘道：「我看，咱們的機會不大。」

薛寒苦笑一下，道：「妹妹，你知道麼？如若咱們不反擊，也是難逃死亡，胡逢春如若真的把咱們按公意處決，只怕真的會被凌遲處死。」

薛依娘嘆口氣，欲言又止。

胡逢春冷笑一聲，道：「薛老弟，咱們對你的威嚇，老實說，還是半信半疑，也只能姑妄信之。」

薛依娘道：「我哥哥說的都是真的。」

胡逢春道：「那只有一個辦法，可解你們兄妹之危了。」

薛寒道：「什麼辦法？」

胡逢春道：「帶我們去找解藥。」
薛寒道：「我可以帶你們去，但我不能保證你們能取到解藥。」
胡逢春道：「這個……」
楚小楓接道：「那地方離此多遠？」
薛寒道：「不太遠，十里之內。」
簡飛星冷冷說道：「楚兄弟，這個人不可相信。」
楚小楓道：「簡兄，眼下情勢，似乎是只有暫時相信他們了。」
簡飛星道：「那就非被他們引入埋伏之中不可。」
楚小楓道：「他要引咱們入伏，咱們也正要追根尋底，也正是各有用心了。」
薛寒道：「簡大俠多疑得很啊！」
簡飛星道：「薛寒，老夫也被他們折騰過，他們扣住了我的妻女，迫老夫為他們殺人，使我與楚兄苦戰一宵……」
薛寒接道：「現在呢？你的妻女，是否還在他們手中？」
簡飛星道：「救出來了。」
薛寒道：「怎麼救出來的？」
簡飛星道：「老夫和楚兄弟合作，救出了妻女。」
薛寒沉吟不語。
簡飛星道：「薛寒，你有苦衷？」

薛寒輕輕吁一口氣，回顧了薛依娘一眼，道：「妹妹，你說吧。」
薛依娘道：「我們兄妹來此送信，諸位看是好是壞呢？」
胡逢春道：「這個很難說了。」
薛寒道：「我雙手能發牛毛針，諸位對我，大概有些顧慮，哪一位，請過來，點了在下雙臂上的穴道。」
簡飛星道：「不用了，簡某人很相信我的快刀，我會隨時留心著薛老弟的舉止，只要你一動雙臂，我就可能出刀。」
薛寒笑一笑，道：「看來，在下還真要留心一些了。」
簡飛星道：「薛寒，你有什麼話，只管請說，不過，在閣下未提絕對的證據之前，我們會隨時的戒備。」
薛寒沉吟了一陣，道：「簡大俠也在此地，很出了在下的意外。」
簡飛星道：「事實上，我也是剛到不久。」
薛寒道：「我們兄妹，雖是奉命來此，不過，卻有兩種用心。」
胡逢春道：「第一種是……」
薛寒接道：「如若諸位之中，實力不大，在下就要奉勸諸位，放下兵刃，就此歸去，這可能會使諸位從此退出了江湖，不過，也可能會保下了諸位的性命。」
胡逢春道：「薛寒，真能保住性命麼？」
薛寒又沉思了一陣，道：「可能，你們這一行人中，有一些他們必欲處死的人，但那總比全數死絕的好一些。」

楚小楓突然接道：「你能作主麼？」

薛寒道：「不能。」

胡逢春道：「你既是不能作主，又如何知曉，他們會放我們一部分人？」

薛寒道：「在下的用心，說服了諸位之後，就帶你們去見一個人，如是無法說服諸位，在下兄妹就要制服你們幾個首腦人物，迫使他們就範，可是我沒有想到……」

田伯烈接道：「沒有想到簡大俠在此，是麼？」

薛寒望了望楚小楓一眼，道：「發動對付諸位的手段，是以舍妹為主，但舍妹，卻被楚小楓的劍勢所困。」

楚小楓暗叫了一聲慚愧，如非一上來，就擺出了一式「天羅網月」，把對方控制於劍勢之下，只怕此刻已造成亂局。

胡逢春道：「你們用什麼方法，一下子，能對付我們如此眾多之人。」

薛寒道：「事實上，只要能對付你們幾個為首的人就行了。」

胡逢春道：「老夫倒是有些想不明白，你用什麼辦法，對付我們？」

薛寒又回顧了薛依娘一眼，道：「妹妹，咱們說了吧？」

薛依娘點點頭。

薛寒道：「舍妹身上，帶有一種毒煙，只要在下一分散諸位的心神，舍妹就會放出毒煙，方圓五丈之內的人，都無法逃出。」

胡逢春道：「貴兄妹，還有如此厲害的暗器，老夫真是孤陋寡聞了。」

薛寒道：「不是我們所有，來此之前，舍妹才取得此物。」

簡飛星點點頭，道：「我明白了，有一個人，正在等待你們的回音？」

薛寒道：「是。」

胡逢春道：「那人是誰？」

薛寒道：「說出來，你們也許不信，我不知道他是誰！」

胡逢春道：「以你薛老弟在江湖上這個名氣，難道甘心受無名無姓的人，擺布不成？」

簡飛星道：「胡老，他說的是真話。」

胡逢春道：「簡兄，這個……」

簡飛星接道：「胡老，你不知道他們的厲害，我也被他們利用過，根本沒有法子見到他們真正的面目……」

胡逢春接道：「他們用的是假名字麼？」

簡飛星道：「假名字也沒有，重要的人，都完完全全的把自己隱藏起來，只要能夠見到他們面目的人，都是些不重要的人，真正的重要人物，他們連一點跡象，都不會給你留下。」

胡逢春道：「說起來，這實在也是一件很奇怪的事，人在江湖上走動，無非是想揚名立萬，自然，權勢、金錢，也是他們爭取的目標，不過，一般說來，揚名最重要，但這一個組合，卻是大異於一般江湖人物，他能翻雲覆雨，卻不肯讓人知曉他們是誰？」

簡飛星道：「這個組合的可怕之處是，他們主要的人手不多，但天下卻都是他們可以使用的人。」

薛寒道：「嗯！簡大俠一語道破，在下本還有不明白的地方，現在，算是全明白了。」

楚小楓道：「薛兄，這麼說來，你也是被他們利用了？」

薛寒道：「如非簡大俠和在下有同樣際遇，在下很擔心，說出來，諸位也不會相信。」

楚小楓道：「現在，你全盤想通了？」

薛依娘道：「哥哥，那就告訴他們吧！」

薛寒點點頭，道：「咱們連自己也沒有辦法保護，就是想做一個孝子、孝女，也是有所不能了。」

楚小楓道：「貴兄妹的……」

薛寒接道：「家父，被他們擄做了人質，威脅我們兄妹，非聽他們的吩咐不可，咱們兄妹為了盡孝，只有聽命行事了。」

胡逢春道：「令尊一身武功，決不在你之下吧？」

薛寒道：「對！咱們薛家的武功，都是家傳，家父的武功，自然在我們兄妹之上，但他近年之中，不幸染上怪疾，纏綿病榻，數年之久，一身武功，早已消失，被生擄了過去。」

簡飛星道：「唉！薛老弟，老夫曾身受其害，所以，對你這種遭遇，老夫十分同情。」

薛寒苦笑一下，道：「目下咱們兄妹處境，應該如何？還望諸位能給在下一個指點。」

簡飛星道：「楚老弟，你有什麼高見？」

楚小楓道：「如是薛兄講的真實，咱們理應助他一臂之力。」

薛寒嘆息一聲，道：「簡大俠，諸位，也許覺著，我這做法，可能會落下不孝之名，不過，在下心中很明白，我們兄妹如是不幸的死了，先父就失去價值，他們也不會放過他。」

簡飛星點點頭，道：「不錯。」

楚小楓道：「薛兄洞察細微，深明事理，兄弟好生佩服。」

田伯烈突然接口道：「薛兄，你說了半天，關係咱們生死的大事，還未說出來，咱們究竟是否中了毒？」

薛寒道：「實在說，田兄，我不知道。」

田伯烈道：「這麼說來，他們可能是嚇唬咱們了。」

薛寒道：「很難說啊！」

簡飛星道：「薛老弟，兩位身上帶有什麼可疑之物？」

薛寒道：「妹妹，快，把身上的煙毒彈丟了。」

薛依娘也明白了，不再多問，轉身向後奔去。

一口氣跑出了二十餘丈，由身上取出了數件物品，投擲於懸崖之中。

簡飛星仍不敢稍有鬆懈，實因薛寒的追魂牛毛針，太過可怕。

田伯烈、譚志遠，都是用暗器的能手，但聽薛寒說他號稱七步追魂的原因之後，也不禁為之一呆。

他們想不出，薛寒用什麼方法，能夠打出來那些細小的暗器來。

薛依娘緩緩行了回來，道：「哥哥，三顆煙毒彈，都被我拋入懸崖中了。」

田伯烈笑一笑，道：「咱們說了半天，我們是否中了毒呢？」
薛寒道：「如若你們自己無法知道，看來，只有去見那兩個人了。」
楚小楓道：「對！將計就計。」
胡逢春道：「薛老弟，辦法是不錯，可惜晚了一些，我相信他們會有人在暗中監視。」
薛寒道：「就算他們暗中有人監視，咱們還得去見他們，諸位是否真的中了毒，只有他們才能澄清，好在，我們沒有動手，我有很多的說詞，可以掩遮。」
胡逢春這位老江湖，也沒有主意了，呆了一呆，道：「楚老弟，你看這個應該如何？」
楚小楓道：「就眼下形勢而言，咱們似乎是只有這一個辦法了。」
胡逢春道：「好吧！薛老弟，我們希望你說的都是實話。」
薛寒道：「難道，還要我薛某人立下誓言不成？」
簡飛星道：「薛寒，我們可以去幾個人？」
薛寒道：「這個，他們倒沒有很明確的限制，為了增強實力，你們不妨多幾人，但要說得過去。」
簡飛星道：「好！老夫算一個。」
胡逢春接道：「我也去。」
楚小楓道：「田兄、譚兄，都是暗器名手，對付他們用得著，一共五個人，不知道是不是多了一些了？」
薛寒道：「不多，也不少，十分恰當。」

胡逢春道：「時老弟和何老弟，相助白眉大師一臂之力，固守此地。」

時英道：「看樣子，非要有一場搏殺不可，希望你們能平安歸來。」

何浩波道：「最好，我們有一個聯絡的信號，一旦動上了手，咱們就帶人趕去幫忙。」

胡逢春點點頭，又交代了幾句，一拱手，道：「薛老弟，賢兄妹等走前面帶路吧！」

薛寒轉身向前行去。

不多久，行近一片樹林。

江湖上，本有逢林莫入的戒言，何況，夜色幽暗，胡逢春立刻提高了警覺。

幸好，薛寒也停下了腳步，道：「薛寒覆命。」

林中傳出來一個清冷的聲音，道：「你們兄妹，似乎都在對方監視之下？」

薛寒道：「彼此敵對狀況未變，自是無法不讓人深懷戒心。」

林中人道：「好，令妹似乎是……」

薛寒接道：「舍妹拋去了你們交來的毒煙，以示開誠之心，對方，都是久走江湖的人，我們不能不表現出一些坦蕩胸懷。」

林中人沉吟了一陣，道：「現在，他們答應了什麼？」

薛寒道：「他們要求解藥，在下無法答允，只有帶他們來此，和你們當面談判了。」

林中人道：「這麼說來，他們不是投降來了？」

薛寒道：「不是，他們對是否中毒一事，仍然懷疑，咱們兄妹，只是傳話的身分，無法給他們明確的解答。」

林中人又沉吟了一陣，道：「薛寒，你辦的很好。」

薛寒道：「咱們兄妹費盡口舌，幸而未辱所命，但不知家父……」

林中人冷冷接道：「住口，你想表達什麼，那是你們的私情，咱們可以私下交談，用不著公諸於江湖同道之前。」

薛寒道：「是！在下知道了。」

林中人道：「薛寒，他們一共來了幾個人？」

薛寒道：「五個。」

林中人道：「有沒有能夠作主的人？」

胡逢春道：「有！老朽就可以作主。」

林中人道：「你是什麼人？」

胡逢春道：「廬州胡逢春。」

林中人哈哈一笑，道：「你半生江湖多是非，我想不出，你如何能受人擁戴為領袖。」

胡逢春臉色一變。

楚小楓冷冷說道：「咱們是來談判的，希望能彼此尊重。」

林中人哈哈一笑，道：「談判，我想薛寒已經很明白的告訴你們內情了。」

胡逢春道：「不錯，告訴我們內情了。」

林中人道：「你們的壽命，只有明日一天，和今宵半夜，你們來，應該是求我們救命，還有什麼談判的條件。」

胡逢春道：「這麼說來，咱們是不該來了？」

林中人道：「應該來，來了，你們才會有求到解藥的希望。」

楚小楓低聲道：「胡老，不用對他們太客氣。」

胡逢春冷笑一聲，道：「閣下錯了，別說我們還沒有覺著中毒，就算是真的中了毒，也不會對你屈膝求命，大丈夫生而何歡，死而何懼，只要死得心安理得就行了。」

林中人怒道：「薛寒，你是怎樣和他們說的？」

薛寒道：「在下奉命，請他們幾個首腦人物來此，幸未辱命，已經帶他們來了，至於他們來此之後，如何向你們交涉，那是你們的事了。」

薛依娘道：「咱們雙方說好的，我只要把人帶過來，就算是有了交代，現在，你們可以放了家父了麼！」

林中人冷冷說道：「令尊就在此地，只在下一揮手，就可以放了他，不過，貴兄妹的事情尚未辦妥。」

薛寒道：「我們還要辦什麼？」

林中人道：「薛寒，令尊之命，還握在我們的手中，希望你們能識相一些。」

薛寒口齒啟動，欲言又止。

林中人接道：「你們兩位請進入林中來吧！」

薛寒兄妹對望一眼，有些茫然無措。

簡飛星道：「閣下說得好生輕鬆，我們信任他們兄妹的說詞而來，如若不給我們一個完美的交代，他們如何能走得了呢？」

林中人道：「他們走不了，為什麼？」

簡飛星道：「他們兄妹一直在咱們可及的距離之內。」

林中人道：「薛寒，這件事當真麼？」

薛寒道：「閣下可以看看。」

林中人怒道：「你七步追魂，也是江湖有名的人物，怎生如此窩囊。」

薛寒道：「我七步追魂真如閣下所言，也不會被你們擄去家父，迫做信使了。」

林中人道：「薛寒，你再三頂撞於我，難道真的不顧令尊的生死了？」

薛寒道：「如若現在，你們不肯釋放家父，看來放人的誠意，就值得懷疑了。」

林中人道：「嗯！」

薛寒道：「你們自認是強者，卻把咱們兄妹，看做了可以魚肉的弱者，不過，閣下要明白，咱們兄妹所以屈從，那是因為家父落在了你們的手中，如若，在下確知家父被釋放的機會渺茫時，咱們兄妹就不甘聽憑擺布了。」

林中人沉吟不語。

胡逢春冷冷說道：「閣下如是再如此橫蠻無理，咱們就衝進去了。」

林中人突然說道：「好吧！你們可以進來一個人……」

胡逢春接道：「一個人？」

林中人道：「對！」

胡逢春道：「咱們來了五個人，同出同進。」

林中人又沉吟起來。

久久不聞回答之言，胡逢春忍不住喝道：「閣下何以不肯作答？」

薛寒冷冷說道：「他可能跑了，咱們進去瞧瞧吧！」

胡逢春道：「進入這密林之中？」

薛寒道：「唉！諸位也許對在下還有點懷疑。」

正想舉步行入林中，突聞一聲冷厲的笑聲傳了過來，道：「薛寒，你太沉不住氣了。」

薛寒呆了一呆，道：「你……」

林中人接道：「我一直守在這裡，我只是有些懷疑你，現在，總算證明了，你已經背叛我們，你會受到很殘酷的懲罰，而且，你父親也會死。」

薛寒道：「談不上背叛，我根本也不是你們那個組合中人，我們只是一筆交易，我把他們的人帶來此地，你們談判，成與不成，那是你們的事了，和在下兄妹無關。」

林中人道：「嗯！說得倒也有理。」

薛寒道：「閣下，只要講理，咱們就好談了，閣下只要放了家父，咱們這筆交易，就算成交了。」

林中人道：「薛寒，就算這是一筆交易，目下你還未完成。」

薛寒道：「怎麼說？」

林中人道：「他們只到了樹林外面，還未進入林中，而且，他們來的人也多了一些。」
薛寒道：「他們本來就不是束手就縛的人，我能帶他們來此，已經費了不少的心機，至於他們的人數，閣下應該明白，他們本來是來自四面八方，各成一夥，如若只找上一、兩個人，誰也作不了主。」
林中人道：「胡逢春不是他們的首腦麼？」
胡逢春道：「不錯，老夫是被他們推舉了出來，但百多人的組合，總該有幾個可以幫老夫的人，他們都是老夫的助手，也都是這些人的代表。」
林中人道：「好！你們稍候片刻，我再給你們答覆。」
薛寒道：「至少，咱們兄妹的事情已經完了，可以放出家父了。」
林中人道：「事情未全好，貴兄妹，又何必急在一時呢？」
薛寒怒道：「至少，我應該和家父談幾句話，知道他是否還活著。」
林中人道：「我看不必了。」
薛寒還待發作，簡飛星卻已低聲說道：「薛少兄，忍耐一些。」
過去了半柱香的工夫，林中又傳出一個冷冷的聲音，道：「你們都可以進來，但要放下手中兵刃。」
胡逢春道：「這一點，辦不到。」
林中人道：「那就很難談得攏了。」
胡逢春道：「談不攏，咱們只好自己進去了。」

側顧楚小楓，道：「楚老弟請入林中瞧瞧！」

楚小楓道：「在下遵命。」突然一個飛騰，躍入了樹林之中。

簡飛星道：「兄弟小心。」手中長刀護胸，緩緩向林中行去。

譚志遠、田伯烈，都準備向林中行去，但卻被楚小楓喝止，道：「諸位暫勿入林。」

田伯烈、譚志遠，停下了腳步，但卻逼到了薛寒兄妹身後，凝神戒備。

薛寒低聲道：「諸位，此時此情，如是還懷疑在下，那就未免太過多疑了。」

站在薛寒身後的田伯烈，笑一笑，道：「薛兄不用多疑，楚兄弟和簡大俠，先行進入林中，而未迫使貴兄妹先行帶路，單是此點，已見忠厚了。」

薛寒低聲道：「在下並無責問之意，老實說，諸位不放棄對咱們兄妹懷疑之心，也是理所當然的事，不過，這時刻，隨時可能和對方衝突起來，如是一旦動上手，我們兄妹的攻敵準備，引起了兩位多疑，突然出手，我們兄妹，豈不是死得太冤了。」

田伯烈笑一笑，道：「薛兄放心，我和譚兄，都還不是很莽撞的人。」

薛寒低聲道：「那就好，咱們要不要進入林中接應他們一下？」

田伯烈道：「我看不用了，楚兄弟，已經打過招呼了。」

薛寒低聲道：「我擔心的就是他了，簡大俠武功高強，縱然遇上了伏擊，也可應付餘裕，但那位楚少兄，只怕就很難幸免了。」

田伯烈低聲道：「這個薛兄不用擔心，楚兄弟的武功，不會在簡大俠之下。」

薛寒道：「哦！有這等事？」

這時，林中突然傳出來楚小楓的聲音，道：「胡老、田兄，諸位可以進來了。」
胡逢春應了一聲，當先奔入林中。田伯烈、薛寒等緊追身後而入。
只見簡飛星長刀指在一個黑衣蒙面人的咽喉之上。
楚小楓站在一側，草地上，還躺著四個黑衣長衫人。
簡飛星道：「薛兄，認識他麼？」
薛寒仔細打量黑衣人一眼，道：「不認識。」
楚小楓突然揚劍一揮，挑去了那蒙面人的黑紗。夜色中，只見那是很奇怪的臉。明白點說，他臉上長著很長的黑毛，簡直不是一張人的臉。但他明明是人。
只聽他嘆息一聲，道：「我說過，不要挑下我蒙面的黑紗，但你卻不肯相信，現在明白了吧！」
楚小楓道：「閣下還戴著另一個面具麼？」
毛臉人道：「不是面具，而是一張真真正正的臉。」
胡逢春道：「老夫走過了多年的江湖，從來沒有見過這樣的怪臉。」
毛臉人道：「人，自然是不會生成這樣的怪臉，但精湛的醫術，可以改造。」
胡逢春道：「改造？」
毛臉人道：「對！我這張臉，就是很好的標幟，所以，我不能再回到江湖中去。」
胡逢春望望倒在四周的長衫人，道：「他們呢？」
毛臉人道：「他們很正常，但只是隨從執役的人。」

楚小楓道：「唉！你也算是受害人了……」

毛臉人嘆息一聲，道：「自從這張臉變成了毛臉之後，我只有兩條路可以選擇，一條是自絕一死，一條是留在這裡聽他們役使。」

楚小楓道：「好惡毒的手段。」

毛臉人道：「我這樣一副德行，不但無法在人間立足，就算是我的妻兒也不便相見。」

胡逢春道：「說得也是，妻兒相處，長相左右，總不能每日戴上一幅面紗。」

毛臉人道：「我不能回去，本該一死，但又不忍心使他們挨餓，所以只好拖下去了。」

胡逢春道：「你拖下去，妻兒就可以不挨餓了麼？」

毛臉人道：「對！他們有一件很守信用的事，那就是只要我們忠於工作，不生叛離之心，我的妻兒，每個月都會收到一筆可供生活的銀錢，那是很富裕的生活費用，每個月，總都在五十兩銀子左右。」

胡逢春道：「嗯！這就是恩、威並用，只不過，他們用人的手段太毒辣了一些。」

薛寒一直在忍耐著，實在是忍不住了，接口說道：「閣下，家父究竟現在何處？」

毛臉人苦笑一下，道：「令尊早死了。」

薛寒心頭激動，登時泛上了一臉殺機，薛依娘更是忍不住熱淚奪眶而出。

毛臉人嘆息一聲，道：「他那樣大年紀了，又是一身病痛，再加性子急，如何能受得如許折磨。」

薛寒道：「我早該想到的……」

一頓，接道：「剛才你不是告訴我，他老人家，還活在世上？」
毛臉人道：「是我告訴你的，你要明白，沒有掀這塊蒙面黑紗之前，我對他們要絕對忠誠，但我取下了這塊黑紗，情形就有些不同了。」
薛寒道：「怎麼說呢？」
毛臉人道：「我這張不能見人的臉，既然見了人，那就算恢復了自我，也恢復了人性，我告訴你們這麼多事，你們難道還不明白麼？我已經存下了必死之心，你們殺不殺我，我都要自絕而死。」忽然嗯了一聲，口中噴出鮮血，倒了下去。
薛寒一伸手，抓住了毛臉人，道：「你怎麼能這樣死掉呢？」
毛臉人已經答不出話，雙目已閉，氣息已絕。
胡逢春道：「這人死去之後，咱們有了一個最大的困難。」
楚小楓道：「是不是沒有辦法找到他們的人？」
胡逢春道：「是！」
簡飛星道：「胡兄，這個請放心，咱們是無法找他們，但他們決不會不找咱們。」
只聽一個冷冷的聲音，道：「不錯，我們會來找你們。」
胡逢春道：「你來得很好，你們這幾個同伴都死了，咱們還要找一個帶路的人。」
那人沉吟了一陣，道：「人十八死了？」
胡逢春心中暗道：「原來他叫人十八。」
簡飛星道：「是！他對咱們出言無狀，咱們只好殺了他們，閣下怎麼稱呼？」

那人道：「在下人十九。」
胡逢春道：「你們都姓人？」
人十九道：「這個，你不用知道，一個人的姓名，只不過是個代號罷了。」
楚小楓道：「其實，你們不過是採用天、地、人三字編號罷了。」
人十九道：「佩服，佩服。」
胡逢春道：「不用客氣，咱們要見的人，你能不能帶我們去？」
人十九道：「能！我來此的用心，就是要帶你們去。」
胡逢春道：「好！那就請帶路吧！」
人十九道：「我現在有些明白了，敝上已經知曉了人十八的死亡，所以，才要我來為諸位帶路。」
簡飛星道：「閣下可以現出身來，讓咱們瞧瞧吧！」
人十九道：「我看不必了，但我會為諸位帶路，你們跟在後面就是。」
胡逢春道：「咱們的時間有限，閣下可以帶路了。」
人十九道：「慢著，我還有幾句話說。」
胡逢春答道：「請說。」
人十九道：「薛寒、薛依娘，要留在此地，不能同行。」
胡逢春道：「這個，辦不到，人十九，你要明白，咱們來此談判，並非投降，任何條件，我們都不能接受。」

人十九道：「既然如此，諸位要稍候片刻，我還得請示一下。」
一個似由很遠處飄來的聲音，道：「帶他們來吧。」
人十九道：「是！」緩緩由暗影中行了出來。
他穿著一身黑衣，臉上蒙著面紗。
這早已在胡逢春等意料之中，所以，並沒有人感覺驚愕。
這人十九很和氣，拱拱手，道：「在下帶路。」
登上了峰頂，峰頂上，竟有一座茅舍。
人十九到了茅舍外面，恭恭敬敬地說道：「他們來了五個人。」
室中響起了一個威重的聲音，道：「叫他們進來，掌燈。」
人十九一躬身，道：「諸位請吧！」
火光一閃，室內點起了燈火。
楚小楓搶在前面，進了茅舍。他冒險犯難，遇上了什麼危險的事，總是走在最前面。
室中坐著一個穿著寬大黑袍的老人，可惜，他臉上竟然也蒙著一層面紗。
黑紗下，露出了一截白髯。這證明了黑衣人的年齡不小。
在黑衣老人的左、右，站著兩個青衣童子。
兩個童子都長得很清秀，左面的捧著一柄帶鞘的長劍，右面的童子卻端著一個檀木盤子，上面放著三枚金環。

黑衣人的對面，一排擺著五張竹椅。

黑衣人道：「薛寒、薛依娘，你們算是叛徒，沒有座位。」

薛寒道：「咱們進入了茅舍，坐不坐都是一樣。」

黑衣人冷哼一聲，道：「你們兄妹，都會遭受到最悲慘的命運。」

不容薛寒回答，目光卻一掠胡逢春，道：「你們坐吧！」

楚小楓很仔細地看過了那幾張竹椅，發覺沒有毛病，才當先坐下。他選的是最後一個，靠在最右面的一個。

胡逢春很自然地被擁在中間，左首是簡飛星，右首是田伯烈。

薛寒兄妹，卻緊緊在楚小楓身側站著。

胡逢春搶先說道：「先請教，閣下可否見告姓名，如是姓名不能說，總該說個道號出來，咱們也好便於請教。」

黑衣人沉吟一陣，道：「你們叫我六先生吧。」

胡逢春道：「六先生？」

黑衣人道：「咱們不是交朋友，用不著說得太清楚，是麼？」

胡逢春道：「既是如此，在下就不再多問此事了！」

語聲一頓，接道：「是不是閣下請我們來的？」

黑衣人道：「不錯，是我請你們來的。」

胡逢春道：「六先生能夠作主麼？」

黑衣人道：「那要看你們的條件了，一般說來，我都可以做得點主。」
胡逢春道：「好！六先生請我們來此的用心，可以說了。」
黑衣人道：「薛寒沒有告訴你們麼？」
胡逢春道：「他說了，我們都中了一種無形之毒，不知是真是假？」
黑衣人道：「千真萬確，而且，明天就要發作。」
胡逢春道：「胡某人奇怪的是，我們明天就要死了，你們又為什麼把我們請來，難道，你們連等一天的時間也沒有麼？」
黑衣人道：「那倒不是，就算等上個十天、半月，我們也可以等待，不過，咱們不願眼看著這多人忽然死去。」
楚小楓道：「你們沿途之上，設下了無數的埋伏，也不過是希望把我們全數殺死罷了，怎會在明知道我們中毒之後，又會動惻隱之心呢？」
黑衣人道：「我找你們來，不過是告訴你們這件事情罷了，如若你們不太相信，咱們就談不下去了。」
胡逢春道：「如是彼此談得很好呢？」
黑衣人道：「如是談得很好，咱們可以送上解藥，談得不歡而散，諸位就曉得了這件事情，也好有心理上的準備。」
胡逢春道：「六先生，再無別的原因了？」
黑衣人道：「沒有了。」

胡逢春道：「可惜，老夫不相信。」

黑衣人道：「你如何才能相信呢？」

胡逢春道：「六先生說出真的原因。」

黑衣人道：「沒有真正原因，咱們之間，只有條件，如是條件談得好，我就給你們解藥，條件談不好，你們就回去準備後事了。」

胡逢春道：「六先生請把條件說出來，咱們斟酌一下，也好給你一個答覆。」

黑衣人道：「好！你們放下兵刃，交出我們要的人，然後，回頭離去，這就是全部條件，老實說，應該是優厚萬分了。」

胡逢春道：「不算過分，不過，對我們卻是全無保障。」

黑衣人道：「什麼意思？」

胡逢春道：「我們交出兵刃，和你們要的人之後，你們不交解藥呢？」

黑衣人道：「胡說，那怎麼會呢？」

胡逢春道：「六先生就算不會，但咱們卻無法相信，所以，在下也想了一個辦法。」

黑衣人道：「好！你請說吧？」

胡逢春道：「你們先交出解藥，然後，我們交人。」

黑衣人冷笑一聲，道：「這不可能。」

胡逢春道：「不可能，就談不下去了，我們根本還不太相信都中了毒。」

楚小楓道：「別忘了，我們還有一個更高明的辦法。」

黑衣人道：「你們只不過有一天壽命，還能耍出什麼花樣。」

楚小楓道：「第一，我們可以先殺了你，第二，我們可以請她說出內情，昭告江湖。」

黑衣人呆了一呆，道：「你……」

楚小楓笑一笑，接道：「我們不是快要死了麼？一個要死的人，還會怕什麼呢？」

黑衣人道：「你們真敢如此，不顧上百人的生死麼？」

楚小楓道：「我們救不了他們，包括我們自己在內，但我們決不屈服，中毒的人，包括你們要的人在內，她不肯說出隱秘，那只是說明了她心中還有一點顧慮，我不知她的顧慮是什麼？但我知道，一旦她減少了那點顧慮之後，她會把什麼都說出來。」

黑衣人道：「就算她能說出來，但你們都將死去，也不會把消息洩漏出去。」

楚小楓道：「那倒未必，這是春秋筆出現的時間，來這裡的人，也不知道多少，我們分頭奔走，總會有人把消息傳出去，你們的厲害就是隱於暗處，身分神秘，一旦揭穿了這一點，不論你們的實力如何強大，也無法和天下的武林同道作對。」

黑衣人道：「你是在威脅老夫麼？」

楚小楓道：「不只是威脅，還要反擊。」

黑衣人道：「反擊？」

楚小楓道：「對！反擊，你們的算盤打得太如意了，用毒也減少了份量，不希望一下子把他們毒死，是麼？」

簡飛星道：「兄弟，這倒不是他們仁慈，因為，烈性的毒藥，都會有強烈的味道，咱們人還未中毒，就嗅出了毒性，他們不敢用，只有用這麼輕的毒藥，才會使咱們中毒。」

楚小楓點點頭，道：「大哥說得是。」

簡飛星道：「胡老，在下說幾句話如何？」

胡逢春道：「請說，請說。」

簡飛星道：「在下簡飛星……」

黑衣人接道：「久仰大名。」

簡飛星道：「我在江湖上走了數十年，知我的人，倒也不少，這也不用謙虛了……」

拂髯一笑，豪壯地接道：「我也被他們利用過，但老夫能及時回頭，六先生的身分，我雖然不知道，但看樣子，也是受他們利用的人。」

六先生冷笑一聲，道：「簡飛星，你可是想從中挑撥？」

簡飛星道：「挑撥倒不敢當，不過，在下以前車之鑑，向你提一個忠告罷了。」

黑衣人冷冷說道：「簡飛星，這些話老夫明白，用不著再聽你來說了。」

楚小楓霍然站起身子，道：「大哥，不用對牛彈琴了，他們只認識刀劍、拳頭……」

一指黑衣人接道：「六先生，我想，咱們還是武功上分個高下。」

六先生道：「你實在狂得可以。」

楚小楓道：「你們不是用刀劍暗襲，就是用言語詐騙，對你們，在下已有了相當的認識。」

六先生道：「你準備動劍呢，還是比試一下拳掌？」

楚小楓道：「悉憑尊便。」
黑衣人緩緩站起身子，道：「好！老夫領教一下你的拳掌功夫。」
楚小楓解下佩劍，放在竹椅上，道：「在下奉陪。」
一上來，一拳直搗過去。楚小楓心知，如若客套，又是一番口舌之辯，乾脆出手就打。
六先生一閃避過，右手一翻，扣向楚小楓的脈門。
楚小楓也不讓避，左手一拳，打了過去，擊向六先生的右手。
他連環出拳，不閃不避，六先生有個什麼反應，他就一拳擊了過去。
這打法很特殊，以胡逢春和簡飛星，見識之博，也看不出他是什麼拳法。
六先生連接了十餘拳後，也不禁為之震動，臉上的黑紗飄動，似乎是內心中十分緊張。

卅五　艷女秘聞

楚小楓連環快拳，攻勢猛銳，那黑衣人開始時還可應付，但十幾招之後，就有應付不暇之感。

六先生輕輕吁一口氣，道：「住手。」

楚小楓收住拳勢，道：「六先生有什麼吩咐？」

六先生道：「你叫楚小楓。」

楚小楓道：「不錯，六先生，我已用武功證明了我的話，我會殺了你……」

六先生道：「殺了我，對你有什麼好處？」

楚小楓道：「好處很大，你死了，會有一個比你更高身分的人出面。」

六先生道：「楚少兄，你猜錯了，我們這一行人中，我是身分最高的一個。」

楚小楓道：「好！六先生，你聽著，不管我們是否真的中了毒，但我們姑且相信你的話，所以，我們的時間不多……」

六先生冷冷接道：「楚小楓，你怎麼打算，就算你殺了老夫，也一樣沒有辦法救你們百多條人命。」

楚小楓笑一笑，道：「六先生，我們沒有打算救自己，我們只要多殺你們幾個人就行了！」

臉色轉得十分嚴肅，接道：「六先生，我不管你們有什麼惡毒的安排，我們的打算是殺了你之後，立刻請那位姑娘說出她知曉的隱秘，然後，我們大部分的人，分頭奔走，把那些隱秘，宣揚於江湖上，這就是我們的做法。」

六先生冷哼一聲，道：「胡逢春，楚小楓少不更事，你是這些人中推出的首腦，總不能和他一樣的胡亂蠻幹吧？」

胡逢春道：「六先生，你又錯了，這是我們早已決定的辦法，不是楚小楓一個人的意見。」

薛寒接道：「六先生，先父的屍體，現在何處？」

六先生道：「我們沒有殺令尊，是他自絕死的。」

薛依娘低聲道：「等等，大局為重，先等楚公子處理過大事之後再說。」

薛寒道：「妹妹說得是。」

六先生回頭看了一眼，點點頭，道：「好吧！既然諸位非要和老夫一戰不可，老夫只好奉陪了。」

回身一招手，捧劍童子，迅快地送上了長劍。

六先生左手取劍，右手卻去取木盤中的金環。

簡飛星長刀一閃，冷厲的刀鋒，已然逼在了六先生的右手之上。

他有刀過無聲之名，出刀之快，果然是匪夷所思。

六先生冷笑一聲，道：「簡飛星，你這是什麼意思？」

簡飛星冷冷道：「咱們要一場公平的決鬥，最好別用暗器。」

六先生道：「個人的技藝不同，寸有所長，尺有所短，老夫擅長的，就是三枚飛環。」

簡飛星道：「六先生，咱們已經給了你很大的機會，不要得寸進尺，如是易地而處，只怕你們早已合圍而上了。」

六先生緩緩收回右手，示意兩個童子退開，長劍出鞘，平橫胸前，冷冷說道：「哪一位和老夫動手比試。」

楚小楓道：「區區領教。」

簡飛星道：「兄弟，這一陣讓給我。」

楚小楓道：「大哥吩咐，小弟恭敬不如從命了。」收了長劍退到一側。

六先生冷冷說道：「簡飛星，你為什麼要接下這一戰？」

簡飛星道：「因為，想給你一個留下性命的機會。」

六先生道：「簡飛星，你為什麼不說，為了救他。」

簡飛星冷笑一聲，道：「你認為，你這一點武功，可以和他放手一戰嗎？」

六先生道：「我相信，三十招內，可以取他性命。」

簡飛星冷笑一聲，道：「六先生，你出手吧！」

兩人的對話之中，楚小楓聽出了重重的疑竇，心中暗道：「聽口氣，他們兩個人似是舊識，簡大哥明明知道他是什麼人，但卻不肯說出來。」

忖思之間，兩個人已經動了手。

但見刀、劍交錯，寒芒飛繞，雙方展開了一場激烈絕倫的搏鬥。

刀光和劍氣，彌漫了全室，逼得室中人，都退到了一角。

人影已隱沒於刀光劍影之中，室中的劍氣和刀光，雖然耀眼生花，但卻沒有金鐵相撞之聲。在場幾人，都是高手，也看得目瞪口呆。

這是一場武林中罕聞罕見的搏鬥。

胡逢春正好和楚小楓站在一起，忍不住低聲問道：「楚老弟，他們這一戰相當凶險。」

楚小楓道：「看樣子，簡大哥，也是在全力施展。」

胡逢春道：「這位六先生不知是何許人物，劍法如此高明。」

楚小楓低聲道：「簡大哥好像認識他。」

胡逢春道：「我也是這麼懷疑，但不知簡兄為什麼不揭穿他的身分？」

楚小楓道：「也許是他還不能肯定，所以，自己出手，想從他劍法中認定他的身分。」

胡逢春道：「當今武林中，能和簡飛星簡大俠打一個勝負不分的，只怕是沒有幾人！」

這時，場中的形勢，已然有了變化，簡飛星全力搶攻，一連三刀。

凌厲絕倫的三刀。

六先生避過了兩刀，但避不過第三刀，橫劍一立，封了過去。

刀、劍相觸，噹的一聲大震。

簡飛星冷冷說道：「還要打下去麼？」

六先生收住劍勢，道：「你好像搶到了一點先機。」

刀、劍相觸，響起了一聲金鐵交鳴，在這等快速地刀、劍運轉之中，實在算不了什麼！

對簡飛星的質問，在場三人，都有些不太明白。

難道這一招刀、劍交接中，六先生已敗在簡飛星的手中？

每個人心中都充滿著疑問。

只聽簡飛星道：「難道你不肯承認？」

六先生道：「咱們這是一場生死之戰，直到一個人無法還手時為止。」

言下之意，雖然是承認輸了一招，但卻不肯罷手。

簡飛星道：「唉！一定要鬧一個血淋淋的局面麼？」

六先生道：「這樣情形之下見面，我想不出還會有什麼好的結果。」

簡飛星道：「你出劍吧！咱們不死不休。」

六先生道：「小心一些，我會殺了你。」

長劍一震，攻了過去。

他的劍法，有如怪蛇一般，似是要纏在簡飛星的刀上，但卻一直避免和簡飛星的長刀相觸。

刀、劍交織如電，片刻間，兩人又交手五、六十個回合。

簡飛星忽然大喝一聲，刀演三絕招，但見滿室中一片刀芒，寒氣森森，逼得人雙目難睜。
刀光斂收之後，室中的景物，已經有了很大的變化。
六先生橫屍地上，但人頭卻飛在了他坐的木椅之上，臉上仍然蒙著黑紗。
胡逢春道：「這個人的劍法不錯，不知是何許人物？」
一伸手，去取他蒙面黑紗。
簡飛星低聲道：「胡老，放他一馬吧！」
胡逢春怔了一怔，道：「簡大俠……」
簡飛星接道：「讓我把他埋了吧！」
胡逢春道：「哦！」
楚小楓低聲道：「大哥認識他？」
簡飛星道：「是！」
楚小楓道：「他是大哥的什麼人？」
簡飛星道：「兄弟。」
楚小楓道：「是親兄弟？」
簡飛星道：「結義的金蘭。」
楚小楓道：「既是金蘭兄弟，大哥，為什麼不勸他改邪歸正？」
簡飛星道：「我勸不動他，只好殺了他。」

楚小楓道：「大哥！大是大非之間，有所抉擇，小弟希望大哥不要為此抱咎。」

簡飛星嘆息一聲，道：「我不會為此抱咎，只是覺著這個組合的可怕，陸賢弟，應該不是一個尚虛名的人，而且他孑然一身，照說，也沒有什麼可以威脅他的，但他卻對這個組合如此忠誠。」

楚小楓道：「他在死去之前，對大哥似是仍十分敬重。」

簡飛星道：「嗯！」

楚小楓道：「大哥如是問他，他也許會給咱們一點指教。」

簡飛星目光轉注兩個青衣童子的身上，道：「你們要追隨主人於泉下呢？還是想留下性命。」

兩個青衣童子看了六先生的屍體一眼，突然跪了下去。

四目中流下了感傷的熱淚，臉上是一股無可奈何的神色。

原來紅潤的臉上，開始現出了青紫之色，緩緩倒了下去。

兩個人已咬破了口中的毒藥，雙雙斃命。

簡飛星高聲說道：「人十九，你出來。」

楚小楓冷笑一聲，道：「想跑？」

突然飛身而起，人像怒矢一般，穿窗而出。

片刻之間，人十九在楚小楓劍尖指迫下，行入室中。他臉上的黑紗，已被鮮血滲透。

仔細看去，才發覺，他左邊的耳朵，已被割去，鮮血仍然不停地流出來。

楚小楓神情肅然地說道：「人十九，我們不會多問一遍，你如不肯回答，我就斬下你的另一邊耳朵……」

人十九急道：「我……」

楚小楓接道：「我相信，你們的作為，比我們還要殘酷十倍。」

胡逢春道：「人十九，這裡除了六先生之外，還有些什麼人？」

人十九道：「我，我……」

楚小楓長劍一揮，人十九一隻耳朵又掉了下來。

這等快手快腳，乾淨俐落的舉動，有著很大的恐嚇作用，人十九忍不住失聲而叫。

楚小楓冷笑一聲，道：「下一次，再不回答，我就斬下你一條左臂。」

胡逢春道：「人十九，這裡除了六先生之外，還有些什麼人？」

人十九道：「沒有人了，六先生就是這裡最高的負責人。」

胡逢春道：「解藥呢？」

人十九道：「沒有解藥。」

胡逢春道：「沒有解藥，那是說你們根本是準備置我們於死地了？」

人十九道：「我……我告訴你們實話，你們根本沒有中毒，為什麼要解藥。」

胡逢春怔了怔，道：「沒有中毒？」

人十九突然取下臉上的面具，只見長著白毛的猴臉，出現眼前。

苦笑一下，道：「這就是我，他們把我變成了一張猴子臉，但卻無法換去我的心，這根本是一個虛幻的陰謀，但他們估計錯了，想不到，你們竟然不怕死亡的威脅。」

簡飛星道：「大丈夫，活要活得心安理得，死也死得了無憾事，咱們就算中了毒，也不會受死亡的威脅。」

人十九道：「我就是看不破這一道生死之關，才會甘受擺布。」

胡逢春道：「那他們把我們誘入此地的用心何在呢？」

人十九道：「對你們下毒。」

楚小楓道：「什麼人能對我們下毒？」

胡逢春催道：「快說，是誰？」

人十九道：「六先生！」

楚小楓道：「他！」

長劍探出，挑開了六先生的蒙面黑紗。

那倒是一張五官端正的臉，留著白色長髮。

簡飛星雖然不想看，但仍然忍不住看一眼，忍不住失聲而叫：「陸賢弟。」

人十九道：「不知何故，他竟然沒有對你們下毒。」

簡飛星道：「因為我，他寧可死在我的刀下，不肯對我們用毒。」

楚小楓道：「他會用毒？」

簡飛星道：「他是醫道高手，自然也是用毒高手。」

楚小楓道：「他對大哥很有情意，但他為什麼又不肯說明真相呢？」

人十九道：「他們是高一層的身分，必然有另一種受統馭的方法。」
楚小楓道：「你知道麼？」
人十九道：「不知道，只是想當然耳……」
長長嘆息一聲，道：「我知道的，都說給你們聽了，我要去了。」
突然一仰身，向後倒去。
人摔倒地上已然泛起了一片濛濛的黑氣。
胡逢春道：「好強烈的毒藥。」
簡飛星道：「薛寒，你都聽到了？」
薛寒道：「聽到了，簡大俠莫非還對我們兄妹懷疑麼？」
楚小楓急急接道：「薛兄不要誤會，簡大哥的意思是，希望你們能立刻做個決定。」
薛寒道：「決定?決定什麼?」
楚小楓道：「決定留下來，還是離開這裡。」
薛依娘道：「殺父之仇，不共戴天，我們有一口氣在，此仇就不能不報。」
楚小楓道：「不錯。」
薛依娘道：「哥哥，咱們跟著胡老走吧!其實，他們也不會放過咱們兄妹了。」
薛寒道：「我知道，不過，咱們總得先找著父親的屍體才行。」
楚小楓道：「薛兄的孝心，兄弟十分敬重，不過，此時此地，尋找令尊的屍體，只怕也不是一件容易的事。」

們再行想辦法。」

薛寒道：「這個……」

楚小楓接道：「所以，兄弟覺著，尋找令尊屍體的事，不妨暫緩，俟大局安定之後，咱們再行想辦法。」

薛寒嘆息一聲，道：「兄弟受教。」

簡飛星道：「目下大局，已然逐漸有些頭緒，逐漸地明朗了，有一批人正放手江湖控制一些人物，目的雖然還未完全明白，但形勢已經證實了，咱們都是他們要對付的人，除非咱們和人十九等一樣，為他們所用。」

胡逢春道：「不錯，咱們都是他們要對付的人，不過……」

簡飛星接道：「不過什麼？」

胡逢春道：「他們為什麼會選擇春秋筆出現的時刻？」

楚小楓道：「胡老，春秋筆的出現時間，也正是武林中精英盡集於此的時間，咱們只是一路，我想趕往映日崖的，決非只有咱們這一路人馬。」

薛寒道：「對……他們分頭埋伏，不為他們所用的，一體截殺。」

楚小楓道：「正是如此。」

胡逢春道：「唉！春秋筆乃是武林最受敬重的人物，難道，他就坐視不管麼？」

楚小楓道：「胡老，你是成名多年的人物，不知是否見過春秋筆？」

胡逢春怔了一怔，道：「這個，這個，楚老弟，你懷疑春秋筆麼？」

楚小楓道：「胡老，小弟不敢懷疑前賢，只不過，這個人太神秘了。」

胡逢春道：「神秘，老弟，這一點，不可存疑，春秋筆，乃武林中最受敬重的人物，已經揭發了不少武林中偽善之輩，江湖才有二十年從未有過的平靜。」

楚小楓道：「哦！」

胡逢春道：「楚老弟，至少，在沒有證據之前，咱們不應懷疑春秋筆。」

楚小楓笑一笑，道：「簡大哥，你見過春秋筆麼？」

簡飛星道：「沒有，」語聲一頓，接道：「兄弟，你好像在保護一個人。」

楚小楓道：「對，一個女人，知道這個神秘組合的女人。」

胡逢春道：「現在，楚老弟，應該告訴我們一點內情了。」

楚小楓道：「她是那個神秘組合中的核心中人，她個人，並不太重要，也並非是一個很出色的人，但她知道了很多的事、很多真正的內情，因為，她是那個真正首腦人物家中的丫環。」

簡飛星道：「好極啦！目下，這是江湖上最感困擾的一件事，就是不知道他是誰，只要找出了他的真正面目，不論他是什麼人？都可以對付他了。」

楚小楓道：「但她還沒有說出來。」

簡飛星道：「她不說，為什麼？」

楚小楓道：「我們可以殺了她，甚至可以用最殘酷的手段對付她，但卻無法逼她說出來內情。」

簡飛星道：「你和她談過麼？」

楚小楓道：「談過，而且，談得很好，所以，她才肯接受我們的保護。」

他隱去了和小紅之間，談判的條件。自然，那是為小紅好。

楚小楓希望她受到別人的尊重，恢復她個人的尊嚴。

他已經發覺了小紅正在改變自己，適應一個新的生活。

只聽簡飛星道：「兄弟，你準備帶她去映日崖？」

楚小楓道：「對，這些年來，春秋筆風靡了整個江湖，他代表著權威、正義、喜悅和安慰，千百年來，江湖上從沒有一個人受過如此的榮耀。」

胡逢春道：「他應該。」

楚小楓道：「我也贊成給予他更多榮耀，問題是這個人太過虛幻，他只是若干年出現一次，而且，他是什麼樣子，根本沒有人見到過。」

胡逢春道：「老實說，這倒無可厚非，春秋筆如若不保持一種神秘，他又如何訪查江湖中善惡、是非呢？」

楚小楓道：「我並非懷疑春秋筆，我只是覺著，應該有一種更好的辦法，獲得江湖上更多的信任。」

簡飛星沉吟一陣，道：「走吧！咱們先回去，這件事，以後再說吧！」

薛依娘忽然嘆息一聲，道：「哥哥，如若春秋筆也來了，他又為什麼不救我們？」

薛寒道：「也許他在另外一條道路上，妹妹，不許對春秋筆生出什麼懷疑，他是武林中從未有過的偉大人物，他不求名利，不求聞達，只是一心給江湖上人服務。」

薛依娘似是還想開口，但卻被楚小楓示意攔阻。

群豪回到了原來的駐守之處。

這時，白眉大師正率領著少林僧侶們在四周巡邏。

所有的人，都已經醒了過來，天色只不過剛剛微明。

白眉大師迎了上來，道：「找到了解毒的藥物沒有？」

胡逢春笑一笑，道：「咱們根本就沒有中毒，自然不用解藥了。」

白眉大師呆了一呆，道：「怎麼？沒有中毒，他們使用詐術。」

胡逢春道：「對！不過，這一套還真厲害，差一點把咱們給騙了。」

這時，時英、何浩波，急急地奔了過來，詢問內情。

田伯烈笑了一笑，道：「咱們被人家耍了一下，大夥兒都好好地，竟然都相信中了毒，不過，這樣也好。」

時英道：「也好！是什麼意思？」

田伯烈道：「我們又見到了一場搏殺，刀光、劍影，都是武林中罕見的搏殺，刀過無聲之名，真不虛傳。」

何浩波道：「你們走後，大夥兒都已經醒了，我和時兄，給他們談了很多的事。」

田伯烈道：「我們的處境，凶險萬分，也應該告訴他們一下才是。」

時英道：「這都說了。」

田伯烈道：「如是願意走的人，咱們也不能多留他們。」
時英道：「這話我也說了，你猜怎麼著？」
田伯烈道：「怎麼著？」
時英道：「竟然沒有一個人願意離去。」
田伯烈道：「唉！其實，他們心中何嘗不明白，離開了此地一步，恐怕全無生機。」
時英道：「這雖是原因之一，不過，我感覺到他們留此之意，也極真誠，事實上，他們心中明白，這是一個必須自保的境地，如是大家力量一分散，生存的機會太微小了。」
田伯烈點點頭，道：「他們知道就好了。」

這時，天色已經大亮，旭日初升，放射出萬道金光。
楚小楓到成中岳等住宿之處，找到小紅，道：「姑娘，我們又和他們交手了一次。」
小紅道：「跟什麼人？」
楚小楓道：「一位自稱六先生的人。」
小紅道：「能夠稱為先生的，都是極為重要的人，那位六先生呢？」
楚小楓道：「死了。」
小紅一怔，道：「你殺了他？」
楚小楓道：「是簡大哥。」
小紅沉吟了一陣，道：「他沒有問過我？」

楚小楓道：「事情就是因你而起。」
小紅道：「楚公子，我很抱歉。」
楚小楓道：「不要緊，他們找你，不過是一個借口罷了，就算沒有你，他們也不會放過我們。」
小紅道：「那不同，你不瞭解他們……」
楚小楓接道：「不用抱咎，也不用難過，準備吃點東西，咱們還要趕路……」
笑一笑，接道：「你可知道，過去，只有咱們十幾個人保護你，現在，這一群上百的人，都決心保護你了，不管付出多大的代價。」
說完幾句話，轉身欲去。
小紅道：「公子留步。」
楚小楓回過頭，道：「什麼事？」
小紅道：「你想不想知道，他們為什麼一定要找到我，殺我滅口？」
楚小楓道：「姑娘願意說出來了。」
小紅點點頭。
楚小楓道：「可不可以多一些人聽？」
小紅道：「可以，已經有了很多的人為我而死，至少，也該要他們死得瞑目，對嗎？」
楚小楓道：「姑娘有此用心，那是最好不過，可是在下還沒有履行約定……」
小紅搖搖頭，接道：「公子再也休提約定之事，那時的小紅，和現在的小紅，已經有了很大的不同，這幾天來，我和你們行在一處，時間雖不久，但自覺氣質上已有很大的變化。」

楚小楓微微一笑，道：「姑娘有此一念，實乃武林之福。」

小紅道：「楚公子，你請些什麼人，我不管，不過，此事還不宜太早公開，使太多的人知道。」

楚小楓道：「不會有很多人，在下去和他們商量一下。」

一處幽靜的山崖下面，圍坐著八個人。

那是胡逢春、白眉大師、簡飛星、楚小楓、田伯烈、何浩波、時英、譚志遠。

在八人之前，坐著小紅。

她仍然穿著男裝，環顧了群豪一眼，說道：「我來自一個很神秘的家族，在江湖上也具有一點名望，表面上，他們從不和武林同道來往，但事實上，他們卻手握著無與倫比的權勢。」

胡逢春道：「那是什麼家族？」

小紅道：「桐柏世家。」

胡逢春道：「是不是桐柏醫廬？」

小紅點點頭，道：「是。」

簡飛星道：「好啊，原來是他們在暗中搗鬼。」

胡逢春道：「姑娘，在下去過那裡，也見過他們的主人了。」

小紅道：「那是什麼時候的事？」
胡逢春道：「不過一年之前。」
楚小楓接道：「姑娘，桐柏醫廬，是一個什麼樣的地方？」
小紅道：「妙的就在外表上，絕對看不出來什麼，一處背山而築的瓦舍，看上去，不過是一個中上之家的居住之所，整個房舍，算起來，不會超過十間，其實，就是讓你進去住個十天、半月，如若沒有別人指點，也是一樣瞧不出一點什麼名堂。」
胡逢春道：「他們的人手，都不住在那裡嗎？」
小紅道：「那座醫廬的房舍，緊臨山壁，但卻有一條地道，通入山中……」
簡飛星接道：「他們的人手，都在山腹之中。」
小紅道：「不是！那裡面，只是他們的重要首腦聚會之處，至於他們的發號施令地方，另有所在。」
楚小楓道：「在哪裡？」
小紅道：「不知道，好像就在附近，事實上，就算你們找到了他們發號施令的地方，也不會想到他們和桐柏醫廬有關。」
胡逢春道：「想不到，想不到，就是寒舍，看起來也比他們的規模大一些。」
小紅道：「我就在那裡長大，絕不會錯。」
胡逢春道：「姑娘，他們有著代代相傳的醫術，對療治傷病，十分在行。」
小紅道：「對！不過，沒有人會到那裡去求醫，那地方太荒涼了，方圓數十里內，盡是叢山、絕壁，沒有人家，受傷、有病的人還未找到那地方，就會傷重、病發而死了。」

胡逢春道：「但就老夫所知，仍有不少人去求醫醫病。」

小紅笑一笑，道：「那是最好的掩護，十批人中，只有一批可能是真的去求醫的。」

胡逢春道：「老夫年前去桐柏醫廬，就是求藥而去。」

楚小楓道：「胡老，你去求什麼藥物？」

胡逢春道：「十年前，我得了一種很奇怪的病，定時發作，每日午夜，右臂一處關節，疼痛如折。」

楚小楓道：「沒有請大夫看過麼？」

胡逢春道：「有！至少有二十個大夫為我看過，但卻都束手無策，後來，有人告訴我，到桐柏醫廬求藥療治。」

楚小楓道：「求到了？」

胡逢春道：「是！求到了，而且一服見效，我吃了藥，整個病，就完全好轉了。」

簡飛星道：「這代表什麼？」

胡逢春道：「難道，這也和江湖大變有關？」

楚小楓問道：「小紅姑娘，這又是為了什麼？」

小紅道：「胡老，你到那裡取藥之時，都見到了一些什麼？」

胡逢春道：「什麼也沒看到？」

小紅又沉吟了良久，道：「胡老，給你拿藥的，是不是一個圓臉、滿臉笑容的老者。」

胡逢春道：「不錯，一個圓臉、帶著笑容的老者。」

小紅道：「那是常笑翁。」

楚小楓道：「常笑翁是什麼人？」

小紅道：「主人的三天侍衛之一，他面圓圓如富家翁，一年到頭，臉上掛著笑意，就算他在殺人的時候，也一樣面含微笑。」

楚小楓道：「胡老，你再費點心想想，我們要很仔細、明確的經過。」

胡逢春道：「只有那老者，和一個年輕童子。」

小紅道：「他問你什麼沒有？」

胡逢春道：「問問病情，然後，又替我把脈，才叫那位穿著青衣的童子，替我取了藥物……」沉吟了一陣，接道：「小紅姑娘，他們姓什麼？」

小紅道：「姓呂。」

楚小楓道：「姑娘在呂家時，是住在山洞中呢？還是住在那一片瓦舍中？」

小紅道：「我住在山洞中，其實，重要的人，都住在山洞之中，那幾間房子，只不過是一個陪襯罷了。」

楚小楓道：「小紅姑娘，那山洞中住了多少人？」

小紅道：「我在那裡的時候，大約有七、八十個人，就算住在山洞中，也不能隨意活動，我們有指定的範圍。」

楚小楓道：「是一個很小心的人了。」

小紅道：「對，每一件事，都經過他仔細地策劃過，所以，有些人，在那裡住了很久，也知道不了多少隱秘。」

楚小楓道：「那山洞的規模很大麼？」

小紅道：「很大，一座天然的石洞，再經過人工的修造，據說，那石洞足足有五里長短，住在裡面相當的舒適，比什麼房子都舒服。」

楚小楓道：「哦！這樣一個地方，別人就沒有發覺麼？」

小紅道：「很難發覺，它雖在那宅院後面，但卻高過百丈以上。」

簡飛星道：「那宅院中有一條暗道，直登那百丈懸崖之上。」

小紅道：「不錯，除了那條暗道之外，再無登上懸崖的通路，那是一座孤峰，四面都是峭壁。」

簡飛星道：「我聽他們之間，有一個人說過，回石府請命，大概就是那個地方了。」

小紅道：「不錯，那地方叫做璇璣石府。」

簡飛星道：「小紅姑娘，我見過這一代桐柏神醫，看他的樣子，雖然有一身功夫，但還不像是一個領袖群雄的人物。」

小紅道：「哦！你看過我們主人，他是什麼樣子？」

簡飛星道：「是十年以前的事，看上去，大約有三十多歲，瘦瘦的，高高的，穿著一件海清色長衫。」

小紅道：「他有沒有告訴過你姓名？」

簡飛星道：「他告訴過我，好像是叫做游三奇。」
小紅道：「不錯，他是我們的主人。」
胡逢春道：「這個人，好像很少在江湖上走動，是麼？」
小紅道：「不！他常在江湖上走動，只是沒有人認識他罷了！」
胡逢春道：「說得也是，老夫就沒有聽過這個人。」
小紅道：「他很善化裝之術，而且，能說出各種方言，實在是一個很可怕的人，有時，他就在你身側，你都不知道。」
胡逢春道：「如是彼此素不相識，那就難怪了。」
小紅道：「小女子的意思，不但相識，而且，還是很熟的人……」
胡逢春冷笑一聲，接道：「世上會有這種事情，實在很難相信。」
小紅道：「唉！他是個很有才能的人，模仿之術，實在是人所難及。」
簡飛星道：「小紅姑娘，不論他的易容之術，高明到什麼程度，但他決不是一個能夠領導如此神秘組合的人物。」
楚小楓道：「大哥，怎能如此肯定？」
簡飛星道：「兄弟，算上大哥我本人也沒有這份能力，一個領袖群雄的人物，必有它一股莫可言喻的氣度，說它是王者氣度也好，說它是霸氣也好，但游三奇，沒有那一股氣度。」
小紅點點頭，道：「簡大俠果然是閱歷豐富，自有過人的看法……」
楚小楓道：「怎麼？那游三奇真的不是那組合中的首腦了？」

小紅沉吟了一陣，道：「他具有不世之才，武功卓絕，加上世傳精湛醫道，所以，又很快練成了用毒之能……」目光由薛寒、簡飛星、胡逢春、楚小楓臉上掠過，垂首不語。

薛寒接道：「姑娘，咱們兄妹，也急於瞭解真相，也好明白殺父的仇人，究竟是何許人物，所以在下兄妹，不請自來。」

楚小楓心中一動，暗道：「這兩個人，確實未被邀請，在場之人，大都把注意力集中在小紅的身上，竟然不知他們兄妹何時到了此地。」

別的人，也許會只是有一些驚奇、慚愧。驚奇這薛氏兄妹的行動快速，慚愧自己的疏忽，竟然未能發覺兩人到此。

但楚小楓除了驚奇和慚愧之外，更多的是懷疑。

暗中提高了極大的警惕，全力留心在兩人身上。

但他表面上，卻仍然能保持著相當的冷靜，不動聲色。

簡飛星自恃在江湖上的聲譽、身分，一向又是心直口快的人，一皺眉頭，道：「你們兄妹幾時來的，怎麼我們都未發覺？」

薛寒道：「我們就這樣走過來，沒有人阻止我們。」

簡飛星道：「哦，大家都把注意力集中在小紅姑娘身上了，全神貫注。」

薛寒道：「對！諸位分了心，沒人注意到我們。」語聲一頓，接道：「不過，我們也確實不知，未受邀者不可以參與這次集會，不知者不罪，既是不方便，我們兄妹就此告辭了。」

站起身子抱抱拳，轉身欲去。

楚小楓卻突然站起了身子，道：「兩位留步。」
薛寒人已行出了兩步，回過身子，道：「楚兄有何見教？」
楚小楓道：「既來之，則安之，貴兄妹既然來了，也聽到不少機密，就不宜再走了。」
薛寒哦了一聲，道：「楚兄的意思是……」
楚小楓接道：「貴兄妹來晚了一步，只怕還不知道我們之間的約定。」
直到此刻，群豪才明白，楚小楓挽留薛氏兄妹，是別有用心。
薛寒道：「約定，什麼約定？」
楚小楓站起了身子，緩緩向薛寒逼近了幾步，道：「我們約定的事是，凡是參與此事的人，都是要遵守這個規定，因為，這一行中，上百條人命，都會因我們的措施是否有錯，而決定他的生死。」
薛寒道：「楚兄說了半天，似乎是還沒有把事情說明白。」
楚小楓道：「就要說了，我們要遵守的約定是，第一，參與此會的人，都是領導人物，不許離開。」
薛寒道：「還有第二麼？」
楚小楓道：「第二是，彼此要坦然相對，開誠相處，不許有矯飾、偽裝的行為。」
薛寒笑一笑，道：「好！可有第三？」
楚小楓道：「只要能做到這兩個約定，彼此之間，應該都可以信得過了。」
薛寒道：「說得也是，這第二個約定，立意很好，可以矯正目下江湖上不少虛偽、浮誇之氣，不過，第一條，只怕咱們兄妹，不便久留。」
楚小楓道：「貴兄妹想走了？」
薛依娘望望薛寒，又望望楚小楓，道：「哥哥，你……」
薛寒伸手阻止了薛依娘說下去，接道：「妹妹，你不用多言，我要和這位楚兄談個明白，天涯遼闊，咱們兄妹何處不可去，為什麼一定要寄人籬下。」
他表現出的稜稜風骨，銳利言詞，充滿煽動的力量，也很引人同情。
場中之人，雖然素知楚小楓的為人，也對薛寒兄妹參與會晤，極感不滿，仍然都不自覺地望了楚小楓一眼。
楚小楓笑一笑，道：「薛兄，不但用毒手法高明，而且口才也動人得很，但薛兄把原則弄錯了。」
薛寒奇道：「我弄錯了什麼原則？」
楚小楓道：「這裡的人，都是偶然會聚，大部分平日裡素不相識，只不過是為了保命，不得不合在一處，所以，這裡沒有籬，也無處可寄，薛兄這一番挑撥的說詞，白費了唇舌。」
薛寒道：「你這話是什麼意思？」
楚小楓道：「以你薛兄在江湖上的經驗，總不會連最普通的江湖規矩也不知道了。」
薛寒道：「你是說……」
楚小楓接道：「我是說以你的閱歷之豐，絕對不會未受邀請，就跑來參與這個會議。」
薛寒冷冷說道：「楚兄的意思是，我們兄妹不該來了？」

楚小楓道：「本就不該來。」

薛寒道：「好！既是如此，咱們這就告辭了。」

楚小楓道：「慢著，薛兄本不該來，但既來了，那就不該走了。」

薛寒道：「楚兄，你越說我越不懂了，這是什麼意思，可是想要把我們兄妹留下來？」

楚小楓道：「咱們不會強行留下貴兄妹，但如薛兄，自覺應該避避嫌疑，就留下來。」

薛寒臉色冷肅，道：「楚兄，我不知你是何許人？但我看得出你在這群人中，相當有勢力，所以，你才會這樣口沒遮攔。」

楚小楓道：「這麼說來，是兄弟得罪你了。」

薛寒道：「不錯，如若兄弟有一點骨氣，就會對此事不滿。」

楚小楓道：「總該有一個辦法，使薛兄留下來吧？」

薛寒道：「只有一個辦法，用你的武功，使在下留下來。」

楚小楓道：「薛兄，這個辦法最壞，最好換一個辦法。」

薛寒冷冷說道：「不行。」

簡飛星一皺眉頭，道：「薛兄，別把事情弄得太糟。」

薛寒道：「簡大俠準備出頭？」

楚小楓搖搖手，示意簡飛星別插進來，笑了一笑，道：「除了上述辦法之外，薛兄是否還能提出另一個辦法？」

薛寒道：「在下提不出來了，如是楚兄有什麼高明辦法，在下倒是願聞其詳。」

楚小楓道：「兄弟覺著，薛兄如是沒有什麼特別重大的事故，最好，還是留下來。」

薛寒道：「留下來，幹什麼？」

楚小楓道：「薛兄，也許這件事，說不出什麼重大的理由，不過，留下來，至少，可以使薛兄表明自己的清白。」

薛寒道：「在下如是不留下來，那就是不清白了。」

田伯烈突然接口說道：「不錯，薛兄急急求去，卻是有些叫人不放心……」

忽聞譚志遠叫道：「小紅姑娘，小紅姑娘。」

楚小楓雙目盯注在薛寒的身上，道：「譚兄，小紅怎麼樣了？」

口中在問小紅，人卻面對著薛寒，嚴作戒備。

譚志遠道：「死了。」

楚小楓低聲道：「諸位請退開一些。」自己卻又向前跨了一步，右手緊緊握住劍柄，接道：「薛寒，是不是你殺了小紅姑娘？」

薛寒道：「笑話，我為什麼要殺她？」

譚志遠道：「你急急要走，就是因為殺了小紅。」

楚小楓道：「因為你不是薛寒。」

這句話，當真是語驚四座，全場中人，都為之一呆。

薛寒仰天大笑三聲，道：「我不是薛寒，我是誰？這真是千古奇聞了。」

這時，陳横、王平、成方、華圓，都已聞聲趕來。

幾個人雖然站得很遠，但各守一方，擋住了薛寒的去路。

楚小楓道：「你是誰？我還不敢斷言，但你決不是真正的薛寒。」

薛寒道：「我不是薛寒，難道，她也不是薛依娘了？」

薛依娘雙目盯注在薛寒的臉上，道：「哥哥，這是怎麼回事？」

薛寒一指楚小楓，接道：「怎麼回事，這小子耍他的聰明，語不驚人死不休，他說我不是薛寒。」

薛依娘嘆息一聲，道：「這個人，也真是奇怪，怎麼可以這樣捕風捉影呢？」

薛寒微微一笑，道：「他們現在也許連你也懷疑了，說你不是薛依娘了。」

薛依娘道：「我如不是薛依娘，那麼誰會是薛依娘呢？」

薛寒道：「這就要問問這位楚少兄了，他自作聰明，別的人，只怕也無法瞭解。」

薛依娘道：「哥哥，我看咱們要忍耐一下……」

四顧了一眼，接道：「哥哥，他們的人太多。」

薛寒道：「妹妹，咱們薛家的子弟，就算是戰死了，也不能丟了薛家的人。」

薛依娘道：「哥哥，你準備和他們一戰了？」

薛寒道：「不錯，我們不能就這樣束手就縛。」

薛依娘突然飛身一躍，落在了楚小楓的身側。

薛寒大叫道：「妹妹，你……」右手指向薛依娘。

楚小楓拔劍一揮，湧出一片寒芒。

長劍收住時，劍上落下了數十支細如牛毛的銀針。

這是目不能見的暗器。

楚小楓吁一口氣，道：「小紅，就是這樣的死在你的手下？」

薛依娘道：「這不是我們薛家的暗器。」

簡飛星道：「好小子，你究竟是什麼人？」長刀一擺，就要向前衝去。

楚小楓大聲叫道：「大哥，不可以冒險，五尺以內，誰也無法躲過他毒針的攻襲。」

簡飛星收住前衝之勢。

楚小楓道：「以其人之道，還治其人之身，用暗器對付他。」

這一提，立時引出了群豪的暗器，紛紛取出。

一剎間，飛刀、金鏢，全都入手。

田伯烈笑一笑，道：「你小子的暗器是很歹毒，不過，它只能對付七尺以內的人，不能及遠，現在，咱們也用暗器對付你了。」說完話，揚手飛腿。

但見寒芒點點，兩把飛刀、一枚銀梭，再加上了兩支袖箭，一下子，打出了五枚暗器。

譚志遠道：「嘗嘗在下的飛蝗梭。」

薛寒避開了田伯烈五枚暗器，譚志遠的飛蝗鏢已然弧形射到。

他也是暗器行家，就地一滾，剛剛避開了飛蝗鏢。

但聞呼的一聲，勁風掠耳而過，一枚鐵膽，幾乎擊中。

薛寒高叫道：「住手。」

楚小楓道：「各位暫請收住暗器。」

目光一掠薛寒，接道：「你有什麼話說？」

薛寒冷冷說道：「我向你挑戰。」

楚小楓道：「哼！在下奉陪。」

薛依娘道：「他的毒針厲害，發射時無形無聲。」

薛寒冷冷說道：「妹妹，你真的變了心啦！女人啊！當真是可怕得很。」

薛依娘冷冷說道：「你不是我哥哥，你根本就不是薛家的子弟。」

薛寒笑一笑，道：「怎麼你說我不是薛寒？」

薛依娘道：「你不是，想到了這幾日，我一直把你當哥哥看待，真的是叫人作嘔。」

薛寒哈哈一笑，道：「妹子啊！我不是你哥哥，我又是什麼人呢？」

薛依娘道：「你是鬼，你是妖！反正你不是人就是。」

薛寒怒道：「臭丫頭，前晚我該吃了你，想不到我放你一馬，會留下來今日的禍患。」

薛依娘道：「前晚我就應該警覺，但我竟然聽信了你的鬼話，相信你喝醉了酒。」

薛寒道：「幸好你那晚上表現的十分純誠，使我竟動了婦人之仁，讓你逃過了一劫。」

薛依娘道：「你究竟是什麼人？我哥哥怎麼樣了？」

薛寒道：「你一定要知道麼？」

薛依娘嘆息一聲，道：「是不是，你把他給殺了？」

薛寒道：「沒有，他現在還好好地活著，不過，他隨時可能會死。」

楚小楓道：「姑娘，你和他相處了數日，難道就不知道，他不是你兄長？」
薛依娘嘆息一聲，道：「他改扮的太像了，連聲音、舉止，也無懈可擊，當然，有些小地方，也會引起我的疑心，但很快就會被他掩飾過去。」
楚小楓道：「薛姑娘，幸好，你沒有發覺他的偽裝，否則，你可能會失去清白，或者丟了性命。」
薛依娘道：「總算是上天保佑我，但我的父、兄，都被他們害死了。」
胡逢春道：「好厲害，易容手法，能使親妹子都無法分辨，實在是一件不容易的事，江湖上，這樣的易容高手不多，你究竟是什麼人？」
薛寒道：「我現在還是薛寒，你就叫我薛寒吧。」
楚小楓道：「事已至此，你還不敢報上真實姓名，不覺著太過畏縮麼？」
薛寒道：「我為什麼要告訴你們，我是誰？」
楚小楓道：「你不敢說？」
薛寒道：「我不願說。」
楚小楓道：「其實，你就是不說，我們也知道你是誰了。」
薛寒道：「有這等事，你說出來聽聽。」
楚小楓道：「游三奇，桐柏醫盧的主人……」
薛寒微微一怔。
楚小楓道：「勞動你親自出馬，殺死小紅，足見她的重要了，不過，你也別太慶幸自己的成功了……」
薛寒接道：「為什麼？」
楚小楓道：「你比她知道的更多，也更重要，只要我們留下你，他們會出動更多的高手殺你。」
薛寒道：「笑話，你們真能留下我麼？」
楚小楓道：「不錯，我們會不惜一切犧牲、代價留下你，那時候，你就會擔心自己的處境了。」
薛寒道：「為什麼？」
楚小楓道：「就像他們要殺死小紅一樣，會更積極地殺你……」
長長吁一口氣，接道：「你會很怕死，所以，你不會自絕，小紅雖然沒有說出她心中的全部隱秘，但舉一反三，我們不難想到很多的事，你別太重視自己，你在那個組合中，也不過是三等身分人物。」
薛寒道：「胡說……」
楚小楓笑一笑，接道：「桐柏醫廬，在江湖上名氣不大，所以，沒有人會想到那個地方，但如有幾個江湖人物出現在那裡，也不會引人注意，這就是他們借重你們桐柏醫廬的原因之一。」
薛寒緩緩說道：「聽你口氣，還有第二個原因。」
楚小楓微微一笑，道：「除了貴門的醫術可以作他們一種掩護之外，定然還有一種更重大的原因，才會使他們選擇了那個地方。」

游三奇道：「那是什麼原因呢？」

楚小楓沉吟了一陣，道：「你是要考我麼？」

游三奇淡淡一笑，道：「我要瞭解一下，你究竟知道多少？」

楚小楓道：「你們游家的醫道也許有獨到之處，但就整個江湖而言，桐柏醫廬，算不上赫赫世家，也不會有什麼奇絕天下之技，他們選擇了那地方，可能是因為地理上，有什麼特殊的地方。」

游三奇道：「楚小楓，你這點年紀，竟然知道了這麼多的事情，對你而言，並不是一件好事。」

楚小楓道：「哦！」

游三奇道：「如我殺死小紅之後，能夠安全離去，也許你們還有幾分生機！很不幸的是，你們發覺了我。」

楚小楓道：「那又如何呢？」

游三奇道：「我如不能離開，他們將全力展開擊殺，三十六位第一流的殺手，已經兼程趕來，很快就會和你們接觸上了。」

楚小楓道：「游三奇，我們在你之前，已經見過了不少他們派來的殺手，也經歷過了不少的凶險，這些，對我們構不成任何威脅，不過，有一點，我倒是想不明白……」

游三奇接道：「你也有不明白的事情，也許我能解答！」

楚小楓道：「向你請教。」
游三奇道：「說吧！」
楚小楓道：「你們為什麼要選擇了這麼個時間？」
游三奇道：「你是說春秋筆出現的事？」
楚小楓道：「不錯，天下武林同道，無不對他敬重萬分，但你們……」
游三奇道：「我們卻沒有把他看在眼內。」
楚小楓點點頭，道：「故意向他挑戰。」
游三奇道：「那也不用，我們不會把時間，花費在沒有用處的事件上。」
楚小楓道：「不錯，領導你們那個組合的人，會是一個很有效率的人。」
游三奇道：「你明白就好，我現在，是不是可以離開這裡了？」
楚小楓道：「你不擔心自己的生死麼？」
游三奇道：「我！我……」
楚小楓道：「游三奇，我們可以放過你，但他們不會放過你。」
游三奇道：「楚小楓，你是說，他們會殺了我？」
楚小楓道：「是否會殺你，大概你心中有數。」
游三奇笑一笑，道：「楚小楓，我是不是可以很安全的離開這裡？」
楚小楓道：「可以，不過，我們也該得到一些補償。」
游三奇道：「我明白。」

突然把雙手高舉過頂，十指互扣，笑道：「楚小楓，過來吧，我會告訴你。」

楚小楓長劍入鞘後，步行了過去。

游三奇說話的聲音很低，低得只有楚小楓可以聽到。

兩個人說得不多，大概只有三、四句話。

只見楚小楓點點頭，道：「好！游兄請吧！」

簡飛星一皺眉頭，道：「兄弟，就這樣放他走了麼？」

楚小楓道：「他已經付了補償，由他去！」

他在這群人中，早已經建立了某種權威，何況，簡飛星也無法阻止，在場之人，都有自知之明，誰也無法和簡飛星相比。

望著游三奇緩步而去的背影，楚小楓高聲說道：「游兄，如若你能夠逃過死亡，我們歡迎你回來。」

游三奇回頭一笑，道：「我想，他們已經有了很好的殺我理由，不過，我還想賭下自己的判斷。」放快了腳步，疾奔而去。

簡飛星行了過來，道：「兄弟，為什麼要放他走？」

楚小楓道：「小紅已死，也只不過，說出她胸中的一部分隱秘，那對咱們的幫忙不大，咱們對那個神秘組合，知道的仍然不多，所以，必須要借重游三奇。」

胡逢春道：「楚少兄，你從他口中問到了什麼？」

楚小楓道：「他說話不多，但卻都很重要。」

胡逢春道：「好！楚老弟，把內情告訴我們吧！」

楚小楓道：「胡老多原諒，我無法說出來。」

胡逢春道：「這又為什麼呢？」

譚志遠冷冷說道：「楚兄，目下處境，大家都是一條道上的，為什麼我們不能知道。」

楚小楓道：「我答應了替他守密三日，三日之後，我不但會告訴你們，而且，還要告訴更多的人，告訴整個武林同道。」

時英道：「以他的處境而言，大概不會和楚兄談條件吧？」

楚小楓道：「不是條件，我只是要證明一件事。」

胡逢春道：「證明什麼？」

楚小楓道：「證明他在那個組合的身分。」

胡逢春道：「怎麼才能證明呢？」

楚小楓道：「他如是身分很高，那就不會為這件事，受到什麼懲罰，告訴我的，也不會是真話。」

胡逢春點點頭。

楚小楓道：「如是他的身分不夠高，必會受到很嚴厲制裁。」

胡逢春道：「就算他受到制裁，咱們又怎會知道？」

楚小楓道：「他們如若殺了游三奇，必會把他的屍體給我們看。」

胡逢春道：「老弟，現在，咱們應該如何？」

楚小楓笑一笑，道：「目下的敵人，仍然隱在暗中，咱們除了嚴作戒備，準備應變外，別無他法。」

田伯烈道：「這麼說來，咱們只有坐以待敵了？」

譚志遠道：「萬一他們不再出現，那又如何是好？」

楚小楓道：「這個麼，諸位可以放心，就目下情勢而論，他們非要阻止我們不可。」

白眉大師一皺眉頭，道：「難道說，這個神秘的組合，真的和春秋筆有所關連麼？」

楚小楓道：「大師，你在武林中德高望重，對春秋筆的事，應該有一點……」

白眉大師點點頭，接道：「話說是五年前的事，敝寺方丈，召集了本門僧、俗兩家弟子，我們在討論這件事情，當時，本寺中一位最具有智慧的長老，對此事，頗表懷疑，只是，卻又無法說出個所以然來。」

胡逢春道：「有這等事，江湖上知道的人，似乎不多。」

白眉大師道：「是！這只是本門中內部的會商，參與的僧、俗兩家弟子，都是很有身分的人，而且，春秋筆在江湖上如日中天，此事，萬萬不能傳揚於江湖之上。」

胡逢春道：「以後，貴寺就未再理會這件事了。」

白眉大師道：「說起來，這也是江湖上一樁很大的隱秘了，敝寺中長老會商決定了兩件事，一件是，求證春秋筆公布的事，一件是找到春秋筆這個人，當時，就派出了八個人，四僧、四俗，他們易容改扮，混入江湖。」

楚小楓道：「大師，以後呢？找到了春秋筆沒有？」

白眉大師道：「八個人，分成了兩批，一批追查春秋筆公布的事，他們有了回音。」

胡逢春道：「怎麼樣？」

白眉大師道：「我們查過的結果，是件件都很真實，證明了春秋筆的神通，也確定了他在江湖上的地位，他是個值得受人尊敬的人。」

楚小楓道：「貴寺花了多少時間，查證這件事情？」

白眉大師道：「費時四年，兩年前，他們才回到少林寺，說明查證的經過，所以，少林派，對春秋筆在江湖上的事，決無懷疑。」

楚小楓道：「追查春秋筆那些人呢？」

白眉大師道：「那四個人，有如投在大海中的沙石一樣，迄今仍無消息。」

楚小楓道：「他們沒有和貴寺聯絡過麼？」

白眉大師道：「本來，每年要和本門秘密聯絡一次，但除了第一年，聯絡一次之外，以後，就未再見過他們。」

簡飛星道：「會不會是遇上了什麼凶險？」

白眉大師道：「唉！十之七、八如此，至少，他們無法和我們聯絡了。」

胡逢春道：「諸位這麼一說，老朽倒也想起一件事了。」

白眉大師道：「什麼事？」

胡逢春道：「三年前，老朽在黃山採藥，遇上了一個垂死的人……」

白眉大師急道：「可是少林門下弟子？他叫什麼名字？」

胡逢春道：「他沒有說出他的姓名，那時，他說話已經很為難，用手在地上寫了少林兩個字，就氣絕身亡。」

白眉大師道：「哦！」

胡逢春道：「老朽看得出，他還想寫下去，但他卻力難從心了。」

白眉大師道：「他有多大年齡？」

胡逢春沉吟了一陣，道：「五十多些。」

楚小楓道：「胡老沒有再查下去麼？」

胡逢春道：「我想，當時我如以真氣貫注他命門穴道，或可使他迴光返照一下，說出一些隱秘，只可惜，老朽當時有一點誤會。」

白眉大師道：「誤會什麼？」

胡逢春道：「他當時是一身樵夫裝束，寫出了少林兩個字，我誤認他是傷在了少林弟子手中，少林弟子要殺的人，自然不是好人，所以，老朽就有著多一事、不如少一事的想法，沒有再理他就走了。」

楚小楓道：「胡老的運氣不錯。」

胡逢春道：「怎麼說？」

楚小楓道：「如若胡老出手救他，也許可以得到一點隱秘，不過，胡老無法把他帶出黃山。」

在場之人，都是老江湖了，任何人都會聽得出楚小楓言外之意。

胡逢春輕輕嘆息一聲，道：「老弟，你是說，他們還有人在暗中監視？」

楚小楓道：「絕對有，但你並沒有引起他們的懷疑，可能那個人還認識你，你既然沒有把隱秘帶出山，他就放了你一馬。」

胡逢春點點頭，道：「這話倒也有理，老朽事後覺著有人暗中跟蹤，一直到了廬州。」

楚小楓道：「胡老，那不只是一種感覺，而是很真實的一件事，真正有人在跟蹤你。」

胡逢春又點點頭。

楚小楓心知再談下去，很可能會使胡逢春陷入尷尬的境界，立刻改變話題，道：「胡老，目下，最重要的事，是如何把我們這一批人，聚合成一股強大的力量，和他們對抗。」

田伯烈道：「這件事，只怕是不太容易，這群人中，大部分都是一般的江湖武師，要他們和那神秘組合中人，展開一次對抗，那只是要他們送命罷了。」

楚小楓道：「田兄，你算算看，這裡能夠有多少人可以派上用場。」

田伯烈道：「時英、何浩波、譚志遠，我們已經計算過了，我們這四組人中，加起來，也不過八、九個人可以勉強派上用場。」

胡逢春道：「只有這幾個人？」

田伯烈道：「咱們的人，看起來不少，但真正能夠行動的，並不太多……」

回顧了楚小楓一眼，接道：「你那些人，大概都可以出手了。」

楚小楓道：「他們的武功都不錯，最重要的是，他們都有以身殉道的勇氣，就算遇上比他們武功高上十倍的人，他們也敢出手。」

白眉大師道：「還有老衲帶來的十二名弟子，身手都還過得去，可以聽從調度。」

楚小楓道：「我的十幾位同伴，十二位少林高僧，再加上簡大哥、胡老、田兄、譚兄、時兄、白眉大師，選出來的八、九個高手，可以對付了……。」

薛依娘道：「別忘了，還有我！」

楚小楓微微一笑，道：「對！再加上薛姑娘。」

田伯烈道：「除了我們之外，還有六十多位，老兄要如何安排？」

楚小楓道：「無法要他們離開，只好讓他們從旁助威了。」

簡飛星道：「楚兄弟，這些人，既然趕上了這場麻煩，是他們的運氣不好，只要能脫過這次大劫，至少讓他們覺著有點收獲……」

話聲一頓，沉吟了一下，接道：「用刀的，我傳他們三招刀法，這三招很凌厲，也很易學，是我自己創出來的，有此三招，也可以使之增強一些自保的能力，用劍的，那就要麻煩你兄弟，傳他們三招劍法了。」

楚小楓道：「好吧！兄弟盡力而為。」

白眉大師道：「老衲傳他們三招拳法，這是少林寺中的金剛拳中的精華，非少林弟子無法學到，老衲今日破例了。」

胡逢春道：「好極了！這必然會激起一股高昂的士氣。」

白眉大師道：「老衲覺著，既要行動，就得快。」

田伯烈道：「胡老，還有一件事，咱們也得未雨綢繆。」

胡逢春道：「什麼事？」

田伯烈道：「準備食糧，這麼多人，一天進食不少，敵人手段陰險，能夠在水中下毒，何況食用之物……」

楚小楓道：「這倒是一件很大的麻煩事。」

田伯烈道：「兄弟已經想到了一個法子，不知道是否可行？」

胡逢春道：「好！你說說看。」

田伯烈道：「在下之意，出動人手，獵取一些山豬、山兔等野味，用火烤熟，製成肉乾，以備需用。」

胡逢春哈哈一笑，道：「好辦法，這要立刻行動。」

簡飛星道：「辦法雖不錯，但要有一個很完美的計劃才好。」

楚小楓道：「對！也許他們會在咱們獵取山豬時，分別格殺。」

田伯烈道：「對！這一點在下也會想到，所以這一次行獵必須要有個很周密的計劃。」

楚小楓道：「田兄有何妙算？」

田伯烈道：「在下覺著，把所有的人手，分成兩批，集中行動，白眉大師和少林寺諸位大師，守在此地，負責警衛四周，留下大部分人，斬木生火，楚兄帶一批人，追獵走獸，希望能在極短的時間內，獵到足夠的山豬、野兔，製作乾糧。」

楚小楓道：「田兄的設計很好，咱們立刻行動。」

田伯烈提出狩獵人的名單。

借旭日光輝，群豪出動。計劃得很精密，狩獵得也很圓滿，大半日的工夫，打了十五條小豬，四十八隻小兔，和上百隻的飛禽。

出人意外的是，這一日中，無人再來侵犯。

簡飛星、楚小楓、白眉大師，也趁這段時間，分傳了刀法、劍法、拳法。

有了幾日的可食乾糧，使得群豪精神一振。

薛依娘一直和楚小楓走在一起，臉上是一片淡淡的憂愁。

她好像極力在克制著內心中的痛苦，但仍掩不住流露出來的一些悲傷。

她是個很美的女孩子，輕愁籠眉，粉腮含幽，更是顯得楚楚動人。

她一直緊隨在楚小楓的身後，似乎是離開了楚小楓，這世界上就再無她容身之處。

簡飛星輕輕吁一口氣，低聲道：「楚兄弟，你該問問薛姑娘啊！她要如何自處？」

這是關心，也是提醒，楚小楓立刻生出了警惕，回頭一笑，道：「薛姑娘，這邊坐吧！」緩步向山坡下一塊大石行去。

薛依娘跟了過去，無限溫柔地在楚小楓的身旁坐下。

楚小楓道：「姑娘，可有一個打算？」

薛依娘搖搖頭，道：「沒有，一個父母雙亡、孤伶無依的女孩子，會有什麼打算？」

楚小楓笑一笑，道：「姑娘，令兄是不是和姑娘一起出來的？」

薛依娘道：「爹爹被擄那天，我正感六神無主，他卻突然回來，帶我同行，去找爹爹，就這樣，我們走在了一處。」

楚小楓道：「令兄的真假，難道姑娘就認不出來麼？」

薛依娘道：「薛寒常年在外面走動，而且，在江湖上也闖出了一點名氣，我們雖是兄妹，但見面的機會不多……」輕輕吁一口氣，接道：「那人的易容術又相當的高明，我根本無法認出來，就我記憶而言，他實在很像。」

楚小楓道：「姑娘，難道他的聲音，也完全一樣麼？」

薛依娘道：「很像，很像，我實在聽不出來……」吁一口氣，接道：「我所懷疑的，就是他有一夜，忽然對我動起手來，那天，他喝了一些酒，事後，又很慚愧，我心中雖然有些懷疑，但又被他蒙混過去。」

楚小楓微微一笑，道：「可憐啊！兄妹相見不相識，唉！說起來，也實在叫人難信！」

薛依娘道：「楚少兄，你是不是有些不相信我？」

楚小楓道：「姑娘，這件事，實在叫人難以相信。」

薛依娘緩緩站了起來，道：「我明白了，你擔心我也是他們的人，我去了。」轉身向前而去。

楚小楓道：「站住。」

薛依娘停下腳步，緩緩回過頭來，道：「楚小楓，是不是要留下我，你才放心？」

楚小楓道：「薛姑娘，他們會不會放過你？」

薛依娘道：「不知道。」

楚小楓站起身子，道：「我送你一程。」

薛依娘道：「多謝楚公子。」緩緩向前行去。

兩個人很快被一片樹林遮住了身子。

薛依娘轉過了兩片樹林，抬頭望望將落西的太陽，笑一笑，道：「楚兄，送君千里，終需一別，請留步吧！」

楚小楓道：「姑娘一點也不害怕？」

薛依娘道：「怕！但我沒有另一個選擇。」

楚小楓淡淡一笑，道：「姑娘，你雖然裝得很像，可惜，仍然有破綻。」

薛依娘道：「楚兄，我已經很無依了，不要再折磨我。」

楚小楓道：「看來姑娘裝作的天才，比那位假冒薛寒的游三奇，還要高明一些。」

薛依娘怒道：「楚小楓，你不肯收留我也就罷了，何必要咄咄逼人，折辱於我。」

楚小楓道：「姑娘，要不要我說出來，你露出的破綻？」

薛依娘道：「好！你請說！」

楚小楓道：「第一，你變得太快，當真是見機而作，再說，游三奇打出的一把暗器，也不是對著你姑娘打的，我那一劍，如若擊不落他全部暗器，中暗器的是我，不是姑娘。」

薛依娘冷笑一聲，道：「這說法，很難叫人信服。」

楚小楓道：「好！再說一件，你可知道游三奇離開時，告訴我一句什麼話？」

薛依娘道：「他不會說我和他是一夥的吧！」

楚小楓道：「那倒沒有，但他告訴我說，最好別讓你離開。」
薛依娘道：「為什麼？」
楚小楓道：「為什麼？姑娘應該比我清楚了。」
薛依娘道：「他胡說。」
楚小楓肅然說道：「姑娘，我沒有在很多人面前揭穿你，你可知道為了什麼？」
薛依娘道：「不知道。」
楚小楓道：「因為，我一旦揭穿了，你就不能生離此地。」
薛依娘道：「這麼說，你倒是憐香惜玉。」
楚小楓道：「那倒不敢，只是我覺著，殺你不如放了你。」
薛依娘道：「你也無法確切證明我不是薛依娘？」
楚小楓道：「姑娘，這似乎是不用再做什麼證明了，同胞兄妹，怎麼能相處不相識，再說，令尊被擄的事，聽起來太簡單、太容易，所以，無法叫人相信。」
薛依娘嫣然一笑，道：「楚小楓，你早就動疑了？」
楚小楓道：「我們懷疑薛寒時，同時也懷疑到你，薛寒露出了狐狸尾巴，卻妄想把你留下，姑娘，我楚某就算是初出茅廬，可是這裡，有不少是老江湖啊！」
薛依娘笑一笑，道：「原來如此。」
楚小楓道：「姑娘的膽子也夠大，舉止也很小心，我們忍了大半天，沒有揭露你姑娘，你也就裝作得很認真。」

薛依娘道：「楚小楓，看來，你是一隻小狐狸，不是初生之犢了。」
楚小楓道：「姑娘誇獎。」
薛依娘道：「不論你是真的認破了我的身分，或是你事後的巧辯，不過，我都要讚你一聲很聰明。」
楚小楓道：「姑娘不用太過抬愛了。」
薛依娘道：「現在，你已經很清楚了，是不是準備留下我？」
楚小楓道：「那倒不是，不過，在下請姑娘帶個信……」
薛依娘道：「帶給誰？」
楚小楓道：「你們那邊，能夠作主的人。」
薛依娘道：「說什麼？」
楚小楓道：「告訴他，狐狸既然已經露出了尾巴，似乎是用不著再裝作下去，我們渴望和他一見，做個了斷。」
薛依娘沉吟了一陣，道：「好！我會把你的口信帶到，不過，楚小楓，沒什麼用的。」
楚小楓道：「為什麼？」
薛依娘道：「你認為，我能見到真正的主人麼？」
楚小楓道：「難道你也只是聽命行事的小卒？」
薛依娘道：「我的身分高一些，所以，我們都還保留了本來的面目。」
楚小楓道：「當真是可怕得很……」

語聲一頓，接道：「使我想不通的是，你們為什麼甘心為他所用？」
薛依娘道：「這也不全是威迫、利誘所能做到，而是，他們有一套統馭的方法。」
楚小楓道：「那我們也只好碰運氣，姑娘還是把口信帶去，就說我楚某人向他挑戰。」
薛依娘微微一笑，道：「向誰呢？」
楚小楓一呆，道：「這……」
薛依娘嘆息一聲，道：「楚兄，有一件事，不知道你自己是否明白？」
楚小楓道：「什麼事？」
薛依娘道：「你雖然精明的有些使人可恨，但你仍然留給女孩子很多懷念，我就是其中之一。」
楚小楓道：「這個麼？在下倒不覺得，不過，姑娘你冰雪聰明，我相信，你心中早已有了是非之分，只是你沒有勇氣去承認，是麼？」
薛依娘道：「我……我還沒有去分辨是非，也不應該由我去分辨，我只知道我應該辦的事！」
楚小楓道：「姑娘，你要辦什麼？」
薛依娘道：「你三番兩次，破壞了我們的行動，已引起了大先生的關心……」
楚小楓急急接道：「大先生是誰？」
薛依娘雙目深注楚小楓，點點頭，道：「楚兄，大先生只是一個稱呼，他是誰，我並不知道。」

楚小楓道：「姑娘，也許你真的不知道大先生是誰，不過，我還是明白了，他是你們那個組合中最高的首腦人物。」

薛依娘道：「大先生包羅很廣。」

楚小楓道：「我明白，大先生是一個階層，先生是一個階層，未被毀容的，大概在你們那個組合中，都有相當的地位，唉！說到此處，我倒不能不佩服他這些安排了。」

薛依娘道：「你佩服什麼？」

楚小楓道：「他捨得了教主、門主等一類稱呼，而以先生稱之，聽起來很平實，但卻給人一種呼之欲出、卻又視而難見的感覺，不過再神秘的人，只要他不斷為惡，總有被揭穿的一天，如若狐狸已露出了尾巴，真相全現，為時不會過遠了。」

薛依娘道：「我很佩服你，你年紀輕輕，有如此膽識，而且，很快有這樣的成就，實在是一樁異數，不過，楚小楓，你不會成功的，沒有人能夠勝過大先生。」

楚小楓肅然說道：「姑娘，和大先生比武、鬥法的，不是我楚小楓，我楚某人不論智慧、經驗，都還不配。」

薛依娘道：「不是？那是什麼人？」

楚小楓道：「整個江湖上維護正義的人，千百年來，江湖上的道統，都賴這些人，維護、推行。」

薛依娘冷哼一聲，道：「楚小楓，你可是認為我們還沒有摸清楚你麼？支持你的是丐幫和排教，大先生對他們相當的容忍，卻想不到，他們竟然會捧出你來，和我們作對，你看看吧！三個月內，排教和丐幫，就會得到報應。」
楚小楓道：「如若世上真有報應，得到報應的應該是你們那位大先生。」
薛依娘道：「道不同，難相為謀，話不投機，難為續，小妹告辭了。」
楚小楓道：「姑娘只要再說出一件事，就可以走了。」
薛依娘道：「不要過分，楚小楓，難道你真的想逼我一拚？」
楚小楓笑一笑，道：「將人比己，如是我楚小楓落在你們控制的形勢中，你們會怎麼對我呢？」
薛依娘沉吟一陣，道：「好吧！你問吧，不過，別太存奢望，我不能說的，不會說，不知道的，無法說。」
楚小楓道：「你一定知道，就是你，究竟是誰？」
薛依娘怔了一怔，道：「薛依娘，真真正正的薛依娘。」
楚小楓道：「薛寒呢，為什麼要游三奇假扮令兄？」
薛依娘道：「因為他是我丈夫，你明白了吧？」
楚小楓笑一笑，道：「這就毋怪了……」
語聲微微一頓，接道：「游夫人，你現在，是不是很為你丈夫的命運擔心？」
薛依娘道：「用不著替他擔心，他是個很有能力的人。」
楚小楓道：「游夫人，也許，你們和大先生有著特別的交情，所以，心中很踏實，也許，你丈夫，自覺著留下你，可以代替他完成一些什麼，所以，他才很放心，但現在，你也暴露了身分，這一點，只怕是出了他的意料之外。」
薛依娘道：「楚小楓，你問了我很多話，我可不可以問你幾句話？」
楚小楓道：「可以，夫人請說。」
薛依娘道：「你是無極門中的弟子，你那批手下的人，除了你們無極門中的人之外，都是由排教、丐幫中選了來的，是麼？」
楚小楓道：「夫人如是想從在下口中得到一個證實，只有一個辦法！」
薛依娘道：「什麼辦法？」
楚小楓道：「無極門是不是毀在你們手中？為什麼要對付我們？我那幾位背離師門的師兄，是不是你們的人？」
薛依娘道：「這些問題，我沒有法子回答。」
楚小楓道：「那就請夫人上路了。」
薛依娘笑一笑，道：「想攆我走？」
楚小楓一揮手，道：「夫人不走，在下告退。」轉身而去。
薛依娘望著楚小楓的背影，臉上泛現出一股很奇怪的神色。
薛依娘很機警，很快地發覺，兩側都有人包抄過來。
如若再不走，就很難走脫了。
心中念轉，忽然一個飛身，飛騰而起，懸空一個跟頭，翻出了三、四丈，雙足一著實地，立即飛馳而去。

卅六 悲聆內情

簡飛星迎上了楚小楓，道：「兄弟，你放她走了？」

楚小楓道：「留下她也沒有用了。」

簡飛星笑道：「兄弟，她有沒有告訴你一些事情？」

楚小楓道：「有，她是真的薛依娘，游三奇的妻子。」

簡飛星道：「游三奇的妻子？」

楚小楓道：「咱們沒有猜錯，那個冒充薛寒的，就是游三奇。」

簡飛星道：「這就行了，咱們既然知道了他們的住處，咱們就可以找到他了，要不要通知黃老幫主一聲！」

楚小楓道：「暫時不急！」語聲一頓，接道：「不過，他們也把我的底細摸清楚了。」

這時，胡逢春也行了過來，道：「剛才，有兩個人告知，他們知道一條捷徑，只要兩天，就可以到映日崖了。」

楚小楓道：「日夜趕路？」

胡逢春道：「正確的時間，只要八個時辰，咱們用兩天時間走，也不用起早趕路。」

楚小楓道：「對！走得穩紮穩打。」

胡逢春笑一笑，道：「不錯，楚老弟，前一天，我還一直希望彼此不要碰上了，免得再鬧出一場凶殘的搏殺，但現在，我的想法卻有了很大的改變。」

楚小楓道：「什麼改變？」

胡逢春道：「倒是希望早些碰上他們，大拚一場，也好早些弄個水落石出。」

楚小楓道：「胡老，那個神秘的組合，只不過披上一層薄紗罷了，目下，已經呼之欲出，只不過，咱們還沒有知曉他們是何許人？」

胡逢春道：「是啊！咱們這樣地拚命，目的，不就是想查出他們的身分麼？」

楚小楓道：「他們是誰？似乎是已經不太重要，而是他們的用心何在。」

胡逢春笑一笑，道：「找出他們的身分，其用心就不難大白於世了。」

楚小楓笑一笑，未再發言。

第二天，日上三竿時分，群豪依序出動。

那帶路的人，叫做陳明，就是生長在映日崖獵戶人家。

這條捷徑，十分隱秘，但並不太凶險。

太陽快下山的時候，已經走了十之七、八的行程。

陳明停下了腳步，道：「胡前輩，咱們趕一下，天色入黑，就可以到了。」

胡逢春道：「這樣快？」
楚小楓道：「如若咱們天亮再走，要多少時間，可以趕到？」
陳明道：「快一些，一個時辰。」
楚小楓道：「胡老，在下之意，咱們趕到映日崖不遠，再停下休息，天一亮就到映日崖。」
胡逢春道：「楚老弟，為什麼？」
楚小楓道：「距離春秋筆出現之日，還有幾天？」
胡逢春算一算，道：「六天。」
楚小楓道：「咱們要用兩天的工夫，在映日崖布置一下。」
胡逢春道：「布置什麼？」
楚小楓道：「在下也說不出來，不過，要布置得不著痕跡，使人瞧不出來。」
胡逢春微微一笑，道：「老弟，你是不是對那春秋筆，仍很懷疑？」
楚小楓道：「胡老，我們多花點心思，總會有些收獲的。」
陳明突然接口說道：「映日崖忽然間進去這麼多人，決無法瞞得住人。」
楚小楓道：「陳兄的意思呢？」
陳明道：「距離映日崖三、四里處，有一座很隱秘的山谷，谷中住有七、八家獵戶，他們常常存有一年的食糧，咱們人數雖然不少，但住上十天、半月，還可以應付……」
楚小楓微微一笑，接道：「陳兄幫忙，那就更好了。」

胡逢春一皺眉頭，道：「楚老弟，你究竟要幹什麼？」

楚小楓很簡明地說出了自己的計劃。

胡逢春點點頭，道：「好！好！咱們都得用一點心計才行。」

所謂映日崖，是一座高聳的山峰，一面尖滑的石壁，斜度不大，成了一片天然平坦石坡。

距離春秋筆出現之日，還有三天的時間，此刻山谷中一片幽靜。

一個肩著木柴的樵夫，緩步行了過來。

他把一擔木柴放在崖壁下面，站起身子，輕吁一口氣，取出一條布巾拭著臉上的汗水。

這人正是楚小楓所扮。

他打量了映日崖一陣，心中忽然大為震動。

表面上看去，這個峽谷很平坦，但事實上的形勢，卻十分險惡。如將這座峽谷兩面一堵，映日崖就變成了一片絕地。

楚小楓暗暗忖道：「春秋筆怎麼選擇這樣一個地方，做為他出現江湖之地，不知用心何在？」

忽然間，一條人影，在日光下出來，緩緩向楚小楓行來。

楚小楓早發覺了，但他裝作沒有看到。

慢慢地聽到了腳步之聲，很快地行到了身側。

只聽一聲輕咳，傳了過來，道：「此地無樹無柴，採樵人何以到此？」說得很文雅，似乎是一個讀過書的人。

楚小楓緩緩轉過身子，回顧了來人一眼，只見他身著藍衫，手執摺扇，果然是一個讀書人。揮揮手，楚小楓緩緩說道：「採樵人也粗通文墨，很欣賞此地的風景。」

藍衫人淡淡一笑，道：「閣下由讀轉樵，可是別有用心而來？」一開口，就點穿了楚小楓的身分。

楚小楓拱手說道：「閣下是……？」

藍衫人道：「在下聞子樵。」

楚小楓道：「原來是聞兄。」

聞子樵冷冷接道：「你和我稱兄道弟？」

楚小楓道：「在下不夠這個身分，是麼？」

聞子樵道：「不錯，除非你肯說出你真正的姓名，而又使在下覺著，你可以和我平行論交。」

楚小楓道：「我如真是一個山野樵人呢？」

聞子樵道：「爾不聞，余之名乎？」

楚小楓道：「你的名字？」

聞子樵道：「余姓聞，名子樵，個中玄機……」

楚小楓道：「在下愚昧，想不出一個人的名字裡，還含有如此多的玄機。」

聞子樵冷笑一聲，道：「樵子，子樵，說！你究竟是什麼人？」
楚小楓笑一笑，道：「聽口氣，你這聞子樵的名字，也是假的了？」
聞子樵道：「少給我打馬虎眼！」飛身一躍，人已到了楚小楓的身前。
楚小楓吁一口氣，道：「朋友，你這是什麼意思？」
聞子樵道：「想要你說實話。」
楚小楓道：「我說的本來就是實話。」
聞子樵道：「我不信。」
楚小楓道：「閣下不信，那也是沒有法子的事了。」
聞子樵道：「有辦法。」
楚小楓道：「請教高明。」
聞子樵道：「最好的辦法，不管是誰，我把你殺掉，那就一了百了。」
楚小楓道：「要殺人？」
聞子樵道：「這地方，除了殺人之外，似乎是沒有辦法解決問題了。」
楚小楓笑一笑，道：「那麼，你閣下動手吧！」
聞子樵道：「但你找死的勇氣很大。」
楚小楓道：「閣下錯了，不是我的勇氣，而是我覺著，你殺不了我。」
聞子樵道：「有這種事？」右手一探，點了過去。
楚小楓身子一閃，避了開去，反手一掌，拍向了聞子樵。

聞子樵左掌疾翻，迎向了楚小楓，道：「看來，你的身手不錯。」

蓬然一聲，變掌接實。

兩個人，勢均力敵，彼此之間，身子都搖了一搖。

楚小楓道：「客氣，客氣，你也不賴啊！」

兩人談話之間，又動手了十餘招。

雖是空手相搏，但兩人的距離很近，伸手就可到對方的要害，掌、指封擋，極盡詭異變化之能。

交手到十七招時，聞子樵不自主地向後退了一步。

楚小楓微微一笑，道：「聞兄，承讓了。」口中說得輕鬆，心中卻是暗暗地吃驚，忖道：「這人武功之高、手法之快，不在一流高手之下。」

聞子樵的臉色一變，道：「你究竟是誰？」

楚小楓道：「不用管我是誰，但閣下已經證明了一件事。」

聞子樵道：「什麼事？」

楚小楓道：「你殺不了我。」

聞子樵道：「在下技遜一籌，告辭了。」

楚小楓冷笑一聲，道：「站住。」

聞子樵人已轉過身子，向前行了兩步，聞言又停了下來，道：「你要怎樣？」

楚小楓道：「閣下就這樣想走了？」

聞子樵道：「你要留我？」
楚小楓道：「至少，閣下要有一點交代？」
聞子樵臉色一變，道：「你要留下什麼？」
楚小楓道：「幾句話，也就是回答在下幾個問題！」
聞子樵道：「那必是很難回答的問題了？」
楚小楓道：「試試看，第一，閣下是什麼等級？」
聞子樵道：「等級？」
楚小楓道：「你們應該有等級的！」
聞子樵道：「人還有等級？不過，我還是不太明白你的意思？」
楚小楓道：「好！咱們打開天窗說亮話，你認不認識游三奇？」
聞子樵道：「游三奇，不認識。」
楚小楓道：「薛依娘呢？」
聞子樵道：「聽說過這個人，不過，我不認識。」
楚小楓道：「閣下到此地來，用心何在？」
聞子樵道：「查看一下。」
楚小楓心中一動，道：「查看什麼？」
聞子樵道：「看看像閣下這樣的人，有多少？」
楚小楓道：「你是來巡視映日崖了。」

聞子樵道：「不錯。」

楚小楓道：「閣下發現了什麼？」

聞子樵道：「你……」

楚小楓道：「這和春秋筆有關麼？」

聞子樵道：「春秋筆是天下武林中最受敬重的人物，在下如何能攀得上關係。」

楚小楓道：「你和春秋筆無關麼？」

聞子樵道：「無關。」

楚小楓道：「好！那就留下一隻右手再走！」

聞子樵神情一變，道：「不覺著太過分了麼？」

楚小楓道：「那就和我再打一百招，如是你能勝過我，儘管請便，如是敗了，就留一隻右臂。」

聞子樵道：「剛才，咱們還沒有真正分出勝敗？」

楚小楓道：「我對自己的藝業，很有信心，聞兄，一百招打下來，你受到的損失，不會比留下一條手臂少。」

聞子樵道：「至少，我可以放手一搏。」

楚小楓道：「聞兄既然要打，那就請出手吧！」

聞子樵吁一口氣，道：「想不到，兄弟在此地，竟然遇上了閣下這樣一個勁敵。」

摺扇一揮，削了過去。

楚小楓吸一口氣，疾退了兩步，道：「動兵刃？」

反手拍出了一掌。

聞子樵摺扇一收，疾快劃向楚小楓的脈門。

對聞子樵這個勁敵，楚小楓絲毫不敢存大意之心，他極力在思索，用什麼樣子的武功，才能一舉間，擊敗此人。

所以，一上手，楚小楓就用出了最奇厲的掌法。

聞子樵從來沒有遇上過這樣的高手，沒有見過這樣的武功。

勉強接下了三招，第四招，再也無法接下，被楚小楓一拳，拍中右肩。

這一拳，楚小楓用了五成勁力，聞子樵右臂立刻脫臼，垂了下來。

聞子樵呆住了，一鬆手，丟了摺扇，道：「閣下用的什麼拳法？」

楚小楓道：「怎麼？還要我說出拳法，才肯認輸麼？」

聞子樵苦笑一下，道：「我和當世第一流高人動過手，接下他六十二招之後，才敗在他的手中。」

楚小楓道：「那人是誰？」

聞子樵道：「少林高僧白眉大師。」

楚小楓笑一笑，道：「撇開別的事不談，現在，你準備留下什麼？」

聞子樵道：「命！」

楚小楓哦了一聲，道：「我沒有要你的命啊！」

聞子樵道：「不用你要，我自己會留下來。」
楚小楓道：「千古艱難唯一死，聞兄為什麼一定要死呢？」
聞子樵道：「我在你手下四招落敗，我這個人活在世界上，還有什麼味道……」輕輕吁一口氣，接道：「不過，你的拳路，有如黃河之水天上來，全無跡象可尋，老實說，我敗得很茫然、很糊塗，雖然，我心中有些不服氣，但總是敗了，既然敗了，應該認命。」
楚小楓點點頭，道：「如若在下不希望你聞兄死呢？」
聞子樵道：「你留下我一條手臂，使我終身殘廢，那還不如死了的好。」
楚小楓道：「聽閣下口氣，也是性情中人，唉！在下倒不知如何處置你了。」
聞子樵道：「在下既然敗了，任憑……」
楚小楓突然一跨步，伸手一指，點中了聞子樵的穴道，一把挾了起來，奔到一處巨石之後，放了下來。
聞子樵身雖難動，口還可言，望著楚小楓，道：「你這是幹什麼？」
楚小楓道：「想和你好好地談談。」
聞子樵道：「哦！你要談什麼？」
楚小楓道：「我要知道實情，你來這裡看什麼？奉何人之命而來？」
聞子樵沉吟了一陣，道：「你究竟是什麼人？」
楚小楓道：「楚小楓，聽過麼？」

聞子樵道：「聽過，你們都到了麼？」

楚小楓道：「你對我們的行蹤很瞭解？」

聞子樵道：「你們怎會早到了兩天？」

楚小楓道：「捷徑，有一條通來此地的小徑。」

聞子樵道：「我已得到指令，說你是個很難對付的人，想不到今天竟然叫我碰上了。」

楚小楓道：「難得你們看得起我……」

聞子樵接道：「看得起你，並不是什麼好事，已有死亡殺手，出動對付你，唉！人算不如天算，想不到，你竟然找到了一條連我們也不知道的捷徑！」

楚小楓道：「殺手就是殺手，為什麼叫做死亡殺手？」

聞子樵道：「死亡殺手的意思，就是毀滅，他們準備死亡，和你同歸於盡。」

楚小楓道：「他們有些什麼可怕的技藝呢？」

聞子樵道：「這個恕不奉告。」

楚小楓道：「好！不談這個，咱們換個題目說，你和游三奇，是不是同一組合中人？」

聞子樵沉吟了一陣，道：「這個，我也不能回答。」

楚小楓道：「成！我問你的事，你都不能回答，那麼，你找一個題目談談如何？」

聞子樵道：「我想不出咱們有什麼好談的，不過，你可以殺了我……」

楚小楓道：「殺了你？」

聞子樵道：「對！你只要一舉手之間，就可以要我的命。」

楚小楓笑一笑，突然伸手拍活了聞子樵的穴道，道：「你請吧！」

聞子樵伸展一下雙臂，果然穴道已解，皺皺眉頭，道：「楚小楓，你點了我的穴道，把我帶在此地，現在，又突然放了我，究竟是何用心？」

楚小楓道：「聽閣下口氣，是一位性情中人，所以，我不願傷害你，點穴道，帶你到此，是希望保全你，我相信，在你的身後，還有監視之人。」

聞子樵呆了一呆，道：「你……」

楚小楓接道：「我想從你口中，知道一些隱秘，你卻不肯說，我又不願殺你，那只好放了你啦。」

聞子樵道：「放了我，不怕我洩漏你的隱秘麼？」

楚小楓道：「怕。」

聞子樵道：「那為什麼不殺人滅口？」

楚小楓道：「這就是邪惡和正義不同之處。」拱拱手，神色一整，道：「閣下請吧！」

聞子樵活動一下雙手、雙臂，道：「不殺之恩，必有一報。」

望望山石上的柴擔，接道：「你一直要留在這裡？」

楚小楓道：「是。」

聞子樵道：「春秋筆還未出現之前，這裡充滿著凶險。」

楚小楓道：「出現以後呢？」

聞子樵道：「至少，這裡會有很多的人，那就不會有危險了。」

楚小楓道：「不瞞你聞兄說，在下留在此地的用心，就是想看看春秋筆如何出現的？」

聞子樵沉吟了一陣，道：「那就先設法把你那一擔木柴拿開。」

楚小楓道：「多謝指點。」

聞子樵道：「我不會洩漏你的隱秘，不過，你仍然會被搜出來。」

楚小楓道：「聞兄的意思是，春秋筆出現前，這座崖谷中，還有一次很嚴密的搜查？」

聞子樵道：「不是一次，而是很多次，你逃過的機會，實在不大。」

楚小楓道：「聞兄，能不能據實回答在下一句問話？」

聞子樵道：「你問吧！能夠回答你的，我會盡力不讓你失望。」

楚小楓道：「你們是不是和春秋筆有關？」

聞子樵沉吟了一陣，搖搖頭，道：「據我所知，沒有關係。」

楚小楓道：「好！你請了。」

聞子樵嘆息一聲，放步而去。

楚小楓也疾快地行到了巨石之旁，收去了柴擔，疾奔而去。

他不虛此行，已由聞子樵口中得到了很多的隱秘。

春秋筆在出現之前，有很多人，會在此地巡視，不許任何人在此停留，也就是不允許任何人看到春秋筆的出現。

這一點，已經夠了，楚小楓已覺著收獲很大。

楚小楓去不多久，又有兩條人影，飛入了映日崖。

兩個人，都穿著樵子的衣服，很快地隱入一塊大石之後。

那是楚小楓和簡飛星。

楚小楓早已經相度好形勢，很快地藏入了懸崖之間的一塊大石後面。

簡飛星道：「兄弟，你說的那個閻子樵，究竟是哪一方面的人？」

楚小楓道：「他沒有說清楚，聽他口氣，似乎是那神秘組合中人。」

簡飛星道：「如若春秋筆真的也捲入這個漩渦中，事情就十分複雜了。」

楚小楓道：「大哥，真相就要揭穿了，事情雖然很複雜，不過，現在他們已經走入了死角，問題是咱們……」

簡飛星接道：「咱們怎麼樣？」

楚小楓接道：「咱們是不是能夠撐得下去？」

簡飛星道：「兄弟，你怕了？」

楚小楓道：「不是怕，我只是覺著很凶險。」

簡飛星道：「兄弟，春秋筆就要在此地出現，他們會在此地殺人嗎？」

楚小楓道：「這就是重要的疑點了，春秋筆要出現，為什麼還要有人來此巡視，大哥，你見多識廣，那人是不是有了什麼問題？」

簡飛星道：「唉！兄弟，你這麼一問，我真是迷糊了。」

楚小楓道：「大哥，你真的不瞭解麼？」

簡飛星道：「不是！我只是不願意往那裡想。」

楚小楓道：「哦！」

簡飛星道：「春秋筆，一向是我最敬重的人，一旦破壞了這個偶像，天下還有什麼人叫我佩服？」

楚小楓輕輕吁一口氣，道：「大哥，我想，如若春秋筆不是他們一夥的，他們這種布置，可能就是要對付春秋筆……」

談話之間，又有四個人行了進來。

是田伯烈、時英、何浩波、譚志遠，四個人不甘寂寞，也摸了進來。

楚小楓皺眉頭，道：「大哥，我去招呼他們過來，這谷中危險得很。」

簡飛星道：「哼！講過不許別人再進來的，胡老怎麼一點也不管事。」

楚小楓道：「胡老是一大好人，他不願開罪人，這四個人，全部具有第一流的身手，既然來了，大家就聚集一處，也許可以幫咱們個忙。」

田伯烈等很快地奔了過來……

楚小楓笑一笑，道：「田兄，路上遇上可疑的人沒有？」

田伯烈道：「沒有，一路行來，沒有見過一個人。」

楚小楓笑一笑，道：「我想很快他們就會有人來了。」

楚小楓側頭望去，果然發現兩條人影，並肩向谷中行來。

視線被大石攔阻，看不出，他們由哪個方向行出來。

田伯烈低聲問道：「楚兄，看到了什麼沒有？」

楚小楓道：「兩個佩刀的黑衣人？」

田伯烈道：「多了一個……」

楚小楓道：「而且衣著相同。」

簡飛星道：「一般江湖中人，除非是來自同一門戶，大都不會穿著同一色式的衣服。」

楚小楓道：「這說明了，他們來自同一個組合，而且，身分也差不多。」

簡飛星道：「他們是不是對著咱們走來？」

楚小楓道：「正對咱們走來，這谷中藏身的地方不多，這個地方是他們必查之地。」

談話之間，兩個黑衣人已經行到了幾人藏身的大石之下。

只聽當先一個黑衣人說道：「老弟，你說的，是不是這個地方？」

後面一個黑衣人道：「對！這映日崖中，只有三個地方可以藏身，這裡是第一個地方。」

當先的黑衣人道：「老弟，你上去瞧瞧，我在下面等你。」

後面黑衣人道：「你是老大，當然應該由你上去了。」

前面黑衣人哈哈一笑，道：「老弟，那大岩石後，如若真的藏有敵人，上去的人，固然是很危險，但在下面的人，只怕也很難逃得性命。」說完話，突然飛身而起，落在大岩石上。

楚小楓揮揮手，群豪都屏息凝神，貼在大岩石後。

黑衣人突然向前一探身子，向岩後望去，他看到了楚小楓等幾個人。

但他已經沒有辦法退回去了。

楚小楓蓄勢以待，突然伸手抓去。

快如閃電的一抓，扣住了那黑衣人的右肩，拖入了大岩之後。

簡飛星右手一抬，鋒利的寒芒，已然逼在了黑衣人的咽喉之上，道：「一叫就要你的命。」

楚小楓扣在他肩上的五指，有如鋼鉤一般，使得那黑衣人連手臂也無法抬動。

只聽那留在下面的黑衣人高聲叫道：「王老大，你怎麼了？」

田伯烈、譚志遠，兩個人互相望了一眼，同時飛身而起，落入谷底。

笑一笑，田伯烈接道：「他留那裡了，你朋友準備怎麼樣呢？」

那黑衣人打量了田伯烈和譚志遠一眼，冷冷說道：「你們暗算了他？」

譚志遠道：「反正，他不能幫你忙了，你最好別心存指望。」

那黑衣人並沒有逃走的打算，對兩人也無畏懼之色，緩緩抽出背上的長刀，道：「王老大不小心，中了你們暗算，那只算是僥倖，要想對付在下，那就要拿出點真本領了。」

田伯烈道：「行，你小心接招了。」長劍出鞘，一抬腕刺了過去。

兩個人刀、劍並舉，展開了一場很激烈的拚鬥。

田伯烈在江湖上，也算是一個人物，手中劍變化多端，十分凌厲。

但那黑衣人手中的長刀，變化更是詭異莫測。

十幾個回合之後，田伯烈手中的長劍已被封住，有些施展不開。

譚志遠也亮出了長劍，眼看田伯烈，被迫落下風，心中很急，但因未得田伯烈的允許，不便插手，只好說道：「田兄，這小子的刀法很怪，要不要我幫忙？」

田伯烈道：「好！咱們生死之搏，不是爭名，譚兄怎麼方便，就怎麼對付他。」

他一著失錯，被對方逼住，空有一身暗器，無法施展。

譚志遠早已想用暗器，但因兩人纏鬥激烈，暗器不便出手，生恐傷了田伯烈。

聞言，揮劍急攻。

但是那黑衣人右手長刀一展，把田伯烈也給圈入了刀光之中。

加上一個譚志遠，並未對那黑衣刀手構成威脅。

反而，兩個人都被困入那長刀之中。

田伯烈、譚志遠這才明白，遇上了第一流的高手。

這時，簡飛星已經飛身而下，長刀在握，大聲喝道：「兩位退下，這小子交給我了。」

田伯烈、譚志遠，都聽到了簡飛星的喝聲。兩個人也都想退出來，但那黑衣人的長刀變化很綿密，兩個人拚命招架，攻不進去，也退不出來。

田伯烈和譚志遠，都是有些自負的人，但現在，他們才發覺了自己是那麼的脆弱。

對方只是一個名不見經傳的人，但那一柄長刀，卻使得他們兩個人應付不下來。

簡飛星大概也看出了兩人的處境，大喝一聲，突然揮刀攻了出去。

凌厲無匹的一刀。

那黑衣人能困住田伯烈和譚志遠的兩支劍，但卻不敢輕視這一刀。

只見他一咬牙，長刀斜舉，噹的一聲金鐵交鳴，硬把一刀接下。

黑衣人雖然硬接下簡飛星一刀，但卻被震得向後退了一步。

黑衣人呆了一呆，道：「好刀法。」

簡飛星冷冷說道：「你再接我幾刀。」長刀揮掄，劈了過去。

黑衣人連接下十八刀之後，雙臂已被震麻，虎口裂開，已經無法再撐下去。

但簡飛星的長刀，卻是愈來愈快，有如泰山壓頂一般，連綿而下。

黑衣人勉強接下三十招，全身骨骼，都如散了一般。

但簡飛星的三十一刀卻疾落而下，把黑衣人劈成兩半！

簡飛星收住長刀，吁一口氣，道：「這小子，能接我三十一刀，實在不錯。」

只聽一聲冷笑，道：「你這套破山刀法，一共有六十四招，他還未接下一半，自然是算不得高明的了。」這聲音突如其來，使得簡飛星為之一呆。

抬頭看去，只見一個年約四旬，身著藍衫，留著長髮的中年文士，手中執著一柄摺扇，就站在幾人八尺之外。他的神情很瀟灑，好像被殺的黑衣人，和他全無關係一樣。

簡飛星冷冷說道：「咱們見過面麼？」

中年文士道：「沒有，不過咱們之間彼此都聽過對方的姓名，也該知道對方的相貌。」

簡飛星顯然還未瞧出對方是誰，口中嗯了一聲，未再答話。

中年文士道：「你叫簡飛星，人稱刀過無聲，這個綽號，叫得似乎是有些不切實際。」

簡飛星道：「你們早已把我記得很熟了，這不足為奇。」

中年文士冷冷一笑，道：「我們用不著去研究你，尤其，用不著我花心思。」

簡飛星道：「你們那個神秘組合，建立了不少的個人資料，江湖上有點名氣的人，大約你們都有他的記述。」

中年文士淡淡一笑，道：「那只是一般例行事情，就在下所知，目下江湖上、值得我們研究的只有兩個人，你還不夠這個身分。」

簡飛星道：「兩個人，是什麼人物？」

中年文士道：「拐仙黃侗和楚小楓。」

簡飛星哈哈一笑，道：「行！楚老弟有這份榮寵，老夫也沾光不少。」

中年文士道：「他很值錢，單是一顆人頭可得黃金三千兩。」

但見人影一閃，楚小楓由巨岩上落著實地，接道：「在下有這麼大的身價，連我也不知道，但不知活生生的楚小楓，能值多少？」

中年文士道：「五千兩黃金。」

楚小楓吁一口氣，道：「真是寸骨尺金，我楚小楓這等榮耀身價，實在是大出我意料之外……」語聲一頓，接道：「我楚小楓破壞了你們不少的好事，倒也該死，但不知為什麼要對付拐仙黃侗呢？」

中年文士笑一笑，道：「怎麼？你認識拐仙黃侗麼？」

楚小楓道：「晚輩有幸，見過他老人家一面。」

中年文士道：「看來，金羽說得不錯，他說你一定見過黃侗。」

楚小楓很用心聽他的話，道：「金羽是誰？」

中年文士道：「金羽就是金羽，你如想知道他是誰，只有一個辦法！」

楚小楓道：「什麼辦法？」

中年文士道：「跟我去見他！」

楚小楓微微一笑，道：「這不是讓你發財了麼？」

中年文士道：「哦！」

楚小楓道：「別忘了，我的身價是五千兩黃金。」

中年文士笑一笑，道：「有一點，我忘記提醒楚少兄，我也勉強算得是付錢的人。」

楚小楓道：「失敬了，在下這五千兩黃金的賞格中，閣下能攤好多？」

中年文士道：「你問得太多了，大概，你心中也明白，我不會很仔細地說給你聽。」

楚小楓道：「其實，你已經說出了很多……」

中年文士笑一笑，道：「楚小楓，老夫不能不佩服你的神通……」

笑一笑，接道：「其實，閣下不說，我們也不會多問……」說完，閉上了嘴巴。

楚小楓笑一笑。

中年文士道：「你們怎麼進來的？」

楚小楓道：「戲法人人會變，各有巧妙不同。」

中年文士道：「我想，你不會說明白……」

楚小楓道：「會，我們有兩位生長在山區中的朋友，他知道一條捷徑，所以，我們很快地就到了，而且，也避過了你們的截殺。」

中年文士笑一笑，道：「好！好！這真是山窮水盡疑無路，柳暗花明又一村，不過，楚小楓，你現在還是落入了陷阱之中。」

楚小楓道：「怎麼說？」

中年文士道：「映日崖的形勢，楚少俠看清楚了？」

楚小楓道：「看清楚了。」

中年文士道：「看起來，這地方四通八達，其實，這是一片絕地。」

楚小楓道：「這和你們有關麼？」

中年文士點點頭，道：「不錯。」

楚小楓道：「春秋筆和你們有關係？」

中年文士笑一笑，道：「不錯。」

楚小楓道：「春秋筆，受武林中千萬人的敬仰，我想，他不會和你們勾結一起，狼狽為奸了。」

中年文士搖了搖頭，道：「楚小楓，你雖是江湖人，但可是出身在書香門第，說話最好文雅一些。」

楚小楓心頭一震，忖道：「但願他們不要把我的家人，也扯了進來。」

但神情之間，盡量保持平靜神色，道：「閣下怎麼稱呼？」

中年文士沉吟了一陣，道：「你叫我陳先生吧！」

簡飛星冷冷接道：「你總該有個名字吧！」

陳先生道：「有，不過，用不著告訴你們，你們也不配叫我的名字。」
簡飛星氣極而笑，道：「楚兄弟，你閃開，我要教訓他一下。」
楚小楓道：「大哥，靜一靜，咱們面對的是一個狡猾、惡毒，而又凶殘的敵人，不論勝負如何，咱們都要盡我們所有的力量、所有的才智，和他們放手一戰。」
簡飛星吸一口氣，壓制下胸中怒火，盡量使情緒平復下來，緩緩說道：「對！兄弟，我這個火爆脾氣，不知道吃過多少次的虧了，總是改不了這個毛病。」
楚小楓道：「大哥請一旁休息，小弟要和他們仔細地談談。」
簡飛星微微一笑，道：「兄弟，我替你掠陣。」
楚小楓目光轉到了陳先生的身上，笑道：「陳大先生……」
陳先生接道：「用不著加個大字。」
楚小楓暗暗忖道：「大先生這個稱呼，看來，似乎是特定幾個人的使用，這人還不夠被稱作大先生了。」心中這樣想，口中卻未說出來。
陳先生卻搶先說道：「楚小楓，你一直很留心我們。」
楚小楓道：「不錯啊！」
陳先生沉吟了一陣，道：「我們商量對付你，我們有一個很寬大的辦法。」
楚小楓笑一笑，道：「很寬大的辦法，能不能說給在下聽聽？」
陳先生道：「辦法就是為你而訂，自然要說給你聽了。」
楚小楓道：「請說。」

陳先生道：「第一，我們不究既往，過去的事一筆勾銷，第二，要你出任本組合中一個很高職位。」

楚小楓道：「一筆勾銷舊恩怨，我們之間，有些什麼恩怨呢？」

陳先生道：「你殺了我們不少的人，我們都不再追究了。」

楚小楓道：「陳先生，以你的身分，大概不會說謊吧！」

陳先生道：「江湖上一諾千金，我們可以不擇手段的對付敵人，但卻不會說謊話。」

楚小楓道：「好！在下有兩點疑問，還望先生解答。」

陳先生道：「請問！」

楚小楓道：「在下出任高職，高到什麼程度，我有什麼好處？第二，迎月山莊，無極門的滅門血案，是不是你們幹的？」

陳先生道：「出任高職，那是相當的高，在我們這個組合中來說，你要坐上第五把交椅。」

楚小楓道：「你排名第幾？」

陳先生略一沉吟，道：「楚小楓，我只告訴你，你會在我之上。」

楚小楓淡淡一笑，道：「太突然了，你們為什麼會這樣的重視我？」

陳先生淡淡一笑，道：「有人推薦你。」

楚小楓道：「哦！是誰？」

陳先生道：「這個，我就不能說了。」

楚小楓道：「這也是你對我特別客氣的原因了！」
陳先生道：「不錯，一旦你加盟本組合，大家有這份交情，也好彼此有個照顧。」
楚小楓道：「好！咱們談第二個疑問，你沒有給我答覆。」
陳先生沉思了良久，道：「是我們這個組合插手的，不過這件事，連我們都不知道！」
楚小楓道：「為什麼？」
陳先生道：「這是一件小事，很小的事，住在那裡的負責人，就可以決定了。」
楚小楓道：「你說萬花園那位二公子？」
陳先生道：「他已經死了，希望這件事，別再追下去了。」
楚小楓道：「陳先生，無極門還有幾個叛徒，可都在貴組合中。」
陳先生微微一笑，道：「你如想懲治他們，那就最好加入本組合，以你的身分，隨便找一個錯失，就可以把他們收拾了。」
楚小楓道：「陳先生，這件事很重大，總不會要我立刻決定吧？」
陳先生道：「事很緊急，你決定的越快越好。」
楚小楓道：「給我三天的時間如何？」
陳先生搖搖頭，道：「不行，太久了，今天日落之前，你要有所決定。」
楚小楓道：「何以如此之急？」
陳先生道：「後天，就是春秋筆出現之日，我們必須在他出現之前，完成一切準備。」
楚小楓心頭一震，暗道：「難道我猜錯了，春秋筆真的和他們沒有關係……」

心中疑慮重重，口中卻問道：「要對付春秋筆？」
陳先生道：「討論這件事是你楚公子加盟我們以後的事了。」
楚小楓道：「說得也是，不過，如此急迫，在下無法決定。」
陳先生道：「非決定不可！」
楚小楓道：「強迫我？」
陳先生道：「楚小楓，你該明白，我們的組合龐大，耳目靈敏，而且，一向做事，不擇手段，無極門覆亡之鑑，希望你楚公子不要拖累到家人。」
像突然被人在前胸上狠擊一拳，楚小楓心中立刻劇烈波動。
但他盡量忍住，笑道：「他們不是江湖中人，楚家的子弟，除我之外，都不會武功。」
陳先生道：「所以，我們一直沒有找他們報復，但我們感覺到，他們對你一定有著很強的約束力量，所以，不得不勞動他們了。」
楚小楓道：「你們已經下手了。」
陳先生道：「沒有，你投入本組合之後，身分非同小可，在沒有絕對的決定之前，誰也不敢傷到老爺和夫人。」
楚小楓道：「所以，你有把握迫我就範。」
陳先生道：「楚公子，我來了，你可以指責我，換一個人來，對你而言還不是一樣。」
楚小楓道：「明日午時，我給你答覆。」
陳先生道：「最遲明天早晨。」

楚小楓道：「好！明天太陽出山時，咱們仍然在此地見面。」

陳先生道：「好！不論如何，我一定要一個很確實的消息。」

楚小楓道：「我會給你一個滿意的答覆……」

語聲一頓，接道：「陳先生，目下，大家已經挑明了，似乎是用不著再有什麼隱瞞了。」

陳先生道：「哦！你想知道什麼？」

楚小楓道：「我想知道，你們的目的是什麼？為什麼要殺害無極門，為什麼又在我們無極門遭到外力侵犯時出手？」

陳先生笑一笑，道：「你的求知心很強，好奇心也似乎很重。」

楚小楓道：「在下千辛萬苦，冒生死之險，也就是要找出這個原因何在。」

陳先生笑一笑，道：「噢！楚少兄，在下也想請教你幾件事，你是否能說呢？」

楚小楓道：「要交換？」

陳先生道：「對！一問還一問，一答還一答，楚小兄覺著如何？是不是還公平？」

楚小楓道：「公平，閣下先答呢？還是先問？」

陳先生道：「在下先回答楚少兄一個問題，無極門受到傷害，肇因於萬花園中，他們對付貴門，並不覺得是一樁十分重大的事情，不過，事後，有一份簡單的報告，送到大先生處，在下也看過了那份報告。」

楚小楓笑道：「這好像不算是一個回答。」

陳先生道：「那份報告上，貴門中有幾個弟子，投入了本組合中，但他們的隱秘，卻已被令師宗領剛發覺，而且，令師一個小小無極門的掌門，竟不自量力，妄圖要和排教、丐幫聯合，追查江湖上一些隱秘事跡，我們只好除他滅口了，我們選擇北海騎鯨門人侵犯時，才俟機出手，那只是一種手段，我們實力強大，耳目靈敏，但懲治敵人行動時，卻選擇最簡便、最有利的時機動手。」

楚小楓道：「聽起來倒是簡單得很。」

陳先生道：「一件很簡單的事，因它發生的有些神秘，就會留給人疑神疑鬼的猜測。」

楚小楓沉吟一陣，道：「在沒有深一層瞭解之前，在下只有暫時相信了。」

陳先生道：「請教楚少兄這些武功得自何處？無極門決無法教出你這個弟子。」

楚小楓道：「劍招、拳掌，得自一本無名劍譜之上，不知陳先生是否相信。」

陳先生道：「哦！一本無名劍譜。」

楚小楓道：「我想那劍譜應該有個名字的，但到我手中時，卻已經沒有名字！」

陳先生道：「那又為什麼呢？」

楚小楓道：「原因太簡單了，那劍譜的封面、底頁，都被人撕去了，中間，也有一些字跡，被人家塗去。」

陳先生道：「那是故意把劍譜，毀去了名字，交給你。」

楚小楓道：「對！」

陳先生道：「為什麼呢？一本有名的劍譜，卻毀去了名字，那不是失去了這本劍譜的意義了。」

楚小楓道：「嗯！他可能不願使這本劍譜流傳下去，所以，我學會了那劍譜上的武功之後，就把它毀去了。」

陳先生道：「好！好！這真是羚羊掛角，不著痕跡。」

楚小楓道：「現在，你可以告訴我，你們這個組合的目的吧！」

陳先生道：「這個麼？要等明天了。」

一拱手道：「你好好地想一想，在下先行告別。」轉身而去。

楚小楓沒有攔阻，只是望著他的背影出神。

陳先生走得很匆忙，所以，連兩個屬下也不招呼一聲，楚小楓卻放了他們。

兩個黑衣刀客望了楚小楓一陣，轉身而去。

簡飛星道：「真是一群冷酷怪癖的傢伙，你放了他們，連個謝，也未聽到一聲。」

楚小楓道：「他們記下了我，只不知是仇恨，還是恩情？」

田伯烈突然接口說道：「他們已經去了，是恩是仇，由他們去吧！眼下倒有一件很重要的事，在下要和楚兄談談。」

楚小楓道：「田兄請說！」

田伯烈道：「第一，這班人武功奇高，那兩個黑衣刀手，不像是什麼有身分的人，但他們刀法的凌厲，已到了一流刀客的境界，如若雙方火併，我們必有驚人的傷亡，能夠和你們動手的，沒有幾個。」

楚小楓點點頭，道：「不錯，所以，最好是不用和他們群戰。」

田伯烈道：「第二，楚兄，似乎正面臨著一個極大的困擾。」

楚小楓道：「是，他們找上了我的家人，寒家詩書相傳，除了我之外，從來沒有一個學武的人。」

田伯烈道：「楚兄，是不是為此事惶惑難決？」

楚小楓苦笑一下，道：「我不願高堂親長為我受到傷害，但我也不會接受他們威脅。」

這時，時英卻行了過來，道：「只有一個辦法可以試試！」

楚小楓道：「請教高明。」

時英道：「找丐幫，如若你和丐幫有交情，他們能在極短的時間內，把你們一家搬到一處隱秘的所在。」

楚小楓道：「好！咱們回去。」

到了獵戶聚居之處，楚小楓發現了胡逢春、白眉大師等，已經做過了一番精細的部署。有伏擊、暗器接應，把一個小小的山村，布置得宛如鐵桶一般。

楚小楓還能控制焦慮的心情，看過四周布置之後，才招來了王平、陳横、成中岳等人。只有短暫的一夜，只怕任何措施，都來不及，所以，他必須召集他們共商對策。

楚小楓說明了內情之後，王平和陳横，都皺起了眉頭。

就算丐幫有能力做到，但兩人也無法把消息傳入丐幫。

沉吟了一陣，陳橫才緩緩說道：「距離一樣，我們要時間，他們也要時間，我們卻要把握這一夜光陰，我看，我出山一趟，去找找丐幫弟子試試。」

王平道：「此事重大，沒有十成把握，怎能輕易嘗試。」

楚小楓道：「只要咱們有一半機會，就不妨賭上一賭。」

王平道：「不過，這一點，黃老幫主應該想到的，難道他早已經做了布置不成？」

楚小楓仰天吐一口氣，道：「這對我楚小楓真是個嚴重考驗！」

場中，一片寂然，數十道目光，凝注在楚小楓的身上。

如此重大的事，沒有人敢隨便參加意見，只有等著楚小楓自己決定。

良久之後，楚小楓才緩緩說道：「王平、陳橫。」

王平、陳橫齊齊躬身應道：「屬下在。」

楚小楓緩緩說道：「你們兩個出山去吧！」

王平道：「公子，我們未必能出得去……」

陳橫接道：「怎麼，你怕死，大不了一條命就是。」

王平淡淡一笑，道：「陳橫，咱們的生死事小，但消息無法傳達給黃老幫主，咱們死難瞑目。」

陳橫呆了一呆，道：「你說得對！」

楚小楓緩緩行了幾步，負手而立，望著遠天一片白雲，緩緩說道：「對！派你們出山，不過是聊盡心意，既是害大利小，那就不用去了。」

王平道：「公子，屬下……」

楚小楓接道：「不用再說下去了，讓我一個人靜靜地想一想，明天，我會自己做一個決定，你們都出去吧！」

他平日和氣、謙虛，對人都以兄弟相稱，他勇敢、多智，給人一種堅定的力量，只要他在場，每個人都會感到一股強大的力量在支持自己。

那是一個人勇敢的行動，和他處事的才能換到的成就。

一種使人心生敬服之後，所換到的威望。

現在，楚小楓遇上了事情，一種很棘手的事。每個人，都想幫他的忙，甚至犧牲了性命，也是在所不惜。但可惜的是，每個人都幫不上忙。

天色入夜了，楚小楓仍然靜靜地站著。

綠荷點起了燈，黃梅端起一碗雞湯，緩步行到了楚小楓的身側，低聲說道：「公子，已經二更天了，你還沒有吃過一口東西，喝了這碗雞湯吧！」

楚小楓緩緩回過頭，望了黃梅一眼，淡淡一笑，道：「已二更多了。」

接過黃梅手中的一碗雞湯喝了下去。

黃梅神情間，流露出無限溫柔，低聲說道：「公子，聽說，你明天還要和強敵見面。」

楚小楓道：「不錯。」

黃梅道：「公子，你該好好地休息一下了。」

楚小楓道：「謝謝你，我是該休息一下了。」

黃梅道：「公子，簡大俠來看過你，他站了一會兒，沒有驚動你就走了。」

楚小楓點點頭，事實上，這件事，別人也沒有法子幫忙，必須要他自己決定。

黃梅道：「公子，你需要體能，三妹已準備了一大盆熱水，小婢們服侍你洗個澡，好好地睡一下。」

楚小楓笑一笑，道：「好！那就有勞你們了。」

他行事，只求是非明朗，卻不是一個很拘謹的人。

事實上，綠荷、黃梅、紅牡丹，自追隨楚小楓，一直照顧他生活起居，但像這樣，楚小楓接受她們如此的服務，還是第一次。三人都很高興。

楚小楓似乎是也豁出去了，任憑三女擺布。

他一直閉著雙目，思索如何應付明天的事。

三女很盡心，她們對楚小楓有著很深的敬愛，但卻不生出邪念。

她們盡力使楚小楓舒適，讓他能好好睡一覺。在三女協力之下，楚小楓果然在不覺中睡著了。這一覺睡得很甜，醒來時，已經是五更時分。

綠荷、黃梅、紅牡丹，都未離去，三個人，都在房中守候。

山中寒夜，楚小楓蓋了個棉被。

他挺身坐起來，才發覺自己未穿衣服。

拉一下棉被，蓋好身體，楚小楓笑一笑，道：「怎麼？你們都沒有睡覺？」

黃梅送過來新做的衣褲，道：「我們怕誤了公子的事，所以，守在這裡，天一亮，就叫公子起來。」

楚小楓笑一笑，道：「我和他約定黎明時分，再晚就來不及了。」

紅牡丹嫋嫋地行了過來，道：「公子，小婢服侍你穿衣服。」

楚小楓笑一笑，道：「這個不用了，你們下去吧！我也該動身了。」

綠荷低聲道：「我們已經替公子備好早餐，公子，婢子們不知道你有什麼準備，但我明白此去很為難。」

楚小楓迅快地穿上了衣服，笑道：「是不是凶多吉少？」

綠荷道：「公子，婢子失言了。」緩緩跪了下去。

楚小楓伸手扶起綠荷，笑一笑，道：「綠荷，別這樣，今日之約，不論是精神和體能，都是我很難承擔下來的，真的，我心裡有些害怕，因為，到現在為止，我還不知如何應付。」

綠荷道：「公子，要不要婢子們跟著你去。」

楚小楓道：「你們跟我去，幹什麼？」

綠荷道：「我們三姊妹私底下談過公子……」

楚小楓接道：「說說看，我有些什麼缺點，以後，我好改進。」

綠荷道：「我們殘花敗柳，實是不配為公子侍妾，但我們都很虔誠的奉上了一顆心。」

卅七　力殲殺手

楚小楓道：「綠荷，不要如此想，我們是患難與共的好朋友。」

綠荷嘆息一聲，道：「這句話，我藏在心中好久了，今天能夠說出來，心中好舒服。」

楚小楓笑一笑，道：「我知道你們都對我好，所以，夜來我很放肆地接受了你們的幫助，不過，小弟心中，對你們決無邪念。」

綠荷道：「我們都明白，你不知道，我們好高興能侍候你。」

這時，黃梅已端著一碗麵行了進來，新筍配雞絲，再加上一盤炒蛋。

楚小楓很快吃完，抹抹嘴，笑道：「很可口，但願以後，我還能吃到。」

伸手抓起床邊長劍，道：「你們去睡吧！」

三位姑娘，六隻眼睛，凝注在楚小楓的身上。

綠荷道：「上衣是二妹手製，襪子和腰帶，是三妹趕的工，褲子是賤妾裁製。」

楚小楓笑道：「毋怪穿起來這麼舒服。」

黃梅道：「公子，你要多保重，但願，我們能為公子再效微勞。」

紅牡丹道：「爺，你要平安的回來，我們等著再給你洗澡、更衣。」
不知何時，三女都流下淚水。
楚小楓也有些控制不住了，只覺鼻孔一酸，急急轉身向外走去，口中卻說道：「三位，休息去，再替我準備一碗新挖竹筍雞絲麵。」
踏出房門，才舉起衣袖子，抹去了目中的淚水。
天色已到了破曉時分，隱隱夜色中，只見屋前排列一群人。
是王平、陳横、成方、華圓、七虎、四英，及成中岳、簡飛星和胡逢春。
簡飛星先開口，輕輕吁一口氣，道：「兄弟，你決定了沒有？」
楚小楓笑一笑，道：「還沒有完全決定，我想先去和那陳先生談談再說。」
胡逢春道：「楚老弟，我們大夥兒跟你一起去。」
楚小楓道：「我看不用了，這地方的防衛，也很重要。」
胡逢春道：「我知道很重要，不過，這裡的事，都已經交給了白眉大師。」
簡飛星道：「兄弟，防人之心不可無，你不能一個人去涉險。」
楚小楓道：「我……」
簡飛星接道：「我知道你的苦衷，所以，我們跟你去，決不會插嘴多口，一切都聽你的決定，你怎麼說，我們就怎麼做。」
楚小楓道：「這個，這個……」
胡逢春道：「老弟，你放心，我們都商量過了，這件事，決不勉強你。」

楚小楓道：「諸位一定要去，也不用去這麼多人了。」

簡飛星道：「兄弟，老哥哥總要算一份。」

楚小楓點點頭，道：「好。」

七虎、四英、神出、鬼沒、成方、華圓等齊齊說道：「公子帶我等去吧？」

楚小楓道：「太多了，我看陳橫、王平、華圓、成方，四個人跟我去就行了。」

七虎、四英想說話，但卻強自忍了下去。

成中岳突然緩緩行過來，道：「小楓，要不要我也跟去？」

楚小楓道：「不敢有勞師叔。」

成中岳點點頭，道：「既然如此，我也不勉強了。」

楚小楓回顧了四英、七虎一眼，道：「你們好好地聽成前輩的話，我如不能回來，你們就追隨成師叔了。」

四英、七虎，垂首應命。

楚小楓回顧了簡飛星一眼，道：「大哥，咱們走吧！」

簡飛星點點頭，兩人並肩而行。

進入了山谷之後，東方已泛起了魚肚白色。

楚小楓道：「可能咱們來晚了，我得走快一些。」

來到了約會之處，陳先生果然已經先到，負手而立。

楚小楓示意王平等停下來，自己一個人迎了上去。
陳先生背手而立，仰望著東方天際泛起的魚肚白色。
楚小楓停下腳步，抱抱拳，道：「在下沒有來晚吧？」
陳先生道：「還好，你決定了沒有？」
楚小楓道：「很難決定！」
陳先生道：「哦！為什麼？」
楚小楓道：「一個是骨肉親情，一個是江湖道義，在這短短的時間中，實在很難叫人做決定。」
陳先生笑一笑，道：「楚小楓，每個重大的轉變過程，都難免會有些痛苦，要你去掙扎，我要的，只是你的決定。」
楚小楓道：「不能再延長一點時間麼？」
陳先生道：「不能！楚家老少三代的命運，都在等待你的決定。」
楚小楓道：「你如何傳出我的決定？」
陳先生突然轉過身子，面對著楚小楓，冷冷道：「在那山峰之上，有一等待著的信鴿，只要我打出手勢，那信鴿就破籠而去，這個後果，你心中明白，大概用不著我再說了。」
楚小楓道：「你最好說明白。」
陳先生道：「我們確定了無法使你就範之後，那信鴿會帶去一張屠殺令諭，楚家老少三代，都會在令諭之下，濺血喪命。」

楚小楓道：「一旦成為事實，那會使我全力報復。」

陳先生哈哈一笑，道：「令祖、令尊，雖然死了，但他們對你，還有著相當的價值，你明白麼。」

話已經點明了，就是楚小楓想獲得一具屍體，也要付出相當的價值。

楚小楓神情肅然，雙目盯注在陳先生的臉上，眉宇間是一片激忿、殺機。

陳先生笑一笑，道：「楚小楓，我們已經吃過了很多次的虧，非用一點血腥手段，只怕很難鎮服人心了。」

楚小楓道：「你們難道覺著你們的作為，還不夠殘忍麼？」

陳先生冷然一笑，道：「楚小楓，我們現在需要答案。」

楚小楓沉吟了一陣，道：「陳先生，我可能屈服……」

陳先生道：「好極了，你會受到大先生的寵愛。」

楚小楓道：「陳先生，我的話還沒有說完。」

陳先生道：「大先生有過令諭，只要你肯就範，其他的條件，都好談。」

楚小楓道：「我現在，只想知道，我們楚家的人，是否都很安全？」

陳先生道：「安全。」

楚小楓道：「我要確知他們安全才行。」

陳先生道：「這個，要如何證實呢？」

楚小楓道：「你們的許諾，不能使人相信，所以，我要親眼看到。」

陳先生道：「楚小楓，你心中明白，這件事，辦不到。」

楚小楓道：「那很容易，我已為你們借箸代籌，想了一個辦法了。」

陳先生道：「什麼辦法？」

楚小楓道：「把我父親帶來見我，我要聽他親口告訴我，家人無恙。」

陳先生一皺眉頭，道：「這個，只怕不是十天、半月能夠做到的事情。」

楚小楓道：「我可以等，你們也可以等，急也不在這十天、半月時間。」

陳先生搖搖頭，道：「只怕很難辦到。」

楚小楓道：「我知道你作不了主，去向大先生請示吧？你們不過是威脅不要我出面和你們作對，我可以等十五天，這十天內，我坐視一切變化，絕不出手干預。」

他這一番道理，聽起來，也是大大有理，陳先生一時間，倒想不出有什麼可以反駁的理由。沉吟了一陣，道：「楚少兄，你說的倒也有理，你對我們並無合作之意，只是被一種威力而壓服著……」

楚小楓接道：「談不上威力壓服，你們用的手段是迫害。」

陳先生笑一笑，道：「楚少兄出身書香門第，對於這些用字方面，倒是注意得很。」

楚小楓道：「這根本是兩件事情，不能混為一談，如若你們真的是壓服我，在下就輸的心服口服了。」

陳先生笑一笑，道：「壓服和迫害，真有很大的不同麼？」

楚小楓道：「完全不同，壓服，是憑藉你們的武功，使在下自甘屈服，至少，也該是以武功使我們認輸，但迫害不是，手段很下流，就拿此事說吧！你們以我楚家三代的生死，來威脅我，而且，你們也明白，我楚家是書香門第，楚家人，除了我之外，沒有人會武功。」

陳先生臉色鐵青，冷冷說道：「楚小楓，你一向注重用字，這幾句話，是不是說得太過分。」

楚小楓冷冷說道：「不是過份，在下只是實話實說。」

陳先生道：「年紀輕輕，口齒如刀，真是狂妄得很。」

楚小楓笑一笑，道：「你不過袖中藏著一隻鴿子，就把我給嚇住了，老實說，你袖中的那隻鴿子，是不是真的能傳出信去，還很難預料，我們楚家的人，是否真在你控制之下，也還難說？我楚小楓是個很狂妄的人，我就不會信這一套。」

陳先生臉色一變，冷冷說道：「楚小楓，你可知道留人一步、退一步的道理。」

楚小楓道：「陳先生，你既被稱為先生，又未遭毀容，老實說，你在那個組合中，算是有相當的地位，不過，你也不是能作主的人。」

陳先生道：「這一個，我早就說過了。」

楚小楓道：「所以，我們談的事，你沒有辦法決定？」

陳先生道：「我可以放出信鴿。」

楚小楓冷笑一聲，道：「就算你能隱瞞一時，也無法長時間隱瞞，陳先生，你去吧！向大先生請示一下。」

陳先生的臉色很陰沉，冷冷說道：「楚小楓，你是很難相處的人。」

楚小楓道：「何以見得呢？」
陳先生道：「你太聰明了。」
楚小楓道：「我只是不願意受你們太多的擺布罷了。」
陳先生冷哼一聲，道：「你在這裡等著，我盡快給你答覆。」轉身一躍，飛奔而去。
他的動作快速，兩、三個飛躍，人已隱失不見。
簡飛星大步行了過來，道：「兄弟，說的結果如何？」
楚小楓道：「他也作不了主，回去請命去了。」
簡飛星道：「他沒有說，幾時給你消息麼？」
楚小楓道：「他說盡快回覆。」
簡飛星道：「這麼說來，那位能夠作主的人，也許就在附近了。」
楚小楓道：「也許他們因……」
但聞鴿羽劃空，數十丈外，一隻鴿子沖天而起，向南飛去。
簡飛星道：「原來，他們用信鴿請示。」
楚小楓道：「這一來一往不知要多少時間，咱們找個地方休息一下吧！」
簡飛星道：「兄弟，他們似乎也已經到了此地是麼？」
楚小楓道：「不錯，看來，似乎是與春秋筆有關了，至少，和他的出現有關。」
簡飛星道：「現在看來，倒是有些八、九不離十了。」
王平道：「如若春秋筆就是這個組合的大先生，那真是叫人連作夢都想不到的事。」

簡飛星冷冷地說道：「真要是他，那真是天下第一個大奸大惡的人。」
楚小楓道：「目前，我們還沒有什麼證明，咱們且不可隨意妄斷。」
王平道：「公子，現在，咱們應該如何？」
楚小楓道：「等……至少，等那位陳先生回話過來。」
約一盞熱茶工夫，那位陳先生，疾快奔了回來。
楚小楓迎了上去，道：「怎麼樣？有回信了？」
陳先生道：「不會那麼快。」神情冷厲一笑，道：「楚小楓，你知道麼？你在冒險。」
楚小楓道：「冒險？」
陳先生道：「你可能得到很完滿的答覆，但也可能會為令尊等帶來了殺身之禍。」
楚小楓道：「殺身之禍？」
陳先生道：「不錯，如若他們覺著你要求過分，那就很可能會傷害了他們。」
楚小楓道：「陳先生，不管貴組合的勢力有多大，但要能講理，如果是不講理，我們似乎是談不下去了。」
陳先生冷冷說道：「楚小楓你可知道，你替我帶來了多少麻煩？」
楚小楓道：「這個麼？在下就有些想不通了。」
陳先生道：「你不用想了，我告訴你。」
楚小楓道：「在下洗耳恭聽。」
陳先生道：「你使我受到了很嚴重的叱責，你使我受到了很大的困擾。」

楚小楓道：「受到叱責，那一定是說你辦事無能，無法說服我了？至於受到困擾，在下就有些不明白了？」

陳先生道：「我必須在今日午時之前，清除這裡所有的人。」

楚小楓道：「現在不能了。」

陳先生道：「因為你，我必須要在這裡等候回音。」

楚小楓道：「陳先生，沒有這件事，你也一樣無法清除這裡的人。」

陳先生道：「為什麼？」

楚小楓道：「因為，沒有這件事，我一樣會留在這裡，而且，人數會更多一些。」

陳先生道：「楚小楓，留在這裡的人，沒有人會看到太陽下山。」

簡飛星道：「在下就不信這個邪，我偏要留在這裡試試。」

陳先生冷冷道：「簡飛星，我會讓你證明的。」

楚小楓突然笑一笑，道：「陳先生，春秋筆出現在江湖，就是叫人看的，為什麼我們不能夠留在這裡？」

陳先生道：「有些事，不能讓別人看。」

簡飛星嘆息一聲，道：「難道這件事，真的牽扯上春秋筆？」

陳先生答非所問地道：「楚小楓，你說過，不插手任何事的，對麼？」

楚小楓道：「對！不過，我要得到你們的保證之後，才會不插手任何事！」

陳先生道：「楚小楓，你應該瞭解自己的處境，這樣，你會把事情鬧僵。」

楚小楓笑道：「你說過，你也作不得主，反正，你的書信已經發出了，相信，你也不會幫我講什麼好話，對麼？」

陳先生道：「楚小楓，你真的不管你家人的生死了？」

楚小楓笑一笑，道：「我管，而且是絕對關心，我可以用自己的性命，換取他們的安全，不過，我要真實內情，我要看到他們，我不會聽你們幾句話就相信。」

陳先生道：「哼！不見棺材不掉淚。」

楚小楓肅然說道：「陳先生，在沒接到確實的回音之前，你只好還把我看作敵人，我會盡我之能，和你們周旋。」

陳先生道：「你真的不知死活，現在，你如做的太絕，日後，你們多一些仇人。」

楚小楓冷笑一聲，道：「你錯了，陳先生，大先生的用人之法，只求才能、武功，武功越高的人，越會得到他的賞識，我如表現出更強的武功，他就會重用我，說到此處，我倒要替你擔心了。」

陳先生道：「你替我擔什麼心？」

楚小楓道：「以家人脅迫我就範的陰謀，就算不是你出的主意，亦必和你有關，所以，咱們算勢不兩立的局面。」

陳先生道：「你對我記恨如此之深麼？」

楚小楓道：「不錯，我恨你，恨的刺骨椎心，恨不得置你於死地。」

陳先生冷笑一聲，道：「好！楚小楓，我認了，你立刻退出此谷，等候消息，否則……」
楚小楓道：「否則，你要怎樣？」
陳先生道：「格殺勿論。」
楚小楓道：「殺了我？你不怕大先生怪罪於你？」
陳先生道：「我寧可受到大先生一頓責罵，也不願忍受你的侮辱。」
楚小楓道：「陳先生，在下沒有接到大先生的決定通知之前，我還不會受你的控制。」
陳先生突然撮唇，發出一聲怪嘯。
嘯聲中，兩個白衣人、兩個黑衣人，疾如流星般奔了過來。
嘯聲餘音未絕，四個人，已經到陳先生的身側。
四個人站的很整齊，八道眼神，冷冷地盯住楚小楓等人。
一和這四個人目光相接，楚小楓不禁心頭一震。
以簡飛星的閱歷之多，和那目光一觸，也不禁為之一震。
原來，那四個人的目光，不像一個人的目光。
那是一種死亡的目光，像一頭饑餓的野獸，盯住了他的獵物，全身上下，都給人一種饑渴的感覺。
華圓低聲說道：「成方，你見過這樣的人麼？」
成方搖搖頭，道：「沒有見過，看上去，他們不像是人。」
楚小楓吁一口氣，道：「陳先生，他們就是所謂的死亡殺手了？」

口中說話，右手卻握住了劍柄之上。

陳先生道：「不錯。」

楚小楓道：「成方、華圓、王平、陳横，你們四個人結成一個方陣拒敵。」

四個人立刻移動身軀，布成一個陣形。

楚小楓目光盯注在兩個佩劍的白衣人身上，口中卻說道：「大哥，我們也站近一些，彼此也有個照應。」

簡飛星已經提聚了全身的功力，右手握在刀柄之上，有如張滿的弓。

但他還是緩緩移動腳步，靠近了楚小楓一些。

陳先生冷冷說道：「沒有人能抗拒死亡殺手，只要他一出手，非要拚個生死為止。」

楚小楓道：「我看到了他們目中的光芒，我相信，他們出手都很凶，但他們為什麼不出手呢？」

陳先生道：「他們在等我的令諭。」

楚小楓道：「我明白了，他們是一群失去神志的人，完全被你們所控制。」

陳先生道：「不錯。」

楚小楓道：「那是不可理喻的人了。」突然拔劍擊出。

劍出如電，快速至極。

兩個白衣殺手，應手而倒。

好快的一劍。

陳先生第一個反應是向後退開五步，才發出一聲奇異的怪嘯。
兩個黑衣刀客，卻疾快地長刀出鞘，攻了過去。
簡飛星迎上一個黑衣人，展開了搏殺。
王平、陳橫、成方、華圓，四個人接下了另一個黑衣刀手。
楚小楓一舉之間，殺死了兩個白衣劍客，使得死亡殺手的威力，減少了一半。
簡飛星刀法凌厲，在武林中可算是第一、第二名的刀手，但和那黑衣刀手的搏殺，竟然是一個不勝不敗之局。
黑衣人手中刀法的變化，並不怎麼奇幻，但卻有著一種從未有過的凶厲之氣。
最厲害的手法，是簡飛星一刀刺出時，那黑衣刀手竟然不顧自己的安危，還擊了一刀。
簡飛星每每在重要關頭，可以制敵取勝時，對方就來一招同歸於盡的刀法。
就這樣纏鬥了百餘回合，仍然是一個勝負不分的局面。
王平等四個人巧妙的配合，封住了另一個黑衣人剽悍的刀勢。
但黑衣人那種不顧自己安危的打法，也使得四個人無法制服住他。
楚小楓冷眼旁觀了一陣，冷冷說道：「這就是你們仗以對付武林同道的亡命殺手麼？」
陳先生道：「刀過無聲簡飛星，也不過和他打一個半斤八兩，難道，他們的威力，還不夠強大？」
楚小楓道：「其實，他們有很多破綻，只要在下點出一、兩處，他們就會立刻傷在簡大俠的手中。」

陳先生道：「楚少兄真有這樣的能耐麼？」
楚小楓道：「你可以不信，咱們立刻可以證明。」
語聲一頓，接道：「大哥，刀落中途，截他握刀的右手。」
簡飛星一直在想著，如何能制服敵手。楚小楓一語提醒了他。
這時，那黑衣刀手，正迎面一刀，劈了下來。
簡飛星揮刀一格，還擊一刀。
那黑衣刀手不理會自己的安危，卻一刀斜劈前胸。
簡飛星這一刀可以把對方斬成兩斷，但也無法避開那黑衣刀手的一刀。
這是同歸於盡的打法，也是死亡殺手的絕招，但簡飛星手中的長刀，卻留著餘勁未發，刀至中途，突然一轉，反向右臂截去，身子也同時向一側閃開。
刀尖過處，響起了一聲慘叫，那大漢，一條右臂生生被斬了下來。
黑衣刀手，雖然被斷去了一臂，但仍然剽悍、凶厲。
左手一揚，一拳迎面擊來。
簡飛星冷笑一聲，道：「找死。」揮刀斬去。
血光飛濺中，竟把那黑衣刀手斬做了兩半。
這是一場血的搏殺，死亡殺手，不戰到死亡時，絕不住手。
陳横、王平、成方、華圓，也展開了反擊，四個人，經過了一番鏖戰之後，也想出了一個對敵的辦法。

陳橫、王平，全力去纏黑衣人的長刀，硬接硬拚，成方、華圓，卻以靈巧的劍招，直攻而入。

黑衣人連中八劍，全身浴血，但他卻仍然奮戰不休。

王平、陳橫，只看得驚心動魄，從來沒有想到過，一個人在傷得如此之重後，還能夠揮刀再戰。

死亡殺手，只要還有一分氣力，就不會停下手來。

楚小楓大部分的精神，都在防範著那位陳先生，但那位陳先生也十分沉得住氣，直待兩個黑衣殺手，全都倒了下去，氣絕而逝，仍然站著未動。

輕輕吁一口氣，楚小楓緩緩說道：「閣下當真是厲害得很。」

陳先生搖搖頭，道：「我想不到，這些死亡殺手，竟然如此不濟事。」

楚小楓道：「他們已經盡了心力。」

陳先生道：「但他們卻未完成任務。」

楚小楓道：「陳先生，你應該多召一些死亡殺手出來，局勢也許會改觀。」

陳先生道：「嗯！」

楚小楓道：「然而，閣下為什麼計不及此？」

陳先生道：「我要測驗一下，他們究竟有多大的能力，能勝任什麼情勢，可是兩個白衣劍手被你突然殺死，使我沒有看到你在劍術上的成就，倒是在下很大的遺憾。」

楚小楓道：「你似乎對他們的死亡，並不放在心上。」

陳先生淡淡一笑，道：「死亡殺手的目的，就是死亡，他們不出手則已，一旦出手，只有兩個結果，一個是敵人死，一個是他們死。」

楚小楓道：「他們很勇敢，不過，勇敢的過分了一些，身中數劍，全身浴血，但他們仍然能力戰到底。」

陳先生冷笑一聲，道：「他們的勇猛，雖十分可怕，但他們的武功還不足擔當重任。」

楚小楓道：「聽你的口氣，似乎是對他們還不太滿意。」

陳先生道：「不滿意，絕對的不滿意。」

楚小楓道：「陳先生，既然是不滿意，為什麼不自己出手呢？」

陳先生道：「楚小楓，我不是怕你，不過，不是我們動手的時間。」

楚小楓道：「幾時，你陳先生才肯出手呢？」

陳先生道：「快啦！你只要能等，今天太陽下山之前，我們兩個人，一定會有一場生死之戰。」

楚小楓道：「哦！我如現在向你挑戰呢？」

陳先生道：「楚小楓，我不會答應的。」

楚小楓哈哈一笑，道：「你明白，我能夠突然出劍殺死兩個白衣劍手，就能夠突然出劍殺你。」

陳先生道：「眼見為實，在下倒是相信。」

楚小楓道：「好！那你小心了，我這就要出手了。」唰的一劍，刺了過去。

陳先生右手一抬，一柄軟劍，自袖中飛出，接下了楚小楓的劍勢。

別人的軟劍，大都圈在腰中，但這個陳先生的軟劍，卻是圈在袖中的右腕之上。

陳先生封開了楚小楓一劍之後，立刻收回長劍，右手一揚，反擊過去。

他袖中之劍，可伸可縮，長短隨心，倒是從未見過的兵刃。

楚小楓冷冷說道：「閣下的劍很奇怪。」

陳先生道：「劍招也很怪。」說話間，右手揮動，軟劍忽化成了一道寒光，連攻七劍。

他的劍招確實怪異，劍招中忽硬、忽軟，攻勢變化莫測。

幸好楚小楓在無名劍譜學了一套護身劍法，劍光閃動中，一片冷芒劍罡，護住了全身上下，七劍盡被擋開。

不容楚小楓還手，陳先生七劍攻完之後，忽然收劍而退。

簡飛星、王平等都未出手，站在一側，冷眼旁觀。

這位陳先生，能夠以堂堂正正的身分出現，那就說明了這個組合，似是已經準備了在映日崖作一個總結。

想到此處，簡飛星的心中，就像是插了一把刀似的。

他對春秋筆，心中一直懷著極高的敬慕，但現在重重疑雲，竟然籠罩在春秋筆的身上。

對這件事，他有著極深的痛苦。

所以，他心中比楚小楓更急，希望能瞭解一下真實內情。

簡飛星輕輕吁一口氣，道：「兄弟，這位陳先生的劍法，不但怪異，而且凶殘冷厲，完全是殺人取命的劍招，不要放過他。」
楚小楓道：「陳先生，你聽到了麼？」
陳先生道：「聽到了又怎麼樣？」
楚小楓道：「要我殺了你！」
陳先生笑一笑，道：「我總算證實了一件事。」
楚小楓道：「什麼事？」
陳先生道：「你的自信太強了，強到你自己真的認為無所不能。」
楚小楓微微一笑，道：「這話有著很深的哲理，只有對自己有著強烈的自信的人，才不會被你的恐怖所震驚，不會在你們殘酷的手段之下屈服。」
陳先生道：「那是匹夫之勇，自取滅亡。」
楚小楓道：「你錯了，一個人的自信，不是盲目的，我自己的一身藝業，武功上的造就，使我對自己生出了自信。」
笑一笑，接道：「不過，最重要的還是一個人對生死的看法，死有重於泰山、輕如鴻毛之分，看清楚了生死的關鍵，就不會再受任何的威迫、利誘了。」
陳先生道：「這麼說來，楚少俠，對你尊長等數十條人命，完全不在乎了。」
楚小楓道：「那倒不是，他們如是武林中人，我不會在乎，但他們不是，我只是覺得你們的手段太卑鄙。」
陳先生道：「這些話，如是我轉告了大先生，他就不會再和你談下去了。」

楚小楓道：「這件事，對我十分困擾，我一直無法做一個最好的決定，不過，我想，我不會太過委屈接受一切條件。」

陳先生道：「好！真是大義滅親。」

楚小楓道：「陳先生，如若你是個能作主的人，我會好好和你一談，可惜，你不能。」

陳先生道：「但我轉達你的語氣，可能關係到他們的生死。」

楚小楓冷笑一聲，道：「陳先生，不用威脅我，至少，你不是可以裁決的人，現在，我們應該再動手了。」長劍一起，攻了過去。

兩方面，又展開了一場激鬥。

這一次，楚小楓不再手下留情，長劍展開了猛攻。

陳先生接下了十五劍，被逼退了五步。

楚小楓佔盡優勢時，卻突然停了下來。

簡飛星道：「兄弟，怎麼不一直攻下去。」

楚小楓道：「我要給他一個機會。」

陳先生突然嘆息一聲，道：「楚小楓，你知道你用的劍法，叫什麼劍法麼？」

楚小楓確實不知道自己用的劍法叫什麼劍法，當下淡淡一笑，道：「陳先生，你認識這些劍招麼？」

陳先生道：「大羅十二式……」臉色突然間變得十分嚴肅，道：「楚少俠，你的劍式，我也學過，只不過，我只學到了兩招，這種劍法的玄妙，是在習劍過程之中，一次比一次威力更強大，楚少俠，也許你真的不知道，這種劍法，和內功的進境，是聯合於一處，每多練一次劍法，就多增長一些內力。」

這可是武林中從未有過的事，連簡飛星這樣閱歷廣博的人，也沒有聽說過這種事情。

楚小楓也是第一次聽到，不禁為之一呆。

但細想這些劍式的神奇，確有這種情形。

只聽陳先生接道：「楚小楓，你和大先生，是什麼關係？」

楚小楓心頭一震，道：「你說什麼？」

陳先生道：「大羅十二式，是大先生的絕學之一。」

像是突然間有人在楚小楓的頭上打了一棒似的。

定定神，楚小楓緩緩說道：「我怎會學到了你們大先生的劍法，老實說，我根本不認識他。」

陳先生道：「我認識大羅十二式，我學過其中兩式，那兩式，你剛才也用過，所以，我肯定你學過大羅十二劍式。」

楚小楓道：「就算我學過大羅十二劍式，但那和你們大先生又有什麼關係？」

陳先生道：「這是大先生的奇技，天下再無別人會這些武功。」

楚小楓道：「我會，我不認識大先生，但我會這奇異的劍法。」

陳先生嘆息一聲，道：「楚少兄，我們並不是完全沒有殺死你的機會，只是，大先生要吸取你參加這個組合，所以，我們沒有用太惡毒的手段對付你。」

楚小楓道：「我記得，你們用的手段，已經十分惡毒了。」

陳先生道：「那只是給你們一個警惕，使你們知道厲害。」

楚小楓道：「陳先生，你好像很清楚這件事？」

陳先生道：「不錯，這一次一路阻殺你們，都是我負責任。」

楚小楓道：「大先生也許不在此地，不過，我相信，在此地的人，至少有一個，比你的身分高一些了。」

陳先生一皺眉頭，道：「你……你怎麼知道？」

楚小楓道：「我只是隨便問問罷了。」

陳先生道：「好！你猜對了，目下確有一個人，比我身分高一級，不過，他只是昨夜才趕到了此地。」

楚小楓道：「可也是為了在下麼？」

陳先生點點頭，道：「在下既然說了，索性說個明白吧！在下奉命，每一天，都要把你的行蹤，報告到大先生那裡，就算不能做到每天一次，至少，也可以做到每兩天一次，所以，你的行蹤，大先生至少會在兩天內，接到一次報告。」

楚小楓沉吟了一陣，道：「他為什麼要這樣關心我呢？」

陳先生道：「老實說，我們也覺得奇怪，就在下記憶之中，大先生從未對人，有關如此的關心。」

楚小楓微微一笑，道：「陳先生，如若你說的是真話，我想必有原因，你既然不明內情，咱們也不用多討論了。」
陳先生道：「我只是要你明白，我們沒有殺死你的原因。」
簡飛星突然厲聲問道：「說說看，那人是不是春秋筆？」
陳先生道：「簡飛星，這話問的很多餘了。」
簡飛星冷冷一笑，道：「你不肯說，還是不敢說？」
陳先生道：「這個，我也不會告訴你。」
楚小楓道：「陳先生，大羅十二式，能不能殺死你？」
陳先生道：「能！」
楚小楓道：「你怕不怕死？」
陳先生道：「這個，能不死，那是最好不死。」
楚小楓道：「你還有一個可以不死的辦法。」
陳先生笑一笑，道：「倒要聽聽了。」
楚小楓道：「答覆三件事！」
陳先生道：「我如是不知道呢？」
楚小楓道：「自斷一條手臂，再走。」
陳先生道：「如是我不肯回答，或是騙了你呢？」
楚小楓道：「要我知道你說的是謊言，立刻會殺了你。」
陳先生冷冷說道：「我也許無法勝你，但殺我，只怕還不太容易。」

楚小楓道：「這麼說來，你對大羅十二式，還是不太瞭解。」
陳先生道：「大羅十二式，一定可以殺人麼？」
楚小楓道：「可以。」
陳先生道：「我接不下那一劍，我可以逃。」
楚小楓道：「你是可以逃，不過，你逃不過。」
陳先生道：「真的有這一招麼？」
楚小楓道：「依序排列，這應該是第十一式。」
陳先生道：「那第十二式，又是什麼？」
楚小楓道：「自然是最厲害的一招。」臉色突然間，轉變得十分嚴肅，冷冷說道：「你聽著，現在，我要問你第一件事了……」
語聲一頓，接道：「你們這一個組合，究竟用心何在？」
陳先生道：「統治江湖。」
楚小楓道：「有此雄心大志，何以又如此神秘？」
陳先生道：「這算是第二件事麼？」
隱隱之間，他已被楚小楓所震懾。
楚小楓道：「算。」
陳先生道：「從沒有一個人能真正的統治江湖，所以，我們不準備挺身而出，只希望在暗中發號施令。」

楚小楓道：「春秋筆，是不是和你們有關？」

陳先生道：「這件事，我不清楚……」

忽然一個轉身，凌虛踏空而去，到了七、八丈外。

楚小楓從未看到這樣的武功，不禁為之一呆。

簡飛星皺皺眉頭，道：「好一招凌空虛渡神功。」

陳先生回過頭來，望著楚小楓，道：「大羅十二式，雖然未必能夠殺得了我，但我還是不願意冒險。」

楚小楓冷笑一聲，道：「陳先生，你如若無法破解我大羅十二式，只怕今天下午，很難把我們逐出映日崖了。」

陳先生突然縱聲而笑，道：「楚小楓，說實話，你和大先生有什麼關連？」

楚小楓道：「沒有，我根本不認識他。」

陳先生道：「那你就等著死吧！」

右手一揮，突然打出一粒形如鐵膽的黑色之物。

那黑膽並未打向楚小楓，卻擊向楚小楓身側不遠處一塊巨石之上。

楚小楓一瞧不對，大聲喝道：「散開。」

突然就地一個轉身，閃到了一丈開外。

那黑色之物，擊在了石塊之上，蓬然一聲，爆散成一片黑色的煙粉。

陳先生卻借那一片黑色的煙粉掩護，疾奔而去。

黑色的煙粉，很快散落在地上。
王平仔細瞧了一陣，道：「好像黑色的砂子一樣。」
簡飛星道：「這算是什麼暗器，剛打出來時，還真把咱們嚇了一跳。」
楚小楓道：「一定有它的作用，只是咱們一時間，想不出來。」
簡飛星一凝神，道：「聽，什麼聲音？」
楚小楓凝神聽了一陣，道：「好像是蜂。」
王平道：「如是真是大批的毒蜂，那可能不易抗拒，咱們避一避。」
簡飛星道：「來不及了。咱們到那塊大石後，用兵刃，必要時撕下衣服，對付毒蜂。」
王平道：「好！這些年，我對付過不少惡人，對付毒蜂，倒還是第一次。」
幾個人一面談話，一面向後退去。
楚小楓一面不停地伸手在地上挖一些沙石，放入袋中。
王平等立刻瞭解了楚小楓的用意，大家都伸手抓了一些沙石。
巨石旁有一棵短松，楚小楓順手折下一節松枝。
王平和陳橫也折下了幾根松枝。
幾人不過剛剛藏好身子，一陣嗡嗡之聲，傳入了耳際。
抬頭看去，只見長過寸許的巨蜂，直飛而來。
簡飛星道：「好大的黃蜂，我行走了幾十年的江湖，從來沒有見過這麼大的黃蜂。」
王平道：「咱們如有一支火把，那就更有用了。」

楚小楓打量了一下四周的形勢，道：「想法子封住右面洞口。」

原來，這塊巨石，向前伸張，形如伸出的屋簷，只有右面缺了一角，巨蜂可以由空中直衝而下。

簡飛星道：「為了保存氣力，咱們分成三班，防守右面。」

楚小楓道：「好！我先和大哥聯手，試試看能不能找出一個辦法來。」

這時，已有十餘隻巨蜂，向石岩下衝來。

楚小楓一揚手，一把沙石飛出。灌注了內力的沙石，勁道很強。

十幾隻巨蜂，全被擊斃。

楚小楓一擊得手，信心大增。

簡飛星揚手打出一把松葉。

用的是滿天花雨手法，松針出手之後，忽然間散開一片，數十隻巨蜂，又被擊落。

王平、陳横、成方、華圓，齊齊揚手，打出沙石、松葉。

又擊落了數十隻巨蜂。

但聞嗡嗡之聲，越來越大，片刻之間，千隻以上的巨蜂，盤飛在洞口上面，遮天蔽日。

如此之多，使得楚小楓等人，手中執著沙石、松葉，竟不敢再投擲出手。

如若那數千隻的巨蜂，一齊攻落了下來，決非幾人所能抵擋。

簡飛星發覺避入這石岩之後，反而成了絕地。

如是那巨蜂擁入，既無法抗拒，而且也無法閃避。

最麻煩的是，這石岩下地方狹小，施展不開，空有一身功力，無法發揮威力。
本是躲避巨蜂而來，反而變成了為蜂所困。
每個人，都有這種感覺，不過，都沒有說出來。
楚小楓苦笑一下，道：「想不到啊！原想可以藉巨岩，擋一擋巨蜂，但看目下情形，似乎選錯了地方。」
簡飛星道：「各有利弊，這地方限制了咱們，無法施展，不過，也有好處，巨岩擋去了不少空間，眼下之計，咱們要研究一個辦法，堵死這片洞孔。」
楚小楓道：「小弟站在洞口外面，以手中松枝，拒住正面，大哥和王平等，守在洞口之中，拒擋滲入毒蜂。」
簡飛星哈哈一笑，道：「不過，換一個人就行了。」
王平道：「在下如何？」
簡飛星道：「不行，換我。」笑一笑接道：「我練的是混元氣功，運氣之後，衣衫鼓鼓，全身堅如銅鐵，可以抗拒刀槍，我相信牠們螫中我的機會不大，再說蜂尾毒刺，也未必能傷得了我。」
楚小楓道：「這等巨蜂，不在牠蜂尾的刺戮，而在牠的蜂針上之毒。」
簡飛星道：「牠如無法傷我，又如何能使我中毒。」
楚小楓抬頭看去，只見巨蜂盤旋，只在空中飛舞，卻未見落下。
簡飛星緩步行了出去，站在洞外，身上衣服，果然都鼓了起來，顯見他的氣功，已到了爐火純青之境。

奇怪的是，那巨蜂一直未再向下撲擊，而且，盤旋了一陣之後，竟然掉頭而去。

簡飛星望著飛去的巨蜂，道：「小楓，這是怎麼回事？」

楚小楓道：「小弟也想不通。」

簡飛星道：「小楓，陳先生的話，也許有點道理，你得仔細地想想看了。」

楚小楓道：「想什麼？」

簡飛星道：「想想看，你是不是認識那位大先生。」

楚小楓道：「大哥，這是絕對不可能的事。」

簡飛星道：「如若他用另一種身分和你見過面呢？」

楚小楓道：「這個，小弟就無法斷言了。」

簡飛星道：「不論這一仗，如何的凶險、慘烈，但情勢很明顯，敵我相對，各憑本領，放手一搏，但目下的形勢，卻似乎越變越複雜了。」

楚小楓道：「他們如此作法，用心何在呢？」

簡飛星道：「這就要大費推敲了，不過，有一點確是不錯。」

楚小楓道：「哪一點？」

簡飛星道：「他們對你相當的忍讓。」

楚小楓道：「小弟也覺著奇怪。」

王平道：「陳先生倒不是忍讓，而是怕公子殺了他，但這一次，他們招走了巨蜂，卻是有些奇怪的了。」

楚小楓道：「我想事情不會就此停住，他們必有下一步的行動。」

只聽一個清亮的聲音，傳了過來，道：「楚小楓，毒蜂已去，請下來吧！」

楚小楓轉頭向下望去，只見一頂九曲黃羅傘下，罩著一把虎皮金交椅，上面坐著一個人。四周黃傘垂遮，看不清楚對方的形貌，但衣著淡紅，十之七、八，是一位女的。虎皮交椅的兩側，站著兩個女婢，四個抬椅的女人，都是又黑又高的大腳婦人。

招呼楚小楓的正是陳先生，站在交椅前面。

楚小楓行了過來，七尺外停住腳步，道：「叫你先生呢？還是夫人？」

傘中人道：「都一樣，不過，本組合卻以先生排名，你就叫我二先生吧……」

笑一笑，接道：「楚小楓，有一件事，我想說明，我還是雲英未嫁之身，一定不願叫我先生時，那就叫我小姐。」

楚小楓道：「二小姐。」

傘中人笑一笑，道：「好，楚小楓，你就算是我們的敵人，也是個很可愛的敵人。」

楚小楓道：「二小姐，大先生之外，好像你是第二把交椅上的人物了。」

二小姐道：「這該不是一件太難猜測的事，我這個身分，夠不夠和你談談？」

楚小楓道：「二小姐有什麼吩咐？」

二小姐道：「我來此之前，大先生告訴我一句話。」

楚小楓道：「他說些什麼？」

二小姐道：「他要我奉勸閣下一句話，螳臂永遠不能擋車。」
楚小楓道：「我瞭解這個意思，不過，我覺著，我不是螳臂，他們也不是車。」
原本溫柔的聲音，突然間變得十分冷漠，道：「楚小楓，我可以更改大先生的決定。」
楚小楓道：「哦！什麼決定？」
二小姐道：「殺了你。」
楚小楓冷冷說道：「這些日子之中，你們哪一天不想殺我？」
二小姐道：「但卻沒有殺你，那並非是不能殺你，而是奉命不殺你。」
楚小楓道：「這話是什麼意思？」
二小姐道：「因為大先生有些袒護你，他們都不太敢下手。」
楚小楓道：「在下不認識大先生，他又為什麼袒護我？」
二小姐道：「你如還活著，我相信很快會見到大先生，你自己去問他吧。」
楚小楓道：「明天能不能見到他？」
二小姐道：「問題在你還能不能活到明天。」
楚小楓道：「誰能殺我？」
二小姐道：「我，而且，我也是唯一能夠變更大先生令諭的人。」
楚小楓淡淡一笑，道：「有一件事，不知二小姐是否知曉？」
二小姐道：「說說看！」
楚小楓道：「你們控制了我的家人，而且，還要殺他們。」

二小姐道：「有這回事！大先生雖然對你有一份偏愛，但我們決不會因那份偏愛，對你有太多的放縱。」

楚小楓道：「這件事，如若是真的，我覺著很卑鄙。」

二小姐沉吟了一陣，道：「手段是有些不太光明，但很有效，是麼？」

楚小楓道：「以你們的實力，實在是不應該如此下流。」

二小姐怒道：「楚小楓，你的話，越說越難聽了。」

楚小楓道：「你如有信心殺我，那就不應該對付我的家人。」

二小姐道：「我們原來不想殺你，但你如太放肆，那就很難說了。」

楚小楓道：「現在，還沒得到大先生的回音，大概還不致傷害到我的家人吧！」

二小姐道：「我可以立刻要他們傳出殺人的令諭。」

楚小楓冷冷說道：「二小姐，在下不會屈服，我也不相信你真能殺得了我。」

二小姐道：「聽你的口氣，似乎是向我挑戰了。」

楚小楓道：「如若二小姐肯指點兩招，在下倒也歡迎。」

二小姐忽然嘆一口氣，道：「楚小楓，你實在狂得可以。」

楚小楓道：「二小姐要如何決定呢？」

二小姐道：「成全你，不過，有一個條件。」

楚小楓道：「請說。」

二小姐道：「除你之外，我不願再見任何的人，要你的幾位從人朋友，退到看不到的地方。」

楚小楓道：「你的人呢？」

二小姐道：「自然也是要退走。」

楚小楓沉吟不語。

但二小姐，已經喝叱從人，向後退去。

楚小楓回顧了簡飛星等一眼，道：「大哥，帶他們退到那巨岩後面去，小弟如有需要，自會招請大哥。」

簡飛星道：「好！你要小心。」帶著王平等轉身而去。

山谷中只餘下楚小楓和黃羅傘下的佳人。

楚小楓的目光，可以看到傘簾垂遮之內的情形。

一個穿著黃衣的婦人，端坐在金交椅上。

只是她臉上又戴了一片黃紗，所以無法看到她的面目。

事實上，她的雙手，也隱在了長袖之中，無法看得清楚。

只能從她衣著的體形上，看出她是個女人。

所有的人，都退出到視線之外，二小姐才緩緩啟開傘簾，行了出來，道：「楚小楓，我不想咱們兵刃相見，所以，我希望取下了頭上的面紗之後，咱們能談得很愉快。」

楚小楓道：「哦！」

二小姐道：「楚小楓，我要一個肯定的答覆。」

楚小楓道：「二小姐還未提出問題，在下如何回答呢？」

二小姐道：「楚小楓，你可知道我為什麼戴著面紗麼？」

兩人相對而立，相距也不過是四、五尺遠。

楚小楓道：「不知道。」

二小姐道：「見過我真正面目的人，只有兩種結果。一個是我的朋友，一個是我的仇人，你算算看，我們做朋友的機會如何？」

長垂的袖中，露出了一雙手，一雙靈巧、美麗的手。

楚小楓道：「朋友之道，應該是沒有什麼條件才對，有了條件的朋友，也不是真正的朋友，如若二小姐覺著咱們很難談得融洽，那就不要取下你的面紗。」

二小姐道：「楚小楓，你一點不覺著好奇麼？」

楚小楓道：「不！我很好奇，我也希望你取下面紗，看看你的真正面目，不過，你戴著面紗必有原因，如因我的好奇，觸犯了你的忌諱，造成了不愉快的場面，那就得不償失了。」

二小姐點點頭，道：「你小小年紀，有著如此的自制能力，實在不是件容易的事。」

楚小楓道：「多謝二小姐的誇獎。」

二小姐道：「我聽陳先生說，他已經給你解說過，關於你們無極門的事。」

楚小楓道：「解說經過，也不能消滅那種滅門的仇恨。」

二小姐道：「只是這一點障礙，阻止了你投入我們這個組合，我們會給你一個很完美的答覆。」

楚小楓道：「哦！」

二小姐道：「怎麼樣？這能不能使你滿意？」

楚小楓道：「我很奇怪，你為什麼一定要這樣爭取我。」

二小姐格格一笑，道：「我欣賞的，就是你這一份聰明，老實說，你的武功不錯，但那不是我們千方百計爭取你的主要原因，我們特別需要你這樣的人才。」

楚小楓道：「人貴自知，我瞭解自己對貴組合，並沒有那份特別的重要。」

二小姐道：「重要？不重要？我們又為什麼花了這麼大的工夫爭取你？」

楚小楓道：「我自己實在想不出，原因何在？」

二小姐道：「楚小楓，不要對春秋筆寄予希望，他不會幫助你，也不要寄望於江湖上各大門戶，他們力量有限，何況，他們也不會如你所想的那麼樣正直、磊落。」

楚小楓笑一笑，接道：「我不仗憑哪一個，我只是說明，江湖上還有不少有血性的漢子，他們明知力量有限，也要捨命一拚。」

二小姐冷冷說道：「這麼說來，你是執迷不悟了？」

楚小楓道：「如照在下的說法，應該是擇善固執。」

二小姐冷冷說道：「你練過了大羅十二式？」

楚小楓道：「陳先生這麼說過。」

二小姐道：「大羅十二式，乃劍法中的至高奇學，但不知你有了多少火候？」

楚小楓道：「不太久。」

二小姐道：「我已經練了十年。」
楚小楓道：「哦！」
二小姐道：「你亮劍吧！我既不能把你收服過來，只有殺了你，以絕他們的念頭。」
楚小楓道：「我可以捨命相陪，不過，在下有一點請求，還望二小姐成全。」
二小姐道：「說吧！」
楚小楓道：「不要傷害我的家人，他們不會武功，也不是江湖中人。」
二小姐沉吟了一陣，道：「好！你如死在此地，我就答應你的請求。」
楚小楓恭恭敬敬行了一禮，道：「得此一諾，死而無憾。」右手緩緩握到了劍柄之上。
二小姐肅立不動。
楚小楓握劍右手，緩緩鬆開。
二小姐道：「為什麼不出手？」
楚小楓道：「二小姐未帶兵刃？」
二小姐道：「真正殺人的劍，要放在看不到的地方。」忽然一揚右手。
但見寒光一閃，一道冷森的劍芒，已然抵在楚小楓的咽喉之上。
楚小楓呆了一呆，道：「好快的出劍手法。」
二小姐微微一笑，道：「楚小楓，現在如若要殺你，是不是舉手之勞？」
楚小楓不能不承認。
二小姐緩緩收了長劍，道：「至少，你可以相信一件事了！」

楚小楓道：「哦！」

二小姐道：「我們能殺你，只是沒有殺你罷了。」

楚小楓道：「我只相信二小姐能殺我，因為，你已經證明了你有這樣的本領。」

二小姐嗤的一聲，道：「你這人，真是倔強的可愛，很服從真理。」

楚小楓道：「我可不可以說幾句歪理？」

二小姐道：「好！你請說。」

楚小楓道：「你出劍比我快，我是承認了。」

二小姐道：「但是，你還有些不相信，我能打得過你。」

楚小楓道：「如是你真的能打得過我，我就更佩服了。」

二小姐道：「楚小楓，我可以再給你一個機會，不過，證明之後，你準備如何？」

楚小楓淡淡一笑，道：「照一般江湖上規矩說，我應該棄劍認輸，任憑處置，對麼？」

二小姐道：「可是，你不願照一般的江湖上規矩行事？」

楚小楓道：「是！」

二小姐道：「好，說出來，你的打算？」

楚小楓道：「不用說出來，到時間，我會給二小姐一個滿意的交代。」

二小姐點點頭，道：「行！你亮劍。」

楚小楓感覺得出，二小姐，對他有著很大的忍讓。

輕輕吁一口氣，手握在劍柄之上，楚小楓有些黯然地說道：「二小姐，在下還有一個不情之求。」

二小姐道：「你說吧！」

楚小楓道：「我如勝了二小姐一招半式的，只求二小姐能夠放過我的家人。」

二小姐道：「那當然，你勝了我，可以提出任何條件。」

楚小楓道：「你們恨的、怨的，只是我一個人，所以，我想，就算我敗了，你們也不應傷害到我的家人了。」

二小姐道：「我們這個組合行事，只講求效用，不大會注意到，手段是否應該……」

楚小楓接道：「二小姐，我是說，我如不再成你們的敵人，那總該放過我的家人吧？」

二小姐道：「這個，你可以放心，你如不再是我們的敵人，他們不但不會受到傷害，我們還要全力保護他們。」

楚小楓道：「保護倒是不用了，我希望他們能過著像過去一樣平靜的日子，他們不是江湖人，最好不要捲入江湖的是非中。」

二小姐道：「好吧！我答應你，而且，一定可以辦到。」

楚小楓一抱拳，道：「多謝二小姐了。」

二小姐居然微微欠身，還了一禮，道：「不用多禮。」

楚小楓唰地抽出了長劍，道：「二小姐，小心了，我要出手啦。」

二小姐點點頭，道：「請便。」

楚小楓一劍刺出。

二小姐閃身避過。

她的袖中劍並未施用，看來，她還是留著兩手。

楚小楓本想要出聲，但想一想，對方的武功，高過自己，用不著再招呼人家了。

心中念轉，手中的長劍，卻展開了激烈絕倫的攻勢。

但見寒芒閃動，一片劍芒，直捲過去。

二小姐的神情，忽然間變得十分冷肅，右手一揮，寒芒流轉，封擋楚小楓的劍勢。

楚小楓劍法很雜，每一招，都不相同，但卻很具威力。

二小姐接下了五十招後，竟無法再站穩原處，被逼的身子游動，揮劍接擋楚小楓的攻勢。楚小楓的強大，完全出了她的意料之外。

二小姐疾快封擋楚小楓三劍之後，緩緩說道：「住手。」

楚小楓收住劍勢，嘆息一聲，道：「在下很慚愧，想不到，我連攻八十餘招，仍難越雷池一步。」

二小姐道：「你已經不錯了，逼得我出劍，而且，又逼得我移動身軀。」

楚小楓道：「不過，我知道，我完全沒有勝過你的機會。」

二小姐道：「當今武林之中，能夠勝我的人本就不多。」

楚小楓道：「二小姐，希望你答應我的事能夠做到，不要傷害我的家人。」

忽然倒轉長劍，鋒利的劍芒，指在咽喉上。

二小姐道：「楚小楓，你要幹什麼？」

楚小楓道：「我說過，我會給你一個很完美的交代。」

二小姐道：「自刎？」

楚小楓道：「我知道，我絕對無法勝過你。」

二小姐道：「其實，楚小楓，你還有相當的機會，至少，你還未用出大羅十二式。」

楚小楓道：「陳先生會兩招，以你的身分，應該是全會了。」

二小姐格格一笑，道：「你好像是一個很容易認輸的人。」

楚小楓道：「不！我確知自己無法為武林正義盡心力時，退而求其次的救我的家人。」

二小姐沉吟一陣，道：「楚小楓，你連死都不怕，這世上，沒有你怕的事了。」

楚小楓道：「嗯！」

二小姐道：「為什麼不投入我們的組合中，以你的武功，可以坐第五把交椅。」

楚小楓道：「我無能對付你們，已經很不安了，難道，還要我投降過去。」

二小姐道：「好吧，你一定要死，那就請便，不過，我可沒有答應你，一定保證你的家人安全。」

楚小楓心中暗道：「看來，我對他們確有另一種價值，所以，他們一直想要我活下去。」不過，他實在想不出自己對那個組合，會有什麼樣的價值？

目的已達，再不借機下台，似乎就很難再有這麼好的機會了。

心中念轉，緩緩收了長劍，道：「二小姐，你的意思，是說了不算啦？」

二小姐道：「如何處置你的家人，我還無權決定，最好的辦法，那就是你去見過大先生，要他親口的保證。」

楚小楓忖道：「看馬的老陸，給我一本撕皮的無名劍譜，上面的大羅十二式，卻又是那位大先生的生平絕學，他們想問我要什麼？老陸死了，但卻死不見屍，空墳空棺，分明是有意的裝死，他究竟在幹什麼？」

重重的疑問，紛至沓來，湧上了心頭，一時間，竟然忘記回答對方之言。

二小姐笑一笑，道：「意下如何？」

楚小楓道：「到哪裡見大先生？」

二小姐道：「不太遠，你如同意了，我就帶你去。」

楚小楓心中暗道：「說來說去，就是要我離開此地，明天，就是春秋筆出現的日子了，好像，他們的用心，就是不希望我見到這件事情。」

二小姐似是已經瞧出楚小楓心中的為難，輕輕吁一口氣，道：「楚小楓，你是不是在心中充滿好奇？」

楚小楓道：「二小姐意思是指……」

二小姐接道：「你很想看一看春秋筆出現的情形，是麼？」

一下子被人說穿了心事，楚小楓只好承認，道：「不錯，春秋筆轟動天下，無人不知，無人不曉，這個人，必須要看一看，看他如何出現，看他說些什麼？」

二小姐沉吟了一陣，道：「楚小楓，你相不相信這件事？」

楚小楓道：「傳言確鑿，我怎能不信呢？」

二小姐道：「楚公子，一個人，縱然有通天徹地之能，也無法在江湖上縱橫自如……」話似乎是沒有說完，但卻突然住口不言。

楚小楓仔細地品評餘韻，感覺若有所指，暗暗分析了一下，道：「春秋筆被你收買了，或是殺了？」

二小姐道：「楚小楓，有些事只能意會，不可言傳，你自己去想想吧，想通了，就擺在心裡。」

楚小楓暗暗嘆息一聲，忖道：「看來，我還是低估了他們，這一個組合具有的能力、計劃的精密，可算得史無前例了。」

只聽二小姐接道：「楚小楓，你想通了沒有？」

楚小楓心中一動，暗道：「我不能表現得很笨，但也不能表現得太聰明。」目睹處境的艱困，楚小楓忽然激起了強烈的鬥志。

輕輕吁一口氣，搖搖頭，道：「二小姐，在下還未能完全想通。」

二小姐道：「想不通，那就慢慢想吧！不過，你準備目睹春秋筆出現這一件事，似乎是很難如願的了。」

楚小楓道：「二小姐，如是在下請求留此一看春秋筆出現，不知能不能獲得允准？」

二小姐道：「不能，太陽下山之前，你必須離開此地。」

楚小楓道：「去見大先生？」

二小姐道：「你如關心你的父母、家人，那就只有一個辦法，去見大先生。」

楚小楓點頭道：「好吧！我去跟他們交代一聲。」
二小姐道：「誰？」
楚小楓道：「跟我來的人。」
二小姐道：「好！我等你，交代他們一聲，咱們立刻上路。」
楚小楓道：「二小姐要帶我一起走？」
二小姐道：「怎麼？是不是你覺著我長得很醜，所以，你不願跟我走？」
楚小楓道：「不！在下已經自知非姑娘之敵，輸了麼，自然要認！」
轉身向簡飛星道：「簡大哥，我要跟那位二姑娘去了。」
簡飛星道：「為什麼？」
楚小楓道：「因為，我打不過她！」
簡飛星道：「兄弟，我幫助你和她決一死戰。」
楚小楓道：「大哥，自然，小弟也希望跟她去一趟，看看那一位統率這個組合的人，是一位什麼人物？」
簡飛星道：「兄弟，你這不是自投羅網嗎？」
楚小楓道：「大哥，小弟已別無選擇了。」
簡飛星道：「為了你的家人？」
楚小楓道：「除了為我的家人之外，還有兩個原因。」
簡飛星道：「什麼原因？」

楚小楓道：「第一，我不是她的敵手，第二，我如不去見見那位大先生，只怕我們都很難逃過他們的搏殺。」

簡飛星一皺眉頭，道：「這麼嚴重嗎？」

楚小楓道：「是！」

簡飛星道：「咱們能不能放手一戰？」

楚小楓道：「勝算太小，而且，一次投進去，就是上百條的人命，代價也太大。」

簡飛星嘆息一聲，道：「想起來，也是一件很奇怪的事情，過去，春秋筆每次在江湖上出現，武林中各大門派的掌門人，大家都會趕來，這一次，除了咱們這一批人外，好像來的人並不太多。」

楚小楓道：「是！小弟也有此感。」

簡飛星道：「我參加過一次春秋筆的出現大會，那一次是在南嶽衡山，春秋筆出現之前，衡山大道足足有四、五百人之多，而且，有不少都是各門戶的主持、掌門，這一次好像他們都沒有來。」

楚小楓道：「大哥，如果他們沒有來，那還是好事。」

簡飛星道：「你是說，他們來了？」

楚小楓道：「這個，小弟不敢斷言，不過，他們都不來，豈不是一件很可疑的事。」

簡飛星也想到了一件很可怕的事，但忍下去沒有說出來。

王平低聲道：「公子，一定要去，我們可不可以跟你去？」

簡飛星道：「對！兄弟，你要去，至少也該帶兩個人去。」
楚小楓道：「帶他們去，我也想不出，會有什麼幫助。」
簡飛星道：「兄弟，你說得有道理，不過，此去禍多於福，多帶兩個人去，至少也可以多一個商量事情的人。」
王平道：「我去……」
成方、華圓道：「不！我們是一道侍候公子的人，應該我們去照顧公子。」
王平道：「成方，你們應該去，不過，我的江湖經驗多，也許會有些小幫助。」
簡飛星點點頭，道：「這樣吧！王平、成方你們兩個人去，一個照顧他的生活，一個也可以在需要時出點主意。」
楚小楓道：「好！大哥，請帶陳橫、華圓回去，告訴白眉大師，研究一個自保之策。」
簡飛星道：「兄弟，還有沒有別的交代？」
楚小楓道：「大哥，目前，我們的處境都在激變，已經沒有什麼計劃可言了，咱們的想法，已經完全走了樣，目下，咱們只有隨機應變了，不過，最重要的目的，就是減少死亡。」
簡飛星道：「兄弟，我明白了。」
楚小楓道：「小弟去了。」
回顧了王平和成方一眼，道：「你們暫時守在這裡，我先去告訴那位二小姐，你們聽我的招呼後再去。」

卅八　幕後主謀

二小姐似是很有耐心，一直等他走近，笑一笑，道：「你辦完了事情？」

楚小楓道：「是！辦完了，不過，在下還有一件事，請教二小姐。」

二小姐道：「不敢當，你請說吧！」

楚小楓道：「我想帶兩個人去。」

二小姐道：「帶兩個人幹什麼？」

楚小楓道：「只是帶兩個，跟著我、照顧我生活的人。」

二小姐道：「好吧！帶他們一起去吧！」

楚小楓道：「二小姐，也請上轎吧！」

二小姐道：「楚小楓，你好細心，和你做敵人，就有著不同的感覺，如是做朋友，我相信那會更愉快了。」

楚小楓道：「這個，要試試看，才會證明了。」

二小姐回手招過她乘坐的傘轎。

楚小楓也招來了成方、王平。
他沒有再多問一句話，就跟在二小姐傘轎之後。
行過十餘里，翻過了兩座山峰，到了一座幽谷之中。
楚小楓道：「王平、成方，你們留在這裡。」
二小姐下了傘轎，舉步向前走去。
楚小楓緊追身後，道：「二小姐，我們可是去見大先生麼？」
二小姐道：「是！」
楚小楓道：「大先生是不是和你一樣，也戴著面具見人？」
二小姐道：「但願你能見到他。」
楚小楓道：「二小姐的意思是……」
二小姐沒有回答，逕行入翠松環繞的一座茅舍中。
這座茅舍，外面看絲毫不起眼，但裡面卻布置得豪華，白毯鋪地，絲綾幔壁。
四張太師椅上，也都鋪著黃色的墊子。
二小姐道：「你請坐吧……」
直行入內室之中。
楚小楓四顧了一眼，在一張太師椅上坐下。

這座客廳很大，但卻只有他一個人。
楚小楓腦際中泛起了看馬老陸的影子。
難道，那一個扮做看馬的老人，真的會是這個組合神秘的頭兒？
他靜靜地坐著，不知道過去了多少時間。
忽然間，一陣細碎的步履之聲，傳了過來。
楚小楓轉頭看去，只見一個綠裙、綠衫的女子，緩步行了過來。
她走得很慢，步履很優雅，給人一種穩健、高貴的感覺。
她是很美的女子，卻有一股冷艷的味道。微微對楚小楓點點頭，走到楚小楓對面坐下。
楚小楓微微一笑，道：「請教姑娘貴姓？」
綠衣女子淡淡一笑，卻未答話。
忽然間，一個威重的聲音，傳了過來，道：「楚小楓，你仔細地聽著，老夫問你的話，你要據實回答。」
楚小楓道：「你是誰？」
那威重的聲音道：「你來這裡要見什麼人？」
楚小楓道：「我來見大先生。」
那威重的聲音道：「對！我就是你要見的大先生。」
楚小楓沉吟了一陣，道：「我們見過面麼？」
大先生道：「楚小楓，你想想，咱們可能見過麼？」

楚小楓嘆息一聲，道：「現在，我好像不敢對任何事情下定論了。」

大先生道：「你失去了信心？」

楚小楓道：「有些絕對不應該發生的事情，但它發生了，有些可以相信的人，但卻變得十分神秘，不可相信。」

大先生道：「楚小楓，你似是有感而發？」

楚小楓道：「是！我有太多的感慨！」

大先生朗朗大笑一陣，道：「楚小楓，可惜，我們不是把盞言歡，你有很多的痛苦，我卻無暇聽你訴說。」

楚小楓道：「那麼，大先生請在下來，有何見教呢？」

大先生道：「我的時間不多，所以，咱們的談話，越明朗越好。」

楚小楓道：「你吩咐！」

大先生道：「你要不要和我合作？」

楚小楓道：「不敢當，小楓末學後進，如何能和大先生合作呢？」

大先生冷笑一聲，道：「楚小楓，我已經說得很明白了，我需要很明確的答覆。」

楚小楓道：「在下已經答覆了。」

大先生道：「那是說，不肯和我合作了？」

楚小楓道：「在下自知不配。」

大先生道：「好！楚小楓，你既然不願和我合作，那你準備如何？」

楚小楓道：「我的父母、家人如何？」

大先生道：「他們很好。」

楚小楓道：「那就行了，放過我的家人，楚小楓退出江湖，自廢武功，從此耕讀終生，不再問江湖中事！」

大先生道：「第一，你這一身武功，廢了未免可惜。」

楚小楓一笑，道：「這是在下的事，不勞閣下費心。」

大先生道：「第二，你真能退出江湖麼？丐幫幫主、排教教主，他們會放過你麼？」

楚小楓道：「他們……」

大先生接道：「他們對你寄望太深，如何會放過你呢？」

楚小楓道：「如若我堅持不出，他們又能奈我何？」

大先生道：「楚小楓，這個辦法行不通，咱們不用爭論了。」

楚小楓道：「我有些不明白，在下如若自廢了武功，他們就算使我復出，我又能幫他們什麼？」

大先生道：「楚小楓，我說過，這件事，我不同意。」

楚小楓道：「大先生希望在下如何呢？」

大先生道：「第一，和我們合作，第二，你自己自絕一死，斷了他們對你的寄望。」

楚小楓道：「只有這兩條路？」

大先生道：「對！你可以選擇一條。」

楚小楓道：「我的家人呢？」

大先生道：「他們只是受你牽累，正如你所說，他們不是江湖人，但你是！你如一死，他們就和江湖中事無關了，我們不會去傷害一些全然和江湖事務無關的人。」

楚小楓道：「現在麼？」

大先道：「對！我要看著這件事情解決。」

楚小楓轉頭望去，不見王平、成方，想是留在茅舍之外，未允許他們進來。輕輕吁一口氣，道：「大先生，我死之後，屍體可不可以交給他們帶走？」

大先生道：「可以。」

楚小楓道：「在下還請求大先生一件事，能不能放過和我同來的人？」

大先生道：「我答應你給他們一個選擇，生與死的選擇。」

楚小楓望了對面而坐的綠衣少女一眼，只見她神情冷肅，一副洗耳恭聽的樣子。緩緩站起身子，活動了一下雙臂，笑道：「想不到，我楚小楓身上的寶劍，竟然是用來取我自己的性命，大先生，我可以死，不過，我在死去之前，希望見你一面。」

大先生道：「又何必多此一舉呢？」

楚小楓道：「一個心願，否則，我會有死不瞑目的感覺。」

大先生道：「好！我可以成全你，不過，我希望你也表現出求死的決心。」

楚小楓道：「要我如何表現？」

大先生道：「最好的辦法，就是你先廢了武功，如是你不同意，我們再出手殺你。」

楚小楓道：「可不可以找我的人進來？」

大先生道：「我看，你先自廢了武功，再招呼他們。」

楚小楓道：「大先生毋怪能領導這個組合，為人竟然是如此謹慎。」

大先生道：「解決一件事，就解決得十分清楚，我不想留下後患。」

楚小楓暗暗提一口氣，舉起了右掌，正想自碎天靈，心中突然一動，忖道：「我就這樣死了，豈不是不明不白地死去，至少，也該交代王平他們幾句話。」

心中念轉，又放下了右掌。

大先生道：「怎麼，改變心意了？」

楚小楓道：「不是，但我覺著，怎麼死，應該照我的法子辦。」

大先生道：「哦！」

楚小楓提高了聲音，道：「成方、王平何在？」

只聽王平的聲音應道：「我們在此！」

楚小楓道：「進來，我有話說。」

片刻之後，成方、王平，緩步走了進來。

一見楚小楓，兩人立刻加快了腳步，行到了楚小楓的身側。

楚小楓道：「我要死了，你們帶走我的屍體。」

王平呆了一呆，道：「公子，為什麼一定要死？」

楚小楓道：「一個人活下去，必須有他活下去的價值，現在我已沒有活下去的價值。」

王平道：「這是什麼話，公子，你若覺著自己沒有什麼活下去的價值，小的們，豈不是早就該死了。」

楚小楓苦笑一下，道：「價值的計算方法，是一個人活著的用途，和他生命的對比，我如能力挽危亡，砥柱中流，為整個武林帶來和平，我自然不能輕易言死，但如我無能為江湖效力，那就不妨想法子救救別人了。」

王平道：「公子要救什麼人？」

楚小楓道：「我的家人。」

王平沉吟了一陣，道：「公子，你確知他們會放了你的家人麼？」

楚小楓道：「他們答應我了。」

王平道：「公子，他們有什麼辦法，能夠保證呢？」

楚小楓道：「這個麼，他們沒法保證，我只有信任他們的承諾了。」

王平回顧了那綠衣麗人一眼，只見她正襟危坐。

就像是一個木頭人一樣。

王平輕輕咳了一聲，道：「公子，他們既然沒有保證，你又為什麼一定要死呢？至少，公子也應該見到了老太爺的安全之後，再死不遲。」

楚小楓怦然動容，緩緩說道：「王平，你說得也有道理。」

王平道：「小的只不過是提供一得之愚，希望公子能三思。」

楚小楓點點頭，目光轉注到那綠衣麗人的臉上，道：「姑娘，你可以開尊口了。」

綠衣麗人搖搖頭，微微一笑。
她笑得很美，笑得像盛開的百合。
楚小楓道：「為什麼，你不肯說話？」
綠衣麗人又搖搖頭。
她似乎是拿定了主意，就是不說話。
楚小楓從來沒有遇上過這等難事，明知道她會說話，但她就是不肯開口，此情此景之下，楚小楓既是不能硬逼，也不便軟求，一時間，竟然想不出一個使她開口的辦法。
王平輕輕吁一口氣，道：「公子，這件事，似乎是越來越不對了，公子千萬不可輕生。」他只想說服楚小楓，只要楚小楓能夠不死，什麼話，他都可以說。
楚小楓笑一笑，忽然站起身子，道：「大先生，我想通了一件事。」
大先生道：「什麼事？」
楚小楓道：「你是不是真有把握殺了我？」
大先生道：「那應該是不太難的事。」
楚小楓笑一笑，道：「你？還是這位綠衣姑娘？」
大先生道：「兩個人都能。」
楚小楓霍然站起身子，道：「二小姐，你不敢說話，怕我聽出了你的聲音。」
那綠衣女子緩緩站起身子，道：「楚小楓，你實在很聰明。」
楚小楓道：「姑娘，如非大先生提醒我，我還真想不到。」

楚小楓道：「我如戰死於此，你們不用再殺害我的家人，我如今日勝了，你們更不能殺害他們。」

綠衣女子道：「你不管你的家人了？」

楚小楓道：「對，是戰死，不是自刎。」

二小姐道：「可惜，你死定了。」

大先生怒喝的聲音，傳了過來，道：「楚小楓，你放肆得很。」

楚小楓道：「你們要殺我，我不願束手就戮，就算是放肆了嗎？」

大先生道：「楚小楓，我對你已經有太多的容忍，現在，我決定先殺了你。」

楚小楓道：「我幾乎在一件很完美的設計下，自絕死了，但現在，我已決定了一件事，反抗，我可以被你們殺死，但我不會自絕。」

大先生道：「好，我會要你如願。」

綠衣女子突然站起了身子，道：「楚小楓，我原想，我們會好好地相處一些時日，想不到，竟然會這麼快就翻臉了。」

大先生道：「殺了他，越快越好。」

楚小楓手握劍把之上，道：「你也亮兵刃。」

他已吃過了一次大虧，這一次，絕對不敢再大意。

綠衣女子緩緩說道：「楚小楓，我沒有帶劍。」

楚小楓道：「那就很抱歉了，目下江湖上，人心不軌，我也用不著太客氣了。」

右手一抬，長劍出鞘，冷冷的劍芒，已然逼在了綠衣麗人的咽喉之上。

楚小楓只覺著這一劍太容易，得手也十分快速，心中暗道：「看來，先下手為強一說，果然不錯。」

綠衣女子輕輕吁一口氣，道：「大先生，我已經被他制住了。」

大先生道：「怎麼會？」

楚小楓道：「你怎不出來瞧瞧，我只要長劍一送，就可以刺穿她的咽喉。」

忽然間，一扇暗門大開，一個臉上戴著青銅面具的人，緩緩行了出來。

他穿著一件青衫，步履穩健、從容，直對兩人走了過來。

楚小楓道：「站住，再要往前走，我可能會殺了她。」

青衫人停下腳步，道：「楚小楓，放了她！」

聲音果然和大先生一樣。

楚小楓冷冷說道：「你就是大先生？」

青衫人道：「不錯，放了她！」

楚小楓道：「我為什麼要聽你的！」

青衫人道：「因為，你不敢殺她！」

楚小楓怒道：「我為什麼不敢！」

青衫人道：「你不妨試試看。」

楚小楓道：「我……我……你好像一點都不在乎她的生死。」

青衫人道：「你不敢，也不會，因為你是聰明人。」
楚小楓冷笑一聲，道：「以我目前的處境，我能殺一個，就可以夠本。」
青衫人道：「嗯！我認為你不敢。」
綠衣女子突然嘆息一聲，道：「楚小楓，你下手吧！他是在有意地激怒你。」
楚小楓道：「激怒我殺了你？」
綠衣女子道：「不錯。」
楚小楓道：「為什麼？」
綠衣女子道：「鳥盡弓藏，兔死狗烹，這個道理很淺顯。」
青衣人怒道：「二先生，你胡說什麼？」
綠衣女子苦笑一下，道：「我早已經想到了自己的命運，不過，我沒有想到你會下手這麼快。」
大先生道：「我怎會殺你？簡直異想天開。」
綠衣女人道：「對！你不會出手殺我，借楚小楓殺了我，豈不是更高明。」
大先生道：「我為什麼要殺你？」
綠衣少女道：「我對你構成了一種威脅，我常想知道，你究竟是誰？」
大先生道：「你……」
綠衣女子接道：「還有，我拒絕了你的輕薄，你心中大概很惱火，但你已忍下去了，你不能為那件事殺了我，你怕他們都不服。」

大先生哈哈一笑，道：「二先生，看起來，你果然是存心背離本門了。」
綠衣女子冷笑一聲，道：「本門？我們有什麼門戶？這個組合由你一個人統治，你是誰，不但敵人不知道，連我這坐第二把交椅的人也不知道，由我出面，替你擔待了一切的凶險，你卻躲在幕後，一點也不會感覺到危險。」
大先生道：「哦！你是不是覺著我這個大先生，有些不配？」
二先生道：「那倒不是，你是個極具天才的人，放眼當今武林，有你這一份才慧的，實在不多。」
大先生道：「能夠飛行萬里的鳥，只有大鵬，他是天生的萬鳥之王，不許有人背叛他，因為他有最為強大的力量，我計劃精密，從無失錯，當世之間，只怕沒有一個人能辦得到。」
二先生道：「我說過，你的才慧，實在令人佩服，而且，你無所不能，不但武功高強，精於用毒，更精善統馭手法，才會有這麼多人，替你賣命。」
大先生一笑，道：「你知道就好了。」
二先生道：「我奇怪，你怎會知道這麼多的事，各大門派的事，你似乎都很清楚。」
大先生冷笑一聲，道：「二先生，你說完了麼？」
二先生道：「沒有，你的化裝易容之術，本來是全無破綻，但你自己太疏忽了。」
大先生道：「其實到現在，我還不明白，你怎麼會看出了我易容的毛病。」
二先生道：「我不知道，你為什麼要在下顎上點個痣？」
大先生道：「那有什麼不對？」

二先生道：「有一次，你忽略了，痣點得高了一些。」

大先生沉吟了一陣，道：「唉！女人誤事，你由那一天起，才對我動了懷疑？」

二先生道：「不錯，你給我們的，是虛偽、裝作，卻騙去了我們絕對的忠實。」

大先生道：「到現在為止，你們有幾個人，知道了個中隱秘？」

二先生笑一笑，道：「我不知道，但我相信，發覺的決不止我一個人。」

大先生道：「我可以告訴你，只有你一個，他們都和往常一樣，只有你背叛了我。」

二先生道：「我不信，只有我一個人知道。」

大先生冷冷說道：「其實，你只是懷疑，剛才，你用話詐我時，你還不敢肯定，我那顆痣，是點錯了一點位置，除了像你這樣細心的人，也不會看出來，我剛才答應你，就是要證明一下，你會說出多少謊言。」

二先生道：「現在，你已經證明了。」

大先生道：「不錯，二先生，我只是想套套你知道多少，現在，我已經明白了！」提高了聲音，接道：「現在，你只有兩條路可走，一條是嫁給我，另一條是死在此地。」

二先生道：「可惜，兩種我都不喜歡！」

大先生道：「那只有由我出手了。」

楚小楓突然一收長劍，道：「大先生，還有在下。」

大先生道：「我知道，你對她動了情……」

楚小楓冷笑一聲，接道：「我有太多的事情要辦，不用扯到私情上去。」

大先生道：「你一定要替她先死，我也只好成全你。」
楚小楓長劍平胸，道：「除了大羅十二式外，你還有些什麼武功？」
大先生道：「你很快就可以知道。」
忽然向前一踏步，身子平飛而起，落到了楚小楓的身側。
視楚小楓手中的長劍有如頑鐵一般，伸手就向劍上抓去。
楚小楓一吸氣，退後三尺，避開一抓之勢。
綠衣麗人身子一側，右手攻出一招。
大先生不怕楚小楓手中的利劍，但他卻對綠衣麗人的一招，感覺十分畏懼，忽然間，退後五尺。
楚小楓凝目望去，只見二先生的右手上，不知何時，已然戴上五個尖利的指套。
二先生一掌逼退了大先生，身子一閃，到了楚小楓的身側。
高聲說道：「他已經練成了護身罡氣，不畏刀劍。」
楚小楓道：「但他怕你手上的指套。」
二先生道：「我這指套可穿鋼鐵。」
楚小楓道：「他如不畏寶劍，我要如何對付他？」
兩人雖然在說話，但兩人目光，卻是盯注在大先生的身上。
二先生道：「用劍只能攻他的眼睛。」
楚小楓道：「這個不太容易。」

二先生道：「所以，你要和我聯手，大羅十二式威力強猛，可以使他有些顧忌，咱們的配合，也很重要。」

楚小楓道：「他如招呼人來幫忙呢？」

二先生道：「他有一批親信，沒有帶來，這裡都是我的人。」

大先生冷笑一聲，道：「賤婢，你還有多少話，要告訴你的小情夫。」

這幾句話，很惡毒、刻薄，連楚小楓的臉都紅了。

但二先生卻是一點也不生氣，反而微微一笑，道：「不錯，我好喜歡他，但我的年紀太大，不配做他的妻妾，只好做他的情人，小楓，我叫文鳳，你叫我鳳姐就好了。」

楚小楓道：「這個，不太好吧？」

文鳳道：「不要擔心，我不會害你，也不會阻止你去娶妻討妾。」

大先生道：「賤婢，你好不要臉。」

文鳳道：「大先生，別想激怒我，我不會生氣的，就算你用世上最惡毒的話來罵我，也不會激怒我的。」

大先生道：「哼！哀莫大於心死。」

文鳳道：「我的心還沒有死，我要是死了，就不會反抗你了。」

大先生冷冷說道：「你知道背叛我的人，會有什麼下場？」

文鳳道：「哼！我本來沒有能力叛離你，雖然我早已對你不滿，因為你犯了一個大錯，我才有這個機會。」

大先生道：「我有什麼錯了？」
文鳳道：「不該要我把楚小楓帶來，你知道，我們兩人合力，足可和你一拚。」
大先生緩緩舉起了右手，道：「好！文鳳，你接一掌。」
文鳳一吸氣，舉起了右手，擺出了一副硬接掌勢的架式。
楚小楓也舉起了手中的劍。
大先生冷笑一聲，道：「怎麼？楚小楓，你也要出手？」
楚小楓道：「不錯，我為什麼不出手，只要我認為對我是一個好的時機，我隨時會揮劍攻擊。」
大先生哈哈一笑，道：「好！有種，看起來，我真要早些除了你們。」
楚小楓道：「你渴望勝利，你勝了，你才能達到統治江湖的心願，不過，大先生，你可以勝一百場，但卻不能敗一場。」
大先生冷笑一聲，道：「老夫的計劃精密，怎麼會敗？」
楚小楓道：「現在，你已經開始敗了，在你身邊的人，已開始背叛你。」
大先生哈哈一笑，道：「文鳳麼！這女人野心太大，早就對我構成了一種威脅，就算沒有這件事，我也會除掉她。」
楚小楓道：「自圓其說，大先生，你自己開始欺騙自己了，對麼？」
大先生冷笑一聲，道：「很快就可以證明了，就算你們聯手，也非我之敵。」
右掌一揮，拍向文鳳。

他距離楚小楓等人還有一丈多距離，但就那麼一揮掌，身子突然向前欺進了一丈多遠，掌勢隨著那閃電一般的身法，拍向文鳳的前胸。

掌勢還未到，一股強大的壓力，洶湧而至。

文鳳右手食、中二指駢在一起，迎向掌勢點去。

楚小楓長劍一揮，全力刺向大先生的右眼。

雙方面的發動，都很快速，而且，取位都很準。

大先生也許不怕楚小楓的長劍刺向別處，但他不能不怕刺向眼睛。

這就使他必須要分神對付劍招。

但文鳳的指力有如尖錐一般，刺裂了大先生掌勢中湧出的暗勁。

這兩人聯手，果然是一個大出意外的強敵。

大先生雖然有著絕高的武功，但他卻不願冒險，一吸氣，身子忽然間向後退開了八尺。

文鳳立時收住了指力，同時低聲道：「不可貪功躁進。」

楚小楓收住了劍勢。

大先生冷笑一聲，道：「很好，很好，你已經練成了玄陰指。」

文鳳道：「我如未練成玄陰指，如何能對付你的開碑手。」

大先生冷笑一聲，道：「玄陰指要五年的工夫才能有成，難道你五年前就存了背叛我的用心？」

文鳳道：「那倒沒有，我練玄陰指，也只是……」

大先生接道：「為什麼我竟然不知道。」

文鳳道：「本來，我想告訴你的，也希望你指點一下，但後來，我發覺情勢不對了，就保留了這點隱秘。」

大先生冷笑一聲，道：「毋怪你敢背叛我，原來是有所仗恃。」

文鳳道：「你不要覺著自己才是天下第一聰明人，把別人都看成了傻瓜。」

大先生冷冷說道：「文鳳，你覺著玄陰指真能對付我麼？」

文鳳道：「也許不能，不過，加上楚小楓的大羅十二式，至少可以和你一拚。」

大先生冷笑一聲，道：「楚小楓，你在哪裡學會了大羅劍式？」

楚小楓道：「我似乎用不著告訴你吧！」

大先生道：「楚小楓，大羅十二式不是一般流傳江湖的武功，來自有處，當今武林之中，會此劍招的人不多。」

楚小楓道：「所以，它才蒙上了一層神秘，不過，聽了你這幾句話之後，我可以證明，會此劍招的，絕不只你一個。」

大先生冷冷說道：「你如此放肆，非死不可，我立刻可以下令處死你的家人。」

楚小楓心頭震動了一下，立時垂下頭去。

文鳳冷笑一聲，道：「別聽他的，你的家人，早已經被人事先帶走了。」

楚小楓心頭一震，道：「真的？」

文鳳道：「是！人是我派去的……」

忽然覺著不對，立刻解釋，道：「楚公子，你要諒解，我是奉命行事。」
楚小楓道：「我知道，不會怪你，他們現在何處？」
文鳳道：「不知道，我們派人趕到貴府時，早已人去樓空。」
楚小楓暗道：「這一定是丐幫和排教的安排了。」
卸下了心頭的重擔，楚小楓精神一振，道：「大先生，我想不出，你現在還有什麼可以威脅我？」
大先生道：「有！我可以取你性命。」
楚小楓道：「拔劍行道，義盡仁至，有什麼好怕的，我倒希望和你一決生死。」
文鳳道：「楚公子，不要任性，你一個人決不是他的敵手。」
楚小楓笑一笑，道：「咱們兩個人聯手呢？」
這是他真正的笑容，由內心中發出的笑意，笑的是那麼可愛、那麼純真。
文鳳被那笑容，激蕩的心頭一震，道：「咱們聯手，有機會保持一個不敗之局。」
楚小楓縱聲大笑，道：「文鳳姑娘，為啥要如此妄自菲薄，如若咱們有機會保持個不敗之局，那就有機會勝他。」
文鳳道：「勝他？」
楚小楓道：「對！文鳳姑娘，我如和他拚個同歸於盡時，你該有殺死他的機會了。」

卅九　眾叛親離

文鳳道：「不要冒險，楚公子，他很孤立，他本身又有超人的武功，對這個組合，也統治得很嚴密，但他兩個最重要的助手，都未同來，而且，這些年來，一直是由我出面替他應付，安排各種事，所以，對這組合的一切，我比他更熟悉。」

大先生發出一陣陰冷的笑聲，道：「文鳳，你出賣我的很徹底啊？」

文鳳道：「我們共事數年，但我見到的，只是一個戴著人皮面具的假臉，你究竟是誰啊？」

大先生道：「我是誰，對你而言，並不重要，重要的是我能給你無比的權勢、無與倫比的威望，對你難道還不夠麼？」

文鳳道：「你的陰沉、虛偽，像深谷、鬼域，使人看不真、摸不透，你把所有的人，不管是你的敵人，或者朋友，都不當做人看，我們完全對你不瞭解，不知你是誰，沒有見過你的真面目，你根本不能算人……」

大先生怒道：「我有血有肉，有生命，不是人是什麼？」

文鳳道：「是一個幽靈，永遠籠罩在人心上的幽靈。」
大先生嗯了一聲，道：「就因為如此，你才會背叛我？」
文鳳道：「大先生，我可以告訴你，你有很強大的統治力量，但卻沒有一個人，會是你真正的心腹，見過你的人，對你只有兩種態度。」
大先生道：「說說看，什麼態度？」
文鳳道：「一種是怕你，一種是恨你。」
大先生冷笑一聲，道：「正因為他們怕我，所以，才不敢對我的令諭陽奉陰違，正因為我神秘，他們才把我當真神看。」
文鳳冷笑一聲，道：「剛剛開始時，也許如此，但現在不是，我知道，七位先生中，至少有三個人恨你。」
大先生道：「還有四個是很愛護我了。」
文鳳道：「那些人，我沒有和他們談過，但我想，他們對你也是恨多過愛。」
大先生突然嘆息一聲，道：「想不到，我的統馭之術，竟然是如此的失敗。」
文鳳道：「你一直覺著自己很成功麼？」
大先生道：「至少，我沒想到是如此的眾叛親離。」
文鳳道：「事實上，你沒有親信，你對人人懷疑，人人對你懷恨。」
大先生沉吟了一陣，道：「我對別人如何?不去說它，但我對你一向不錯。」
文鳳道：「那是你自己的感覺，三年前，我還有一點對你崇拜，但後來，我發覺自己錯了。」

大先生道：「文鳳，你該明白，我如真要得到你，並非太難……」

文鳳冷哼一聲，接道：「提起這件事，我就怨忿難平，你根本也沒有把我當作女人看，想要的只是我這個身體罷了。」

大先生道：「如是改變一下自己的態度，會不會得到你。」

文鳳道：「三年前，你會的，現在，你就算死在我的面前，我也不會有一點感動。」

大先生道：「最狠婦人心，古人誠不欺我，文鳳，我那一次，沒有得到你，就早該殺了你，現在，往事已矣，我還想求證一下，我戴著面具是不是得不到你的原因。」

文鳳道：「好！你想知道，我都告訴你，這幾年來，我一直用最大的心思，巧妙地躲避你，而且，我備了一粒很強的毒藥，必要時，我會死，也不願你沾上我的身體，也許你不戴面具和我見面，情況會有些不同……」

大先生緩緩接道：「文鳳，難道你就沒有想過，我為什麼要戴面具麼？」

文鳳道：「是不是生得太醜？」

大先生道：「愛美之心，人皆有之，難道你不同於人麼？」

文鳳道：「美男子，固然可愛，但一個男人最重要的，還是他的氣概，你陰詐、狡猾，像一直躲在黑暗中的幽靈，見不得天日，縱然你是美男子，也不會有女人喜歡你，至少，我這樣的女人不會。」

大先生點點頭，道：「文鳳，咱們已經義盡情絕了……」

文鳳接道：「談不上，我們從沒有過情，也沒有過義。」

大先生道：「好！話到絕處，人至絕境，說絕了，咱們倒是可以放手一戰了。」

文鳳冷笑一聲，道：「大先生，你不妨放手施為，我相信，加上楚小楓，足可以和你一拚，就算是拚一個同歸於盡，對我而言，也可稍贖前行。」

這是徹頭徹尾的叛離，一種大覺大悟後的對抗，真的是沒有私人的怨仇，絕對沒有了和解的可能。

大先生忽然嘆息一聲，道：「看來，我這一套統馭術，實在還有很多的問題。」

文鳳冷冷說道：「你的統馭手法很有效，但不能長久，長久了，就會變成仇恨，每一個被你節制的人，都會對你生出仇恨。」

她心中似是積存了很多的痛苦，這一發洩，有如江河潰堤一般，完全無法遏止。

大先生未向兩人攻擊，轉向來路而去。

楚小楓大聲喝道：「站往。」

大先生停下腳步。

楚小楓神情肅然地說道：「你究竟是誰？」

大先生的身子，仍未轉過來，只是靜靜地站著，道：「楚小楓，你還沒有能力，取下我的面具，我是誰，只好有勞你們去猜想了。」

楚小楓道：「是不是我認識你？」

大先生道：「楚小楓，不要異想天開，我們不可能認識。」

楚小楓冷冷說道：「在下雖是武林後進，但是自信說話算數，只要取下面具，你可暢行無阻。」

大先生道：「你能夠替文鳳作主麼？」

他似乎已經衡量過眼下的形勢，如若楚小楓和文鳳聯手，他制勝之機不大。

人總是血肉之軀，武功到了某一種境界，就有著寸進難得的感想。

楚小楓回顧了文鳳一眼，道：「姑娘……」

文鳳道：「不用說，我也想看看他的真正面目，你說的話就算。」

楚小楓道：「大先生你聽到了。」

大先生突然縱聲而笑，道：「你們認為我已經到了山窮水盡，已無路可行的境界了麼？」

楚小楓道：「那倒不是，我相信你如放手一戰，我們兩個能不能勝得了你，還未可知，只是在下覺著，此時此刻，已到了真相大白的時刻了。」

大先生道：「為什麼已到真相大白的時刻呢？」

楚小楓道：「因為，春秋筆快出現了，如若閣下有一個計劃，也該和春秋筆出現有關，不管你的計劃是什麼？也不管你是成功，或是失敗，但你都必須面對這個結果。」

大先生道：「楚小楓，你實在很聰明，我該早些殺了你。」

楚小楓道：「我也覺著奇怪，你對我為什麼會這麼好？為什麼不殺我？」

大先生道：「其實，我現在也有些後悔了，不該留下你，這世上有些人，永遠不能被人所用。」

文鳳道：「世上沒有不能用的人，只看你用的手段是如何了。」

大先生道：「文鳳，楚小楓說得不錯，這十二個時辰之內，我們必須要有一個結果，你們只有一個辦法，可以避過死亡，那就是很快離開這裡。」

文鳳道：「你還有制勝的信心？」

大先生道：「有！我根本就沒有失敗。」

文鳳道：「楚公子，咱們上，不能給他機會。」

大先生突然縱聲而笑，門簾掀啟處，兩個人緩緩走了出來。

那是一老、一少兩個人，老的鬚眉如霜，年輕的看上去，只有十六、七歲。

楚小楓不識這兩個人，並未放在心上，只覺這兩個人一老、一少，好像祖孫一樣，但卻走在了一起。

但文鳳卻看得臉色一變，道：「你們怎麼來了？」

楚小楓立刻警覺，文鳳認識的人，自然不是簡單、平常的人。

只聽那白髯老人冷笑一聲，道：「大先生到的地方，我們都在……」

語聲一頓，接道：「二先生，你是不是背叛了大先生？」

文鳳道：「你們早在此地，應該聽得很清楚了。」

白髯老人道：「不錯，我們來了很久了。」

文鳳道：「那麼兩位就不用多問了。」

白髯老人道：「二先生可知道咱們這一個組合之中，有一條規矩。」
文鳳道：「什麼規矩？」
白髯老人道：「我想，二先生！你自己應該做個交代了。」
文鳳道：「交代，向誰交代？」
白髯老人道：「大先生。」
文鳳冷笑一聲，道：「我向大先生交代得很清楚了。」
這時，成方也行了進來，和王平並肩而立，蓄勢戒備。
白髯老人道：「如若二先生不肯自己動手自絕，只有我們代勞了。」
文鳳道：「只要你們有這個能力，那就出手吧！」
白髯老人冷笑一聲，道：「二先生的意思，是準備反抗了？」
文鳳道：「我連大先生都可以不放在心上了，何況你們兩個人。」
白髯老人回顧了那童子一眼，道：「小小子，你先上，還是我先上？」
那年輕童子道：「二先生扎手得很，我看咱們一起上吧！」
楚小楓道：「文姑娘，這兩位是……」
文鳳接道：「老少雙魔，聽人說過沒有？」
楚小楓道：「在下孤陋得很，未聽過這兩個人的名號。」
白髯老人笑一笑，道：「你小子這點年紀，自然是沒有聽過老子的名號了。」
楚小楓道：「好好的兩個人，被稱作魔，那自然也不會是什麼好東西了。」

文鳳道：「楚公子，別小看那個孩童一樣的人，他不是孩童，他的年紀，不會比我們小。」

白髯老人笑道：「小小子，聽到沒有，有人在誇獎你。」

年輕人道：「誇獎我？」

白髯老人道：「不錯，是在誇獎你。」

年輕童子笑道：「老小子，我看你年高德劭，還是你自己先上吧！」

白髯老人道：「怎麼？你忘了有事弟子服其勞。」

楚小楓心中大感奇怪，忖道：「剛才，兩個人還是爭先恐後地要出手，怎麼現在會忽然間又改變了心意，竟然互相推托起來。」

文鳳低聲道：「楚小楓，叫你的兩個屬下出去。」

楚小楓道：「幹什麼？」

文鳳道：「要他們去通知一下你的朋友。」

楚小楓道：「好！王平、成方，你們去告訴簡大俠一聲。」

王平道：「說什麼？」

楚小楓道：「這裡的情勢變化。」

王平、成方道：「公子保重。」轉身向外奔去。

楚小楓手中長劍一震，道：「文鳳姑娘，今日既是難免一戰，何不放手一搏？」

文鳳仍然是凝立不動。

年輕人笑一笑，道：「老小子，這娃兒，有點不知天高地厚，你上去教訓他一頓。」
只聽那白髯老者說道：「小小子，你說得不錯，咱們得給他們個教訓……」
語聲一落，兩個人同時撲了上來。
楚小楓迅快地拔劍擊出。
但聞噹的一聲，響起了一聲金鐵交鳴，衝撲向楚小楓的年輕童子，被楚小楓一劍震退了四步。
同時，那撲向文鳳的白髯老人，也和文鳳對了一掌。
文鳳被震退了一步，但那白髯老人也被震得身子飛了起來。
只見他半空中收腿長腰，一個翻身，又落回原位。
那年輕童子也同時落回了原位。
楚小楓也被震退了一步。
文鳳吁一口氣，道：「他們練有一套飛彈襲人的本領，來去如電，快速異常，而且，一次比一次厲害，你要小心，千萬別為他們口中的胡說八道所惑。」
楚小楓心中忖道：「第一次攻擊，已經如此厲害，如若是一次比一次厲害，抗拒實在是不易了。」
只聽那白髯老人道：「小小子，你剛才那一擊如何？」
年輕童子道：「那娃兒手中長劍的力量很強，我看，不是很容易對付的人。」
白髯老者道：「二先生的掌勢也很強。」

年輕童子道：「咱們換一個試試如何？」

白髯老者道：「好啊！」

餘音未絕，飛身而起，兩條人影，就像是離弦之箭一般，射了過來。

這一次，兩個人果然換了對象，那年輕童子撲向文鳳，年老的撲向楚小楓。

但聞蓬然一聲，四個人又接了一招。

老少雙魔又退回了原處，但立刻又彈身而起，攻了過去。

兩人連攻了四次，每一次，兩個人都交換對手。

但兩人一次也比一次退得遠。

到了第五次，兩個人已到了茅舍的盡處，兩個人又彈了起來，但卻沒有攻向文鳳和楚小楓，反而破窗而出。

文鳳和楚小楓都被這兩人彈石一般的攻勢，逼得傾全力應付，而無暇旁顧，直待兩人離去之後，楚小楓才發覺室中已再無別人。

那大先生不知在何時離去。

楚小楓一皺眉頭，道：「奇怪呀！奇怪？」

文鳳道：「你是奇怪那大先生，為什麼不借機會殺了我們是麼？」

楚小楓道：「咱們剛才對付那兩個魔頭，已然凝聚了全力，他如出手，殺咱們不是易如反掌麼？」

文鳳搖搖頭，道：「除非他喝止老少雙魔，否則，他如出手，就會變成前後受敵之勢。」

楚小楓道：「怎麼？他難道不相信自己的手下？」

文鳳道：「他一向不相信人，現在更不敢相信任何人了。」

楚小楓道：「對！如若大先生在攻擊我們時，那一老一少，要是在後面施襲，大先生只怕也受不了。」

文鳳道：「他們的躍起撲襲之勢，實在厲害。」

楚小楓道：「不過，他們也很君子，你用兵刃時，他們也用兵刃，你若空著雙手時，他們也是空著雙手。」

文鳳道：「楚公子，我認為我們是死定了，想不到，我們竟然還活著。」

楚小楓道：「我們兩個人聯手，也不是他的敵手麼？」

文鳳道：「機會很小，你不知道，他一身的武功，實在已到了登峰造極之境。」

楚小楓輕輕吁一口氣，道：「那他為什麼不肯出手？」

文鳳道：「唉！因為他沒有信心，也缺乏勇氣……」

語聲一頓，接道：「自然，最重要的還是我講了幾句謊話。」

楚小楓道：「什麼謊話？」

文鳳低聲道：「他一直認為我練成了一種武功，事實上，我只有三成火候。」

楚小楓微微一笑，道：「文鳳姑娘，你看，現在，我們應該如何？」

文鳳道：「我已是有家歸不得了，除了和你一起走之外，別無他法了。」

楚小楓道：「我們很需要你這樣的人，在這裡，你是二先生，到了我們那裡之後，你可以當大先生了。」

文鳳道：「我本來就不是先生，我只是一個有些野心的女人，從現在起，我已放棄了野心。」

楚小楓道：「哦！」

文鳳道：「我現在，只要做一個女人了。」

楚小楓道：「現在還不行。」

文鳳道：「我知道，大先生還沒有死，江湖上的紛亂還沒有停。」

楚小楓道：「文鳳姑娘，我有一點想不通……」

文鳳道：「哪一點？」

楚小楓道：「你們究竟和春秋筆有沒有關係？」

文鳳沉吟了一陣，道：「楚公子，說起來，這實在是一件很奇怪的事，過去，我們一切作為，都是在隱秘中進行，其用心就是在逃避春秋筆，但現在，看起來，好像又和他有些關係了。」

楚小楓道：「你們是第幾次參加春秋筆出現的盛會？」

文鳳道：「第一次。」

楚小楓道：「這位大先生，實在有著過人的才能，到此等境界，我們還是弄不清楚他的身分。」

文鳳沉吟了一陣，道：「楚公子，我從來沒有想到過揭發他的身分，如若早有此意，也許有這個機會。」

楚小楓道：「這麼說來，我們對那位大先生，知道的太少了。」

文鳳道：「很慚愧，楚公子，我知道的，不會比你多。」

楚小楓道：「文姑娘，現在，咱們應該如何？」

文鳳道：「大先生故意保持神秘，一直沒有以真正面目和我們見過面，一旦他取下面具，都不會認識他，所以，由此刻起，我們要一直留心身邊的陌生人。」

楚小楓道：「姑娘，貴組合，在此地有不少的人手吧？」

文鳳道：「是！」

楚小楓道：「文姑娘，你準備怎樣對付他們呢？」

文鳳道：「楚公子，我們有七位先生，一位六先生被你們殺了……」

楚小楓道：「姑娘，你們這些號稱先生的人，是不是以武功順序排名？」

文鳳道：「據我所知，我們這些先生之中，除了大先生莫測高深之外，武功最好的是老三和老七。」

楚小楓道：「姑娘比起他們如何呢？」

文鳳道：「我們沒有動過手，但就我觀察所得而言，他們的武功，似乎和我在伯仲之間。」

楚小楓道：「你每天坐個轎子，行動亦是十分神秘，他們不是常常見得到你？」

文鳳笑道：「說起來，這頂黃羅傘的座椅，也是大先生替我設計的，除了大先生的神秘之外，這個組合受了他的影響，對大部分的屬下，也都保持了神秘，但我們這個等級的人，相互之間，倒是保持著一種坦然相見的習慣，但是除了我們這個等級之外，下一級的人物，就無法跟我們真正相見了。」

楚小楓道：「你們有一種特別的醫術，把一個人的臉上，移上了一層野獸的皮毛！」

文鳳道：「我知道，那叫改頭換面，這些是由大先生和五先生主持，聽說，那是一種很高明的醫術呢！」

楚小楓道：「高明嘛，談不到，只不過，他們很殘忍，下得了手。」

文鳳道：「楚公子，我們這種組合，大都是以多種不同的身分在江湖上出現，有時候，我們的行業，完全和江湖無關，你在此地見到我，知道我是先生，但如是換一個地方，你會發覺，我只是一家珠寶店的女東主。」

楚小楓道：「這一方面，我早領教了，你們把黑豹武士，散布於市井之中，和常人一般，召集他們時，只是一道令諭，真是來自有處，散去無蹤，那實在是很高明的方法。」

文鳳道：「楚小楓，還有一件事，我得先行說明。」

楚小楓道：「請說吧！」

文鳳道：「目下我們布守此地的人手，大部分是我指揮的屬下，我不知道，他們是不是真的忠實於我。」

楚小楓道：「平時他們是否對你忠實，其程度如何？」

文鳳道：「我的令諭，一向森嚴，我和他們之間，很少私下交往，我不知道，大先生是否另有控制他們的辦法。」

楚小楓道：「你們幾位主腦人物，是不是都到此地來，你對他們的影響力有多大？」

文鳳道：「他們的行動，都在大先生的掌握、調度之下，至於我對他們的影響有多大，連我也不清楚，不過，有一件事，你可以放心，只要我能見到他們，我會盡力說明白這件事情。」

楚小楓心中暗暗忖道：「看上去，她坐的是第二把交椅，位高權重，但她對這個組合的影響力量，實在也是有限得很。」

但無論如何，這個神秘組合，已然打開了一個很大的缺口。

心中念轉，口中說道：「姑娘，現在，咱們應該如何？是不是和我們的人手，會合於一處？」

文鳳道：「和你們的人手，合於一處，可以增強不少的實力，不過，那會暴露了一件事，我算是正式的叛離了這個組合，我這些屬下，是否還會聽我的，那就很難說了。」

楚小楓道：「姑娘的意思呢？」

文鳳雙目凝注在楚小楓的身上，接道：「你們那一群人中，可有武功高強的人？」

楚小楓道：「除了刀過無聲簡飛星之外，還有白眉大師、天馬行空田伯烈、分花手時英、水中神龍何浩波、百步飛蝗譚志遠等，再有就是我帶的十幾個人，就一般江湖武師而言，他們都該是第一流的高手，可以和你們的黑豹劍士媲美，但如對抗你們的特殊高手，那就有些力難從心了。」

文鳳道：「楚公子，你敢不敢冒險？」

楚小楓道：「大義所在，雖刀山油鍋，也是萬死不辭。」

文鳳道：「非分之求，委屈你留在我的身側。」

楚小楓說：「好！」

文鳳道：「再在你的人手之中，挑選八至十名死士，帶在身側，楚公子，不從內部著手，絕對無法對付大先生。」

楚小楓道：「好！這些事，是不是要在隱秘中進行？」

文鳳道：「立刻行動，而且，你還不能離開。」

楚小楓道：「我不能走，誰去傳達這些令諭？」

文鳳嘆息一聲，道：「我不相信大先生和老少雙魔真的離開了，我如一走，他們隨時可以進來殺了你。」

楚小楓笑一笑，道：「咱們一起走如何？」

文鳳道：「一起走，走到哪裡去？」

楚小楓道：「我想，咱們應該和他們會合在一處。」

文鳳道：「會合一處，楚公子，你可知道，這地方是什麼地方麼？」

楚小楓道：「深山中一座茅舍，難道還有什麼不同地方？」

文鳳道：「這地方是我們這個組合，臨時大本營，發號施令的所在，有什麼消息，很快就會傳了過來。」

楚小楓道：「姑娘，你已經和大先生鬧得天翻地覆了，這地方，他們還會再用麼？」

文鳳道：「我想，這件事，大先生還不會傳出去，就算他要傳出去，別人也不會相信。」

楚小楓道：「哦！大先生，如此無用，還能當什麼老大？」

文鳳道：「他一直借重一個傳達令諭的系統，代他傳達令諭，他卻沒有想到，一旦這系統不靈了，他就上令無法下達。」

楚小楓道：「主持這個系統的是什麼人？」

文鳳道：「我！」

楚小楓道：「姑娘，難道他就不會調整？」

文鳳道：「除了我們極少數的人之外，沒有人認識他，連我們，也只能從他的形態、口音中，去分辨他的身分，現在，就算他出現在我們的面前，我們也不會認識他，何況，別的人了。」

楚小楓道：「江湖上不知道他的名號，你們也不認識他，神秘實在是夠神秘了，但做這麼一個大組合的領導人，就沒一點統治的基礎了……」

文鳳嘆息一聲，接道：「他已經發覺了，而且，也準備在改進，只不過，他沒有想到，會變化得這麼快速。」

楚小楓道：「會不會別有陰謀呢？」

文鳳道：「過去，我們都沒有想到過這件事，現在，我看很多人都想到了，只不過，沒有人敢指出來罷了。」

楚小楓道：「唉……這是說，你們和大先生之間，早已經有了很大的隔閡了。」

文鳳笑一笑，道：「我們早已明白了，不過，對這事都很避忌，這只是一種感受。」

楚小楓道：「姑娘，現在呢？」

文鳳道：「我現在和過去完全的不同了，我已經和他鬧翻了，自然也不會再有什麼顧忌了，一旦再遇上他們，我可以把心中的疑慮說出來了。」

楚小楓道：「對！這是一個很有效的辦法。」

文鳳道：「如若我的推想不錯，他很快會再回來，把這個地方奪回去。」

楚小楓道：「很有道理，不過，這四周，都是你的人手，就算他想奪回去，阻力必十分強大。」

文鳳道：「這裡的人手，都是我命令調派而來，他們是不是會聽我的，我卻沒有把握，我們這個組合中，只有命令的權威，絕對沒有私人的情誼。」

楚小楓道：「姑娘，難道你沒有一、兩個心腹之人麼？」

文鳳道：「誰知道呢？我把他們看成心腹，但說不定，他們全是大先生派在我身邊的密探。」

楚小楓道：「姑娘的意思，是要保護這座茅舍了。」

文鳳點點頭，道：「是！要武功高強的人，因為人數不能太多。」

楚小楓道：「這四周你布了多少暗樁？」
文鳳道：「三道暗樁，一十八人。」
楚小楓道：「除了十八個暗樁之外，還有別的人沒有？」
文鳳道：「你實在很細心，除了這暗樁之外，還有十二個人，都是跟隨我的轎夫、從衛。」
楚小楓道：「我們調人到此，是不是要闖過這幾道埋伏？」
文鳳微微一笑，道：「不會。」
楚小楓道：「如果他們不攔阻別人的從人，這暗樁有何作用？」
文鳳道：「這就是我們特殊之處，只要沒有令諭，他們就不會出手。」
楚小楓道：「姑娘，你看，我們調多少人到此最好？」
文鳳道：「不要超過二十個人，十幾個人最好。」
楚小楓沉吟了一陣，道：「好吧！如是來多了，要他們回去。」
文鳳道：「你已派人去調他們了？」
楚小楓點點頭。
片刻工夫之後，成方帶著簡飛星和四英、華圓，六人行了進來。
簡飛星打量了文鳳一眼，道：「兄弟，這裡竟然沒有埋伏，咱們一路順利地行了進來。」

楚小楓道：「這裡埋伏還沒有發動。」
簡飛星道：「哦！這位姑娘是……」
楚小楓道：「黃羅傘下人，在這個神秘的組合中，坐第二把交椅的文鳳姑娘。」
簡飛星道：「文姑娘，區區簡飛星。」
文鳳道：「久仰，刀過無聲簡飛星。」
簡飛星道：「姑娘也知賤號？」
文鳳道：「因為，你是我們排名第九的殺害對象，我們有你很詳盡的資料。」
簡飛星道：「哦！那是說我簡某人上面還有八個人？」
文鳳道：「不錯。」
簡飛星道：「我的身價如此之低？」
文鳳道：「我們有十八名要殺的對象，你排名第九，剛好是在中間。」
簡飛星道：「姑娘能不能告訴我，都是哪些人排名在我的上面？」
文鳳沉吟了一陣，道：「我只能說出一、兩個人給你聽……」
簡飛星道：「不能全說麼？」
文鳳道：「不能，有些人說出來，會有牽連。」
簡飛星道：「好！你就說出來兩個人給我聽聽。」
文鳳道：「南宮、東方兩大世家的當代主人，比你簡大俠如何？」
簡飛星道：「對！他們應該排在我的前面。」

文鳳道：「兩個夠不夠？」

簡飛星沉吟了一陣，道：「除了他們兩個人之外，在下倒是還想知道一、兩個別的人。」

文鳳道：「你何不用心想一想？」

簡飛星道：「在下如是想得出，也不會問姑娘了。」

文鳳笑一笑，道：「我只能再告訴你一個了。」

簡飛星道：「誰？」

文鳳一指楚小楓，道：「他，你本來排在第八名的，但後來，加上了一個楚小楓，就把你擠到第九名了。」

簡飛星笑一笑，道：「楚兄麼？那沒有話說，他是比我強一些。」

楚小楓道：「大哥，你……」

文鳳接道：「我們把楚公子排在前面，不是因為他武功高強。」

簡飛星道：「那是為什麼？」

文鳳道：「因為，他做事很有效率，不同於你們這些自鳴俠義的人物，他做事，很直接，有智慧，不過，我們也沒有想到，他的武功，竟然也這麼高強。」

簡飛星哈哈一笑，道：「不錯，他不像我們這些老古董，斤斤計較於江湖規戒，非禮勿動，留給了你們機會，處處都站在捱打的地位上，他是以智謀對智謀，你們用什麼手段，他也用什麼手段，這一點，我最佩服。」

楚小楓微微一笑，道：「大哥，文鳳姑娘說，他們會回來！」

簡飛星道：「為什麼？」

文鳳道：「因為，這是他發號施令的所在。」

楚小楓笑一笑，道：「大先生太神秘了，神秘得他們自己人，都不認識他。」

簡飛星道：「所以，他一離開這個發號施令的地方，就等於沒有了翅膀的鳥，失去了箝子的螃蟹，所以，他非回來不可。」

楚小楓道：「對！我們在這裡等他。」

語聲一頓，道：「大哥，那些人怎麼安置了？」

簡飛星道：「兄弟，他們都很有勇氣，也知道自己的處境，但他們每一個人都不願退縮，他們合力經營一座小小的山村，每個人，都貢獻所能，安排了很多的埋伏，白眉大師和手下十二高僧，都盡可能把少林寺中可以速成的武功，傳給他們。」

楚小楓微微一笑，道：「這才是真正的合作。」

目光轉到文鳳的身上，低聲接道：「布守周圍的人，如若你無法控制，可不可以殺了他們？」

文鳳道：「殺他們不容易，不過，我要盡量地利用他們，你們是不是還有人來？」

簡飛星道：「除非我們再去邀請，他們不會再來了。」

文鳳道：「楚公子，召進來你所有的人，我帶你們去一個地方。」

守在大門外面的，只有成方一個人。

文鳳下令關上了木門，帶幾人由一個地下密道，登上了屋後的懸崖。
那是一座天然的山洞，高在十丈以上，居高臨下，可以看清楚四周的景物。
楚小楓道：「你們經營這個地方，也花了不少的工夫吧？」
文鳳點點頭，道：「工程不大，一切都是天然的形勢，稍加人工改造。」
楚小楓道：「只為了春秋筆要在這附近出現？」
文鳳道：「是！」
楚小楓道：「大先生實在很有神通，他怎知春秋筆會在此地出現？」
文鳳笑一笑，道：「他對外面瞭解的比內部還要多些。」
突然，由衣袋中取出一個竹哨，吹出了尖厲的哨聲。
哨聲傳出了不久，立刻有了反應。
由很遠的地方，飛起一團團的火花。
楚小楓道：「那些火花，就是他們埋伏的地方。」
文鳳道：「對！埋伏的地方，放出了火花，那就說明了他們已接到了令諭。」
楚小楓道：「接到了什麼令諭？」
文鳳道：「由現在開始，任何人再想進入這座茅舍時，都會遭到伏擊。」
楚小楓道：「如若大先生進入茅舍呢？」
文鳳道：「除非是他能亮出大先生的身分，而又能使對方相信，不過，這個機會不大。」

楚小楓道：「為什麼？」

文鳳道：「因為他神秘的根本就沒有人認識他，連我這坐第二把交椅的人，都未見過他真正的面目，何況是別的人。」

簡飛星笑一笑，道：「這才叫作繭自縛。」

楚小楓道：「姑娘，你說說看，那兩位跳起攻擊人的老少雙怪，會不會證明大先生的身分呢？」

文鳳道：「老少雙怪，在咱們這組合中出現過一次，我見他們這是第二次。」

楚小楓道：「他們算不算組合中的人呢？」

文鳳道：「不知道，大先生用了很多的人，都未和我們商量。」

簡飛星道：「楚兄弟，你說清楚一些，那兩個人是什麼樣子？」

楚小楓說出兩個人的形貌。

簡飛星點點頭，道：「江湖上確有這麼兩個人，有人叫他們老少雙怪，也有人稱他們魔老鬼童，不過老的未必老，小的未必小。」

楚小楓道：「這話怎麼說？」

簡飛星道：「那鬼童，只是樣子長得像個童子，事實上，他的年紀只怕不會比魔老小，他們一對好友，但卻因練武功，把一個練的滿頭白髮，另一個練的形如童子。」

楚小楓道：「怎麼練成了這樣兩個完全不同的結果呢？」

簡飛星道：「據江湖傳說，兩個人無意中得到了一本武功秘笈，上面記述了兩種不同的武功，兩個人就開始練了起來，因為未得良師指點，練成了那德行，一個人練成了一頭白髮，一個人練成了形如童子，兩人，原來就不是什麼好人，這一來，更變成了喜怒無常的怪人。」

文鳳道：「我對這個組合中的人事，知道的並不太多。」

簡飛星道：「文鳳姑娘，有一件事，在下有些想不明白。」

文鳳道：「什麼事？」

簡飛星道：「你們把人家好好的一張臉，改變了，有的長滿了毛，有的奇形怪狀，那又是為什麼了？」

文鳳道：「手段實在很殘忍，不過，他們那些人，也並不值得同情，大都是唯利是圖的人。」

簡飛星道：「哦！」

楚小楓突然說道：「有人來了。」

文鳳、簡飛星，同時抬頭看去。

只見谷道之上，出現了兩條人影，疾向茅舍奔來。

距茅舍還有二十丈左右，突然一下子跳了起來，然後，跌落在實地上。

楚小楓看兩人倒下去，就未再動，心中大感奇怪，道：「這是怎麼回事？」

文鳳道：「死了。」

楚小楓道：「死了，怎麼死的？」

文鳳道：「一定是死在含沙射影之下。」

簡飛星臉色大變。

楚小楓問道：「含沙射影？是人還是暗器？」

文鳳道：「是人的綽號，也是暗器的名字。」

簡飛星道：「這兩個老怪物，還活在世上麼？」

文鳳道：「對！還活著。」

簡飛星道：「不論你們這個組合中的人，如何一個壞法，但老朽不得不承認，你們確有一些神通，很多的怪人，都被你們給收羅了。」

文鳳道：「在外人看來，確然如此，就算加入這個組合的人，也會有這種感覺，因為，我們很神秘，一切計劃，都在隱秘中進行，除了策劃這個行動的主腦人外，就算是執行的人，也是不太瞭解，到了執行的時機，才會瞭解內情，但如真正瞭解一些內情之後，那又不同了。」

楚小楓道：「哪裡不同？」

文鳳苦笑一下，道：「你會感覺到，生在一個虛無飄渺的世界中，人與人之間，完全沒有了人的味道。」

楚小楓道：「神秘和冷酷，常常是連繫在一處，會使人有生活在陰森裡的感覺。」

簡飛星道：「這也是一種統治的力量。」

文鳳道：「是！我們有很嚴苛的戒律，冷血無情的執刑人，一個受命出動的人，如是無法完成他的任務，寧願戰死或自絕，也不肯受到戒律的處分。」

楚小楓微微一笑，道：「但文鳳姑娘卻敢挺身抗拒這種嚴酷的戒律。」

文鳳黯然一嘆，道：「這些年，我像生活在一場惡夢中，覺醒之後，確有了無畏無懼的勇氣……」

楚小楓道：「這倒叫在下汗顏了。」笑一笑，接道：「這種勇氣，也是由你楚公子的啟發而生。」

文鳳道：「是真的，大先生提到你，準備要把你收入我們這個組合之中，但我見你之後，才發覺你竟然是如此一個年輕的人，為什麼，你竟敢和這個組合對抗，得道多助，你本身具有的精湛武功和很多幫助你的朋友，固然是一個原因，但更重要的是，你有著反抗的勇氣，這對我有著很大的啟發。」

簡飛星道：「話雖如此，但姑娘如非具有慧眼的人，只怕也無法由是非中覺醒過來。」

楚小楓道：「但願由姑娘的覺醒，能夠使其他的人，也隨同辨出黑白、是非。」

簡飛星道：「姑娘，死在含沙射影之下的兩個人，是何方神聖？」

文鳳道：「是我們的人。」

楚小楓道：「既是自己人，他們怎會下手？」

文鳳道：「因為，我已經傳出了令諭，阻止任何進入這茅舍的人，我們這個組合，執行令諭一向嚴格。」

楚小楓道：「你的人能不能進出自如？」

文鳳道：「換一個方位，也許可以，但含沙射影這一關，除非，我再傳出解除了管制的令諭。」

楚小楓道：「他不認識你？」

文鳳道：「大概知道，不過，就算知道了我的身分，他們也絕不通融。」

楚小楓茫然一笑，未再多問。

文鳳道：「我說得太含糊，你還不太瞭解？」

楚小楓道：「對！」

文鳳道：「他們兩個是瞎子，但他們的聽覺，卻是敏銳無匹，他們聽過我的聲音，是否已經記熟了，我就不知道了。」

楚小楓道：「哦！」

文鳳道：「這兩個人很彆扭，但如能說服他們，倒是可以幫我們的大忙。」

楚小楓道：「文姑娘何不試試，最重要的，還不是兩個人的投效力量，而是，他們叛離這個組合，可使別人效尤。」

文鳳道：「對！我們太神秘，知道我們的人不多，但含沙、射影在我們這個組合中，卻是名氣大得很。」

楚小楓道：「為什麼？」

文鳳道：「因為，含沙、射影，本來就在江湖名氣很大，他們又無法改裝易容，這兩人如有什麼行動，一定會對我們這個組合產生很大的影響。」

楚小楓道：「這就更要費一番心思了。」

文鳳沉吟了一陣，道：「我想，此刻還不是去見他們的時候。」
楚小楓道：「哦！」
文鳳接道：「我還要利用他們兩個人守護這座茅舍。」
簡飛星道：「他們只知奉命行事，出手殺人，不分青紅皂白，在下覺著，還是早些說服他們的好。」
文鳳道：「唉！老實說，對說服含沙、射影的事，我全無把握，萬一說服不成，就很可能是一場火併，與其冒險，不如運用，等到需要的時候，我們再想法子說服。」
簡飛星道：「姑娘，你肯定那位大先生會回來麼？」
文鳳道：「我想他會，這裡消息靈通，他離開此地，就暫時和天下消息隔絕。」
楚小楓道：「他如繞過含沙、射影，別的人，能夠攔阻他麼？」
文鳳道：「如能認識他是大先生，誰也不會阻止他，如若不認識，哪一道關卡，都不會放他進來，他自己訂下的規矩，違令者，五刀分屍而死。」
楚小楓道：「簡大哥，咱們的人，會不會來？」
簡飛星道：「不會吧！」
楚小楓道：「我一直擔心他們會來。」
文鳳道：「楚公子、簡大俠，我想，我先把這四周的埋伏情形告訴你們。」
但聞鴿羽劃空，三隻健鴿，直飛過來，在茅舍中繞行一周之後，突然一收雙翼，落入了茅舍之中。

楚小楓道：「姑娘，下面沒有人，那些信鴿帶來的消息……」

文鳳道：「我這就去取。」

楚小楓道：「等一等。」

文鳳道：「為什麼？」

楚小楓道：「等一會兒再說，我很奇怪，如若那裡沒有人，信鴿怎麼會飛了進去？」

文鳳呆了一呆。

楚小楓嘆息一聲，道：「文鳳姑娘，想想看，那茅舍中，有沒有什麼密室？」

文鳳道：「沒有。」

楚小楓道：「地下可有什麼密室？」

文鳳道：「這個，我就不知道了。」

楚小楓道：「姑娘，不要太過低估大先生。」

文鳳道：「這個，楚公子說得是，咱們不能太急了。」

耳際間，又響起了鴿羽劃空之聲，四隻鴿子又飛了起來，穿窗而出。

文鳳呆了一呆，道：「有人。」

楚小楓道：「姑娘發現了什麼？」

文鳳道：「那茅舍中有人，所以信鴿才會飛了出去。」

楚小楓道：「姑娘知道是什麼人麼？」

文鳳道：「我想，你可能猜對了，那裡面是大先生。」

楚小楓道：「文姑娘，他如若還留在那座茅舍之中，是不是仍能控制全局。」

文鳳道：「這茅舍的埋伏，用響聲控制他們的行動，但飛鴿可以指揮外面的人。」

簡飛星道：「飛鴿距離咱們有二十餘丈，只怕也沒有辦法擊落。」

楚小楓道：「文姑娘，咱們去找他。」

文鳳道：「好！如能拚倒了大先生，其他的人，就好應付了。」

簡飛星道：「一切都如姑娘所言，那位大先生都一直在暗中，掌握你們這個組合的形勢。」

文鳳道：「看來，確是如此了。」

簡飛星道：「這周圍的形勢，如是在姑娘的控制之下，我相信那位大先生，還沒有請到救兵，現在立刻去找他，也許還有機會和他一拚。」

楚小楓道：「大哥，有一件事，小弟必須先說明白。」

簡飛星道：「你請說。」

楚小楓道：「咱們對付大先生，那是世間第一流的高手，所以，大哥不用拘泥於江湖中的規戒了。」

簡飛星道：「兄弟的意思是……」

楚小楓接道：「大哥是正人君子，一代名俠，如若是咱們非要和人動手之時，只怕大哥不肯聯手合攻。」

簡飛星道：「兄弟你放心好啦！除此惡人，大哥也不會和他講什麼江湖規戒。」

楚小楓道：「好！咱們走吧！」
文鳳道：「我帶路。」
成方、華圓，一舉步搶在了文鳳的前面。
文鳳笑一笑，道：「你們兩個不用搶，還是由我帶路好些。」
楚小楓明白文鳳之意，是指成方、華圓，只怕擋受不了大先生的一擊，當下接道：「你們跟在後面好了。」
搶先一步，緊追在文鳳的身後。
簡飛星走在了楚小楓的身後。
行入茅舍，大先生早已在客廳中一張太師椅上坐著。
老少雙怪，站在他的兩側。
大先生永遠是那麼小心的人，不許站在他的背後。
簡飛星冷冷說道：「姑娘，那個戴面具的就是大先生麼？」
大先生道：「不錯，就是我。」
簡飛星笑道：「遮頭蓋面的人，哪裡像個人物。」
大先生笑道：「在下志在四海，哪裡會把你們這等人放在心上，我也不肯見你們。」
楚小楓道：「四周都被文姑娘下令封鎖，就算你們有人來，也無法通過含沙、射影一關，何況，你飛鴿召人，只怕也無法把他們召得回來。」

大先生冷笑一聲，道：「我如沒有對付你們的把握，也不會在此地現身了。」
文鳳道：「你好狡猾。」
大先生冷笑一聲，道：「文鳳，我還沒有治你個背叛之罪，你竟然還敢對我無禮。」
文鳳道：「背叛的不止是我，除我之外，還有很多的人。」
大先生似乎是很震動，停了一下，才緩緩說道：「你說說看，還有誰？」
文鳳道：「就算我知道，我也不會告訴你。」
大先生縱聲大笑，道：「文鳳，就算還有人背叛我，也影響不了大局，只可惜，你卻先做了代罪羔羊。」
文鳳笑一笑，道：「大先生，生死一事，我早已不放在心上了。」
楚小楓道：「你聽著，我們此刻，就是一個生死火併之局，不是我們死亡，就是閣下現形。」
大先生道：「太聰明的人，不能留，偏偏我會對你生出了惜才之心。」
簡飛星喝道：「取下你的面具，簡某人想和你決一死戰。」
大先生冷然說道：「你還不配。」
簡飛星拔刀在手，上一大步，冷冷說道：「亮兵刃。」
未等大先生喝叫，老少雙怪已經出手，兩把刀同時出鞘，攔住了簡飛星。
簡飛星長刀，橫掃過去。
他號稱刀過無聲，刀法奇快無比。

老少雙怪揮刀迎擊，三個人立時展開了一場激烈的惡鬥，一開始，簡飛星就用出了全力，刀光霍霍，再逼過去。

老少雙怪，這一次，倒未躍起施襲，完全運用的正宗刀法。

三個人搏殺的十分激烈。

老少雙怪合戰簡飛星，各以快刀相搏，生死一擊。

楚小楓目光轉到大先生的身上，緩緩說道：「閣下，可以取下面具了吧！」

大先生道：「楚小楓，你聽著，我終會有一天，取下面具，不過，不是現在。」

楚小楓道：「那要什麼時候，才會取下面具？」

大先生道：「應該取下的時候，在下自會取下。」

楚小楓緩緩抽出長劍，道：「可惜，只有老少雙怪跟著你。」

大先生道：「怎麼樣？」

楚小楓道：「所以，現在，你非出手不可！」

大先生點一點頭，道：「楚小楓，你一個人只怕不是我的敵手，要文鳳和你聯手而上吧！」

楚小楓淡淡一笑，道：「我看，還用不著，楚小楓落敗之時，文鳳姑娘再援手不遲。」

大先生哈哈一笑，道：「好！楚小楓，今天，我要你開開眼界，出手吧！」

楚小楓道：「大先生，難道，對付我楚某人，大先生連站也不用站起來了。」

大先生道：「楚小楓，你可看到真正的高手麼？」

楚小楓道：「大先生就是那真正的高手了。」
大先生道：「楚小楓，你何不試試？」
楚小楓道：「在下正要領教。」揚手一劍，緩緩刺出。
大先生仍然是靜坐不動。
楚小楓的劍，距離大先生的前胸，還有半尺。
大先生緩緩抬起了手。
楚小楓劍勢突然加快。
半尺的距離，一閃之間，已到了前胸。
大先生突然一抬右臂，楚小楓一劍正好刺在了臂彎之中。
大先生手臂一合，竟然把劍挾在了肋間。
這一著，大出了楚小楓的意料之外，不禁一呆。
大先生右手輕輕一彈，楚小楓手中之劍，突然折作兩段。
楚小楓手中執著半截斷劍，疾快地向後退了兩步。
大先生笑一笑，道：「楚小楓，怎麼樣？」
楚小楓冷冷說道：「很嚇人。」
大先生冷冷說道：「嚇人，你可敢坐著，要我也刺你一劍。」
楚小楓道：「不必，我不是你，大先生，你一生行事為人，哪一件按照江湖上規戒行事了，我楚小楓不會上這個當。」

大先生道：「好！好！軟硬不吃，老夫只有殺了你！小心了！」

楚小楓道：「請出手。」

隨在楚小楓身後的成方、華圓，都已被大先生這種手臂挾劍、指力斷劍的功夫嚇住了。

眼看楚小楓十分鎮靜，慢慢地恢復正常。

文鳳突然向前行了一步，站在楚小楓的身側。

楚小楓神情平靜地笑一笑，道：「大先生練的彈指神功，能夠一指斷劍，足見高明，但不知何以不肯借機出手。」

這時，四英已經出手，全力對付少怪，使得簡飛星和老怪成了單打獨鬥的局面。

簡飛星原本不希望別人相助，但他們兩個人動手搏殺了一陣之後，感覺到老少雙怪的壓力，越來越大。

所以，四英出手之時，簡飛星並沒有阻止。

他這一生之中，身經百戰，一日之中，連鬥百位高手。

天生的神力，加上他深厚的內功，一連戰了十個時辰，不露疲態。

那一戰，使他成名，也使他成為一代大俠。

因為，那一戰，是因為簡飛星單人一刀直闖綠林大會。

那是江湖上的惡人大會，天下綠林道上的人，到了一大部分。

但今日之戰，簡飛星感覺到遇上了敵手。

老少雙怪的壓力，強大無匹，簡飛星能夠力敵兩人數十招，自己明白，是因為自己含忿出手，搶盡了先機，所以，才能夠和兩人力拚了數十招。四英全力，也勉強和對方打個平手，保持不敗之局。

四十　元凶授首

但文鳳看得很滿意了，心中暗道：「楚小楓的手下並非弱者。」

大先生仍然坐在木椅上，望望老少雙怪惡鬥的情形，目光中似有無限驚異。

楚小楓笑一笑，道：「大先生，如是單從外表上看，你展露這一招，似是有些驚世駭俗，但你可知道，為什麼嚇不住我？」

大先生的目光，凝注在楚小楓的臉上，道：「大概是因為有文鳳在你的身後，你相信她的援手，一定能救了你。」

楚小楓笑一笑，道：「你錯了，大先生，我不是覺著她能救我，而是我相信，你殺不了我。」

大先生緩緩站了起來，道：「有什麼理由？」

楚小楓道：「你太大意了，我如不知道你的彈指神功，到了如此境界，你突然出手，可能會殺了我，或是傷了我，但你太愛表現。」

大先生道：「唉！楚小楓，我這樣，已經證明了我殺人的能力，不過是舉手之勞，但你竟不怕。」

楚小楓道：「因為，知道的事，總可以防備。」

大先生道：「好！你小心了。」

忽然一指點了過去。

楚小楓靜立未動，右手由下面向上一翻，反扣大先生的脈穴。

大先生霍然向後退了一步，道：「那一本劍譜，果然落在了你的手中，而且，你已經看完了這本劍譜。」

楚小楓道：「何以見得？」

大先生道：「因為，對付彈指神功的手法，就在最後一章，而且，你已經學會了。」

楚小楓道：「大先生，如若你的武功，只是在那本劍譜上學的，老實說，你會的，我都會，也許我沒有你精湛。」

大先生點點頭，道：「好！如此說來，確實不能留你了。」

楚小楓道：「明天，就是春秋筆出現的日子，我雖然還不太清楚你和春秋筆之間的關係，但我想一定有關了。」

大先生道：「楚小楓，你實在太聰明了，不過，據我所知，太聰明的人，一向都活不長久。」

楚小楓道：「不是在下聰明，而是閣下把別人都看得很笨，像閣下這樣的大張旗鼓，難道真能夠瞞過天下人的耳目嗎？就像你戴上個面具，就覺著自己可以隱瞞身分，別人就認不出你是誰了嗎？」

大先生道：「至少，到目前為止，還沒有人能夠認出我是誰。」

楚小楓點點頭，道：「這一點，你確實藏得很好，不過，這也不是永久之策，總有一天，別人會取下你臉上的面具。」

大先生道：「其實，用不著別人來取，應該取下來的時候，我就會自己取下來。」

楚小楓道：「可惜，我們等不到那時刻了。」

大先生道：「楚小楓，你是不是很想看看我的真面目？」

楚小楓道：「一定要有條件麼？」

大先生道：「對！條件就是你告訴我，什麼人給了你那本劍譜。」

楚小楓暗暗嘆息一聲，忖道：「看來，事情有點眉目了。」心中念轉，口中說道：「那個人，和你有關麼？」

大先生道：「交換條件，你只要詳細地說出你取到這本書的經過，我就把面具取下，給你瞧瞧！」

楚小楓道：「大先生，咱們之間，哪一個可以使人相信？」

大先生望望老少雙魔和簡飛星等搏鬥的情形，道：「他們還有得一段時間搏殺，會留給咱們足夠的時間，楚小楓，你要快些決定。」

楚小楓道：「決定什麼？」

大先生道：「咱們談的條件！」

楚小楓道：「我已經決定了，我覺著，我的可信程度，要比你大一些。」

大先生道：「這是什麼意思？」

楚小楓道：「意思是，你先取下面具，我們見識過了你的真正面目之後，在下再告訴你那本劍譜的來歷、經過。」

大先生道：「哦！」

楚小楓道：「就我們兩人而言，我的信用，似乎是要比你高一些了。」

大先生沉吟了一陣，道：「可以，不過，你要先答覆我一件事，那本劍譜，現在何處？」

楚小楓笑一笑，道：「我總不能毀了它。」

大先生道：「那是說還留在人間了？」

楚小楓道：「對！所以，三、五年之後，可能會有很多個楚小楓出現江湖，所以，我對自己的成敗，並不太重視。」

大先生道：「楚小楓，有些武功，並不是有了劍譜，就可以練成的，最重要的是，他要有足夠的才慧和天賦。」

楚小楓道：「我知道，他們會找到這樣的人，也有足夠的時間。」

大先生道：「我不相信，一個人會有那樣的氣量，讀過那本劍譜之後，會把它留在世上。」

楚小楓道：「你可以不信，但我已經是一個很明顯的例子，嚴格點說，那已經不是一本劍譜了，而是一本記述很多武功的密錄，它包括了拳、掌、指法等各種武功。」

大先生道：「楚小楓，你可曾想到，那劍譜尚在人間，也可能造就成我這樣的人物。」

楚小楓道：「對！你這一說，我倒是覺著了，得趕緊毀了它。」

大先生道：「好！這方面，我可以助你一臂之力。」

文鳳道：「楚公子，不能答應他，毀了那劍譜，他再殺了你，那就可以天下無敵了。」

大先生道：「文鳳，最毒婦人心，古人誠不欺我。」

文鳳冷笑一聲，道：「大先生，我不知道，你是否還有一點人性。」

大先生戴著面具，無法看到他的怒容，但可從他的目光中，看到他的怒火。

文鳳看到了那目光，那是一種強烈的侵犯目光，文鳳立刻提高了警覺。

楚小楓也做了最嚴密的戒備。

這大先生確有人所難及之能，竟然把冒起的怒火，硬給壓了下去。

楚小楓冷笑一聲，道：「大先生，閣下忍耐功夫，實在叫在下有些震驚。」

文鳳道：「他已經陰到了骨子裡了。」

楚小楓道：「大先生，你如再不出手，咱們只好先出手了。」

大先生道：「兩位是一齊出手呢？還是一個一個的來？」

文鳳道：「這是我們的事了，不勞閣下費心。」

大先生道：「好！兩位可以出手了。」

文鳳道：「大先生，你的用心，我很明白，你希望等到援手到來，是麼？」

大先生道：「不錯。」

文鳳道：「可惜，我們不給你這個機會了。」突然一掌拍出去。

大先生不閃不避，竟然準備硬受一擊。

文鳳掌勢接近大先生的前胸之時，突然收了回來。

大先生道：「為什麼不打下來？」

文鳳道：「你這樣陰險的人，竟然不肯閃避，想來是定有準備了。」

大先生道：「文鳳，你如這樣膽小，又如何能夠傷得了我。」

文鳳道：「楚公子，我越想這個人越覺著不太對勁，所以，我收回了這一掌。」

楚小楓道：「對！他身上可能穿的有防身盔甲。」

文鳳道：「如是防身盔甲，那也罷了，不過，我想他可能會在甲上裝有什麼毒針。」

楚小楓道：「以這個人的心機之深，此事倒是大有可能。」

成方一抬手，拔出長劍，遞給楚小楓。

楚小楓一劍在手，冷冷說道：「大先生，接招。」

忽的一劍，刺了過去。

文鳳一揚右腕，一道寒光，由袖中疾射而出。

大先生對那刺來的劍勢、射來的寒芒，直看作枯枝、朽木，完全未放在心上。

長劍刺中了大先生的小腹，那飛來的寒芒，也射中了大先生的前胸。

這兩處，都是致命的地方。

但聞叮叮兩聲，那刺中的長劍，有如刺在了堅硬的鐵片之上。
射中大先生前胸的寒芒，也如撞在了堅壁之上，噹的一聲，彈了回來。
那是一柄柳葉飛刀。
大先生迅快出手，大拇指和中指，捏住了楚小楓的劍身。
笑一笑，道：「真正的武功變化之妙，不在招式的繁複，而是在其手、足上的運用，你雖然學會了大羅十二式，但卻無法施展了。」
楚小楓笑一笑，道：「大先生，在下很佩服閣下的設計，武林中人，像閣下這樣做一副鐵甲穿在身上的，實在也不太多了。」
文鳳不知何時，手上已經戴上了尖利的指套。
她緊緊地站在楚小楓的身後，雙目盯注在大先生雙手之上，他只要一出手，文鳳兩雙尖利的手指，必然就會抓向大先生。
四英和簡飛星，一直嚴密地監視著老少雙怪。
楚小楓連連遇上險境，但他一直能保持著適當的鎮靜。
這份鎮靜功夫，使他一直保持著最後的反擊能力。
文鳳輕輕吁一口氣，道：「楚公子，時間拖下去，對咱們絕對不利，不如現在一拚，咱們還有機會。」
楚小楓道：「好！」
右手一推長劍，飛起一腳踢向大先生的小腹。

文鳳也同時出手，右手抓向大先生挾劍的右腕，左手指鋒，指向大先生的咽喉。

大先生身軀疾轉，右手加力，捏斷了楚小楓右手的長劍，同時也避開了兩人的攻擊，左手借勢還擊，一掌拍向文鳳。

文鳳手指上尖利的指套，似是大先生的剋星。

他可以不把百鍊精鋼的長劍放在眼中，但對那指套卻有著很大的顧慮。

這就使得這一場搏鬥中，文鳳佔了很大的光。

楚小楓被連續弄斷了兩支長劍，內心中，實在也有些不是味道。

文鳳強猛的攻擊，使得楚小楓有著很充分的準備時間。

大羅十二式。

雖然只是斷去了一截的劍，但卻不減威勢。

文鳳十三招連環的攻勢，只攻出了九招，但卻被楚小楓這威猛的劍勢給逼了下來。

她知道大羅十二式的威力，激蕩的劍氣，容不下她聯手合攻。

大先生一直在三尺方圓的地方上轉動，他的點穴斬脈手法，封住了文鳳的凌厲攻勢。

如非他心中對那尖厲的指套有所顧忌，也許早已把文鳳擊殺在手下。

但楚小楓的大羅劍式，卻是完全的不同了。

那凌厲的劍招，有如泰山壓頂一般，迫得大先生不得不全力應敵。

只見他雙手揮動，用手腕迎向了楚小楓的劍勢。

一陣叮叮噹噹的金鐵交鳴之聲，硬把楚小楓手中的斷劍給封擋開去。

大先生對大羅十二式的變化，早已精嫻於胸，封開四劍之後，乘隙反擊，呼的一拳，直搗過來。

這一拳，正搗入大羅劍法的空隙之中。

拳風、暗勁，直逼而上。

楚小楓已和不少高手動過手，但卻從沒有見過如此強烈的拳勁。

逼人的暗勁，把楚小楓震得向後退了三、四尺遠。

文鳳又欺身而上，攻出了三招。

楚小楓再度揮劍，攻了上去。

三個人，展開了一場激烈的搏殺。

文鳳凌厲的指鋒，加上楚小楓的大羅劍式，也只不過和大先生保持個半斤八兩之局。

那大羅劍式，威力強大，但幸好是文鳳也對大羅劍招有著十分的瞭解。

所以，她可以配合楚小楓的劍勢。

開始之時，楚小楓和文鳳的配合，還無法極為佳妙的合作，但打了一陣之後，兩個人的配合，逐漸地熟練起來。

指鋒、劍招，也因熟練的配合，更是凌厲，大先生原本應付兩人十分輕鬆，但逐漸地卻變得十分吃力。

簡飛星和四英，一直盯著老少雙怪。

老少雙怪卻沒有十分注意簡飛星和四英，大部分注意力，都投注在三人的搏鬥之上。

文鳳一面揮指狂攻，一面說道：「大先生，我還認為你有什麼了不起的能耐，現在感覺到，也不過爾爾了。」

大先生道：「你們距離勝利之路，還很遙遠，不要太早得意。」

文鳳道：「大先生，至少，我對你的畏懼，已經消除，你也不過是一個人罷了。」

大先生道：「過去呢？你把我看成什麼？」

文鳳道：「過去，我把你看成了一個神。」

大先生道：「文鳳，大先生，就是大先生，你要小心了。」

忽然間右手一振，手中已多了一把金劍。

那是一尺五寸的短劍。

但這一把短劍，一入大先生之手，立刻威力驚人。

楚小楓縱橫的劍勢，立刻被封閉住。

文鳳的指鋒，也在那柄金劍之下，被逼了開去。

原來微微落在下風的大先生，忽然間又佔了優勢。

簡飛星長刀一揮，道：「兄弟，要不要我來幫忙？」

只聽一個冷冷的聲音，道：「刀過無聲簡飛星，你活得不耐煩了。」

抬頭看去，不知何時，兩個穿著黑衣的中年人，已出現在大廳之中。

文鳳嬌聲道：「退！」當先向後躍退了五尺。

楚小楓緊隨著退了下來。

大先生收了金劍。

文鳳道：「老三、老四。」

兩個黑衣人冷冷地望了文鳳一眼，道：「二先生，這是怎麼回事？」

大先生道：「怎麼回事？二先生背叛了咱們。」

兩個黑衣人緩步前行，直到大先生的身邊，才停下腳步。

簡飛星本來要發作，但卻被楚小楓示意阻止。

大先生冷笑一聲，道：「三先生、四先生，你們怎麼來的？」

兩個黑衣人躬身應道：「我們繞過了含沙、射影，殺了四個自己的人，才進入廳中。」

大先生道：「好！好！老三，那手執斷劍的就是楚小楓，我把他交給你了，殺死他。」

左首的黑衣人應了一聲，舉步對楚小楓行了過去。

文鳳冷冷說道：「于老三，你給我站住。」

于老三停下了腳步，道：「二先生，什麼事？」

文鳳道：「剛才，我們和大先生動過了手。」

于老三道：「那是背叛？」

大先生道：「對！徹頭徹尾的背叛。」

文鳳道：「我只好告訴你兩件事。」

于老三道：「好！你說！」

文鳳道：「我們和大先生動過手了，而且，還活著……」

于老三接道：「二先生，如若你說的是個笑話，這笑話，並不好笑。」
文鳳道：「這不是笑話，而且，很嚴肅！」
于老三道：「哦！」
文鳳道：「重要的是，大先生並沒有殺死我們，那證明了大先生也是個人，並不是神，他和我們一樣，只是武功稍微強了一些，而且，也沒有強過我們很多。」
于老三冷笑一聲，舉步對楚小楓行了過去。
文鳳道：「于老三，你為什麼一定要殺楚小楓？」
于老三道：「奉命。」
文鳳道：「奉誰之命？」
于老三道：「自然是大先生！」
文鳳道：「大先生是誰？」
于老三呆了一呆，道：「大先生就是大先生，有什麼好懷疑的？」
文鳳冷笑一聲，道：「不論是誰，戴上那一個面具，都可以是大先生，對麼？」
于老三道：「這個，這個……」
文鳳道：「我想不通，大先生究竟是何許人？」
于老三回顧了大先生一眼。
大先生冷冷說道：「于老三，你在懷疑什麼？」
于老三道：「我在想二先生說的話。」

大先生道：「二先生說的話，如何可以相信？」

于老三道：「她的話，是不可以相信。」

大先生冷冷說道：「于老三，難道，你也動了叛離之心？」

于老三搓一搓雙手，道：「文鳳姑娘的話，說得不錯，我們殺人、拚命，究竟是為了什麼？你一直在命令我們，但你又是誰？」

大先生道：「我是大先生。」

于老三笑一笑，道：「大先生又是誰？」

大先生道：「我就是我。」

于老三搖搖頭，道：「這些年來，我們心中，都有一個疑問，我們唯命是從的，究竟是誰？這疑問，在我們的心目中，構成了很大的負擔……」

大先生接道：「你們既有此疑，為什麼不說出來？」

于老三道：「這疑問早在我們心中生根，但卻一直沒有說出來的時機。」

大先生道：「現在，時機到了，對麼？」

于老三道：「是！」

大先生回顧了四先生一眼，道：「錢老四，你有什麼感覺？」

錢老四道：「和老三一樣，我覺著，這件事，需要澄清一下。」

大先生道：「難道你們懷疑我的身分？」

錢老四道：「這些年來，我們一直沒有見過你的真正面目，現在，我們需要看看。」

大先生道：「看過之後呢？」
文鳳道：「看過之後，我們會商量出一個辦法。」
大先生道：「于老三、錢老四，我等你們的答覆。」
于老三道：「文鳳說得對！先瞭解你的身分之後，我們才能商量出一個辦法。」
大先生突然轉過身子，向外行去。
文鳳厲聲喝道：「站住。」
大先生加快了速度，奔向廳門。
突然間，兩個人出現在廳門口處。
兩個穿著灰衣大褂的瞎子。
是含沙、射影。
這兩個人，瞎了幾十年，但他們武功高強，而且練成了人所難及的聽覺和嗅覺。他們能聽到十丈內落葉的聲息，也能夠從人體的氣息中，分辨出來人是生人或是熟人。
大先生奔行極快，幾乎和兩個人撞在了一起。
收住腳步，大先生疾快地向後退了五步，道：「是你們？」
含沙、射影，是兩個人的外號，他們雙眼瞎去之後，就苦練一種絕毒的暗器，和兩個人精奇的武功，配合施用。
沒有人能知道他們攻出的一招中，是否有暗器配合，所以，死傷在他們手下的人，相當的多，就像沙漠中的毒蟲，含沙、射影一樣凶厲。

兩個人的綽號，越來越響亮，反而把兩個人的真實姓名給掩沒了去。

這兩人本是孿生兄弟，再經過數十年的合作，早已心意相通。

他們姓洪，先出生半個時辰的老大叫洪飛，老二叫洪山。

含沙洪飛，冷笑一聲，道：「是大先生麼？」

大先生道：「很高明的記憶力，我記得，只和你說過一次話。」

含沙洪飛道：「那已經很夠，不論任何人的聲音，只要咱們兄弟聽過一次，那就永不會忘記。」

大先生一皺眉頭，道：「含沙、射影……」

洪飛、洪山齊聲應道：「大先生。」

大先生道：「你們如若確定了我是大先生，怎能如此的無禮！」

射影洪山冷冷說道：「大先生，咱們兄弟在這個組合中，只不過是個從衛的身分，但卻是一向奉命唯謹，從來沒有誤過事情。」

大先生道：「不錯，你們兄弟執行令諭，一向嚴謹，從不徇私，本組合光大在即，兩位實在是很好的刑堂主持。」

含沙洪飛道：「不必啦，人貴自知，我們兄弟在武功上，也許還過得去，但雙目不能見物，很難追覓千里、緝拿人犯，很難主持刑堂。」

楚小楓心中暗道：「這兩人雖然也加入了這個神秘組合之中，但仍保有著他們性格。」

大先生雙目中已暴射出怒火，但他還沒有發作，緩緩說道：「你們既然知道還是這個組合中人，也知道我是大先生，怎會對我如此無禮！」

文鳳接道：「他們雖然知道了你是這個組合中人，也知道你大先生的身分，但含沙、射影，一向是很認真的人，他們對你召來同道，殺死他們的屬下一件事，極為不滿。」

大先生冷笑一聲，道：「洪飛、洪山，你們可知道，殺你們率領的防守之人，是什麼人麼？」

洪飛道：「什麼人？」

大先生道：「是三先生和四先生。」

射影洪山冷笑一聲，道：「這就更使我們兄弟不解了，既然是三先生和四先生，為什麼竟然會殺死了咱們自己人？」

含沙洪飛冷冷說道：「我們奉命守衛此地，任何人不得擅入，想不到，三先生和四先生，竟然不惜殺死自己的人，衝來此地，何況，目下的禁令，尚未解除，有人衝入了這座茅舍之中，咱們兄弟，還應該負責，對麼？」

大先生道：「我以大先生的身分，告訴你們，于老三和錢老四，是奉我令諭之召，趕來此地，你們不用管這件事，退回去吧！」

洪飛道：「大先生，但是這個組合中，最首要的人物，說出的話，就算是令諭，但前令未解，又下了這樣一道令諭，實在叫咱們做屬下的無所適從了。」

大先生冷笑一聲，道：「你們可知道，傳出令諭，要你們防守此地，任何人不得進入的，是什麼人呢？」

洪飛道：「咱們只知道奉命行事，卻不知道是什麼人？」

大先生道：「很不幸，咱們這個組合中，出了一個叛徒，那就是對你們傳下令諭的二先生。」

洪飛道：「哦！二先生背叛了大先生？」

大先生回顧了文鳳一眼，道：「不錯，現在，二先生就在此地，我召來了三先生和四先生，就是要處置此事。」

洪山道：「大先生，咱們兄弟，沒有眼睛看人，但是我們的感覺之中，好像是大先生準備在逃走一樣。」

大先生怒道：「含沙、射影，我已經對你們曲予縱容了，你們這等目無長上，難道，就不怕組合中的嚴厲規戒麼？」

洪飛道：「怕！所以，咱們才一直嚴遵令諭，一直兢兢業業於本身的職責。」

這兩兄弟，你一言我一語，說來倒也入情入理，大先生頓有著語塞之感。

這時，錢老四突然開了口，道：「含沙、射影，你們兄弟先行退去，我和老三殺了你們屬下的事，過一天自會給你們一個交代。」

洪飛笑一笑，道：「四先生這麼說，我們兄弟就擔當不起了，在下和舍弟告退。」

兩個人的態度，突然大變，恭恭敬敬行了一禮，退了回去。

大先生望著兩人的背影，眼中是一片很奇怪的神色。

于老三輕輕咳了一聲，道：「大先生，現在，咱們應該繼續談談咱們的事了。」

大先生冷冷說道：「你們是不是早約好了，一起背叛於我？」
于老三搖搖頭，道：「沒有，大先生，我們只想看看你的真正面目，知道你是誰？」
大先生道：「看過之後呢？」
于老三呆了呆，望著錢老四，一時間不知如何回答。
錢老四略一沉吟，道：「大先生，你是咱們的首腦，咱們對你一向敬服，想不到，咱們之間，似乎是一直沒有開誠相見。」
于老三道：「對！大先生，我們希望你取下面具，大家面對面地好好談談，照你大先生的說法，咱們這個組合在一個月內，就可以完成我們多年的心願了。」
大先生道：「不錯，行百里路半九十，現在，應該還不是我取下面具的時候。」
文鳳道：「大先生，你所謂的大局將定，是把我們也一起算計進去了。」
大先生冷冷說道：「文鳳，你一直在用心挑撥，是麼？」
文鳳道：「過去，我們一直把你視作首腦，遵從你的令諭，冒險犯難，從無一句怨言，但你自己想想你的作為，哪一件事，能叫我們相信？」
大先生道：「過去，難道你就一直沒有想到這些問題麼？」
文鳳道：「早就想到過了，不過，不像現在這麼明朗。」
于老三道：「大先生，二先生說得不錯，我們心中早就有些對你不信任，只不過，我們沒有說出來罷了。」
大先生道：「既然是早就不信任了，為什麼不早說出來？」

錢老四道：「說出來？那也得有說出來的機會呀！」

文鳳道：「你一定想知道，我就告訴你了。」

大先生道：「好！我也希望，你們能明明白白地說出來，是不是早有了勾結。」

文鳳道：「你又猜錯了，我們沒有勾結，大家對你的懷疑，都是深藏在心中，你的神秘，不但使我們疑心，也使我們畏懼，疑心雖早，不過，不敢說出來，你除了由我代你傳諭的本寨之外，又設了兩處發號施令的營寨，牆無百日不透風，你那些別具用心，不但我覺著，大概老三、老四，都已經心中有數，你究竟在玩的什麼手法？」

大先生冷冷一笑，答非所問地道：「你們有了問我的膽量了？」

文鳳道：「楚小楓的啟示，你千方百計地要殺他，但他還是好好地活著。」

大先生道：「我主要的，是要留他活口，如是我想殺他，哪還有他的命在。」

文鳳道：「我是很清楚，在襄陽時，你想殺他，後來，你也想殺了他，只是中間，有一次，你想要生擒他。」

大先生沉吟了一陣，道：「所以，你也敢背叛我了。」

文鳳道：「哼！不止是我，只怕接近你的人，都已有背離你的用心了。」

大先生道：「于老三、錢老四，你們說，你們是不是也決心背離我了？」

兩道炯炯的眼神，不停地轉動，逼視兩人。

于老三吁一口氣，道：「大先生，小弟等只是想多瞭解一些大先生。」

在久年積威之下，接觸到了那凌厲的眼神，兩個人不覺間生出了畏懼之心。

大先生道：「你們所謂的神秘，就是我戴了一個面具，是麼？現在，我如取下面具呢？」

于老三道：「大先生，這正是咱們日夜祈求的事。」

大先生道：「好，我可以立刻取下面具，不過，你們現在，要表明一下立場，第一，我要你們決定，我如取下了面具之後，你們是否還聽從令諭行事？」

錢老四道：「如若今後彼此之間，真能坦白相處，我們自然還會聽從大先生的令諭。」

大先生道：「那很好，我如若要你們殺了文鳳呢？」

于老三呆了一呆，道：「你是說二先生？」

大先生道：「對！」

于老三道：「這個，她是二先生的身分，我們如何能以下犯上？」

大先生道：「她已經背叛了我，由現在起，取消她二先生的身分，然後，由你遞補。」

最後這句話的誘惑力量很大，于老三不自禁地望了文鳳兩眼。

文鳳冷冷說道：「不要聽他挑撥，他要你們出手，但你們自己想想看，是不是一定能夠殺得了我。」

大先生道：「老三，二先生的武功，決不會在你之上。」

于老三回顧了錢老四一眼，道：「你看看，這件事，咱們應該如何？」

錢老四道：「我看，這件事，咱們得冷靜地想一想。」

大先生道：「想什麼？」

錢老四道：「想一想看，我們應該如何自處，這大概是我們最後的機會了。」
于老三道：「最後機會，這是什麼意思？」
錢老四微微一笑，道：「你想想，目下情勢，似乎是咱們最後一個抉擇了，如若咱們的選擇不對，那就只有一條路走？」
于老三道：「什麼路？」
錢老四道：「死亡。」
楚小楓冷冷說道：「還有一條路，閣下沒有想到？」
錢老四道：「什麼路？」
楚小楓道：「流芳百代和遺臭萬載，人生短短數十年，都會死亡，但有些人死去之後，卻被尊敬如神，至少，提到他，無不心懷敬意，但有些人，死去之後，提到他，人人都會罵他幾句。」
錢老四沉吟不語。
于老三吁一口氣，道：「一個人，死都死了，還管後世的人罵不罵，反正人死了，也聽不到。」
簡飛星道：「于老三，你們雖然都是用的排行相稱，但我知道你是誰，大丈夫生於人世，要活得頂天立地，就拿你們這些人來說吧！一個個，都有著非常的武功，都有著極高的成就，就算不能成為一代武學宗師，但至少，也可以揚名立萬，成為一代大俠。」
大先生道：「我們改扮易容，隱於暗中，只為了一個目的，那就是大展鴻圖，有一天，我們會脫去偽裝，堂堂正正地出現在江湖之上，不過，那時候，所有的江湖人，都會對我朝拜。」

楚小楓道：「古往今來，不知有多少英雄人物，都會心存此念，你可曾看到了他們的成功？」

大先生道：「他們麼？都是各大門戶的真正主人……」

楚小楓道：「這些為你打天下的功臣呢？鳥盡弓藏，你要如何處置他們？」

大先生道：「那是他們的方法不對。」

楚小楓道：「我想不出，你用什麼方法，能夠償此心願？」

大先生道：「這你不用知道。」

楚小楓道：「事實上，只怕你也未必有此能耐。」

大先生道：「哦！為什麼？」

楚小楓道：「閣下只怕要先過了在下這一關才行。」

大先生道：「楚小楓，你認為，你真能攔得住我麼？」

簡飛星道：「還有我！」

大先生冷笑一聲，道：「你，你不過螢火之光，也敢言和日月爭明麼？」

文鳳道：「大先生，現在可不可以取下你的面具？」

大先生道：「可以，但你們還沒有告訴我如何決定？」

錢老四道：「大先生，我看，這件事，還要你先委屈一下自己才行！」

大先生道：「怎麼個委屈法？」
錢老四道：「先取下你的面具，等我們看清楚了你的身分之後，再作計議。」
大先生哈哈一笑，道：「錢老四，看來，你也有背叛之意了。」
錢老四道：「就目下情勢而言，咱們對大先生，難免會有些懷疑了。」
文鳳和楚小楓已悄然移動身體，擋在了大門口處。
簡飛星冷冷說道：「大先生，你已經眾叛親離了，還擺的什麼威風。」
楚小楓突然欺身而上，右手一探，向大先生臉上抓去，口中說道：「閣下既然不肯自行取下，那只有咱們自己動手了。」
一句話的時間，兩人已經動手五招。
楚小楓未能取下大先生臉上面具，反而被大先生的雄渾掌力，逼得向後退了三步。
但文鳳接連出手，指點、掌劈，倏忽間，攻出了七掌、點出五指。
大先生封擋開了文鳳的攻勢，楚小楓的攻勢又到。
這兩人連環攻勢，雖然十分猛烈，但大先生仍然能從容應付。
錢老四回顧了于老三一眼，道：「咱們應該如何？」
于老三道：「咱們話已經說出了口，就算是咱們袖手旁觀，他也不會放過咱們。」
錢老四道：「這話說得不錯，為今之計，也只有想法子，逼他取下面具了。」
于老三點點頭。
大先生雖然一直和楚小楓、文鳳激烈搏殺，但他仍然保有著耳目的聰敏，聽到了兩人的說話。

忽然間，大先生拳法一變，招招如巨斧開山一般，劈了過來。

雄渾的拳風，帶起了呼嘯之聲。

楚小楓和文鳳，都被那拳風逼得無法還招。

忽然間，大先生飛躍而起，平飛如箭，向外衝去。

文鳳和楚小楓已被他拳風逼開，顯然，已無法阻攔大先生的衝奔之勢。

這時，刀光一閃，一道寒光，迎面劈下。

是簡飛星。

原來，他發覺了大先生已存了逃走之心，悄然移動身軀，守在了廳門口處，劈出這及時的一刀。

只見大先生一揚拳，直向刀上迎去。

簡飛星冷笑一聲，道：「就算你練過金鐘罩、鐵布衫的功夫，但也很難承受我這一刀。」

暗加力道，刀勁去勢更疾。

眼看拳勢和刀刃就要相觸一處，大先生拳頭忽然一偏，以手腕迎向刀刃。

鏘然一聲金鐵交鳴，簡飛星的刀勢竟被震開。

敢情，他這手腕之上，竟然戴了一支金環。

但簡飛星這一擋之勢，文鳳和楚小楓又圍了上來。

老少雙怪，卻被華圓、成方、四英等圍了起來。

于老三、錢老四，也極快地跟了上來。

錢老四大聲叫道：「大先生，你如還不肯取下面具，那就別怪咱們對不住了。」

大先生目光轉動，看看環圍在四周的五大高手，心中實是感慨萬端，五人之中，竟有三人，是他自己的屬下。

楚小楓冷冷說道：「大先生，你如若一直認為自己是個很成功的人，現在，應該已經證明了。」

大先生道：「證明了什麼？」

楚小楓道：「證明了你並未成功，鑑於江湖上很多的往例，你對他們並無太大的不同，你不是超人，也低估了人性。」

大先生道：「只要我離開了此地，我相信，我有很充分的能力，東山再起，就算這個組合中人，全數背叛了我，也無法阻止我再一次的成就。」

楚小楓冷笑一聲，道：「你自信能夠走得了麼？」

大先生道：「你們五人合力，也許可以和我一決勝負，但我要破圍而出，並不是太難的事。」

楚小楓心中暗道：「以他武功之高，真的要闖出去，只怕是很難攔得住他。」

只聽于老三和錢老四，同時說道：「大先生如是一定要闖出這座大廳，只怕得先殺了在下。」

大先生怔了一怔，怒道：「你們，好大的膽子。」
于老三笑道：「就算是我們今日吃了豹膽、熊心，冒犯你大先生了。」
錢老四道：「你如真有東山再起的一天，只怕先要殺死我和于老三了。」
大先生厲聲說道：「你們現在還有機會，跟我離開此地，重整組合。」
錢老四道：「太晚了，我瞭解你的為人，你不會放過我們。」
于老三道：「二先生，你怎麼說，咱們聽你的。」
文鳳道：「這是咱們唯一的機會，不能放過他。」
于三先生哈哈一笑，道：「大先生，二先生傳下了令諭，咱們是奉命行事，老四出手吧！」
錢老四一點頭，和于三聯手攻了過去。
雙方立時展開了一場激烈的博殺。
于三、錢四的武功都是一流的高手，攻勢凌厲異常。
但大先生對付兩人的攻勢，仍然十分從容。
楚小楓低聲道：「文姑娘，對付大先生，不用講什麼江湖規矩了，咱們出手吧！」
文鳳一點頭，兩個人同時攻上。
大先生雖然武功高強，但要他單獨地對付這四大武林高手，亦非易事。
二十餘招之後，已然微有不支之勢。
于三先生突然一個側身，直欺入大先生的身前，右手一探，抓下來了大先生的面具。

他成功了，但卻付出了生命的代價。
大先生右手封開了錢四一記震心拳後，回手點出一指。
一道凌厲的指風，穿裂了于三的護身真氣，直插入太陽穴中。
這一擊的凌厲，當真是看得人驚心動魄。
于三連哼也未哼一聲，就倒了下去。
錢四先生疾攻兩拳，退到了一側。
文鳳和楚小楓卻拳、腳齊施，狠攻三招，迫退了大先生。
錢四先生趁勢抱起了于三。
但見于三的太陽穴上，有個深過兩寸的血洞，口鼻間也湧出鮮血，早已經氣絕而逝了。
原來，這一指，不但洞透了于三的太陽穴，而且，也震傷了于三的大腦。
文鳳、楚小楓，都把目光凝注在大先生的臉上。
那是張不俊，也不醜的面孔。
但使人驚異的是，看上去，他似乎是只有三十多歲。
文鳳打量了一陣，道：「你究竟是什麼人？」
大先生冷然一笑，道：「你們處心積慮的要取下我臉上的面具，如今取下來了，你們究竟得到了什麼？只不過，使得三先生送了一條性命。」
楚小楓呆呆地望著那張陌生的面孔出神。
因為，他忽然發覺，那張面孔、眼神，並非是完全陌生，有著一種似曾相識的感覺。

但楚小楓一時之間，卻是無法看出他的身分，他究竟是什麼人？

文鳳輕輕吁一口氣，道：「說得也是，你從來沒有以真正的身分和我們見過，就算是取下了你臉上的面具，我們也一樣無法認識你。」

楚小楓卻突然冷冷說道：「好深的心機！」

文鳳、錢四、簡飛星都聽得心中一動，道：「你說什麼？」

楚小楓道：「他表面上是戴著一個面具，面具之後，又經過易容。」

大先生突然放聲而笑，道：「楚小楓，你實在很聰明，告訴我，你怎麼瞧出來的，我這易容之術，天衣無縫。」

楚小楓道：「膚色。」

大先生冷冷說道：「不可能，每一次，我都經過了很仔細地檢查。」

楚小楓道：「于三先生取下你面具時，你不應該閃避的，因為，就算取下了你臉上面具時，我們也一樣的不認識你，但由於你的閃避，使他的指力失去了平衡，面具，帶下了你臉上易容的部分藥物。」

大先生點點，道：「如非留下這一點破綻，那就很完美了……」縱聲大笑一陣，接道：「就算是留下這些破綻，但你們也一樣認不出我的身分，對麼？」

楚小楓道：「那倒不是，我倒覺著你有些似曾相識，你可敢除去臉上的易容藥物？」

文鳳道：「對！男子漢、大丈夫，既已取下了面具，為什麼不肯再除去易容的藥物？」

楚小楓道：「大先生，不論你是什麼身分，什麼人，但今天的局面，已經很明顯，我們不會放過你，不是你死，就是我們死於你手，這一點，大先生心中應該明白了。」

文鳳道：「說得也是，不論你是哪一個，我們只要知道，你是大先生就行了。」

這時，突然響起了含沙的聲音，道：「五先生和七先生到。」

隨著那喝叱之聲，楚小楓轉頭向大廳門戶望去。

只見兩人，並肩站在廳門口處。

那位五先生年約三十六、七歲，天庭突出，兩耳奇大，整個的腦袋，大過常人一陪。

這等怪異的相貌，應給人一種滑稽的感覺，但他給人的感覺，卻有著一種冷厲、陰森。

七先生很年輕，年輕的給人一種感覺，他至多只有十七、八歲。

兩個人打量了廳中的形勢一眼，五先生冷冷說道：「二先生，這是怎麼回事？」

文鳳道：「老五智慧過人，何不猜猜看目下的局面，是何原因？」

五先生望望棄置於地上的面具，道：「那是大先生的面具，什麼人把它取下來的？」

錢四先生接道：「于老三，他雖取下大先生臉上的面具，但卻送上了他自己的性命。」

望望于三先生的屍體，又望望大先生，五先生不禁一聲長嘆。

楚小楓低聲道：「大哥，這大腦袋的人，你可認識？」

簡飛星道：「久聞其名，但今日卻是第一次見到他。」

楚小楓低聲道：「他是誰？」

簡飛星道：「金無相，又被稱作大頭鬼王。」

楚小楓道：「這人的武功如何？」

簡飛星道：「傳言中，十分厲害，據說，他的無相神拳，已經練到了不著皮相的境界，兄弟，一旦和此人對陣時，要多多小心，不可給他機會。」
目光一掠那位藍衣年輕人，道：「至於那位年輕人，就完全不認識了。」
楚小楓道：「奇怪的是，我卻好像見過他。」
簡飛星呆了一呆，道：「真的？」
楚小楓道：「嗯！這中間，可能有什麼原因，我得仔細地想一想。」
簡飛星道：「目下情勢，十分複雜，咱們也無法著手，只有暫時靜觀其變了。」
楚小楓點點頭。
大先生淡淡一笑，道：「五先生、七先生認識我麼？」
七先生道：「你是大先生。」
大先生道：「好！你們還認識我，咱們就好談下去了……」
金五先生卻搖搖頭，道：「慢著，我還無法肯定，你是大先生。」
大先生呆了一呆，道：「你還不如老七？」
金五先生回顧了藍衣少年一眼，道：「七先生太年輕，有些事，他想的不太周到。」
七先生冷冷說道：「我為什麼想的不周到，他明明是大先生，你為什麼不肯承認？」
金五先生道：「七先生，你幾時見過大先生這個長相了？」
七先生道：「我……」望了大先生一眼，突然住口。
金五先生道：「我們見過的只是那個面具，任何人戴上了面具，都可能是大先生，對麼？」

大先生道：「難道你們只能由那個面具上，辨識我的身分麼？」

金五先生道：「這些年來，你一直在這樣培養我們，培養那一個特製面具的權威。」

大先生怒道：「金五先生，你……」

金五接道：「閣下不要生氣，我說的很真實，你如真是大先生，那就成了作繭自縛，不過，我相信你不是。」

七先生道：「他是的。」

金五先生道：「你怎麼知道？」

七先生道：「我聽他的聲音很像。」

金五先生道：「很像？七先生，聲音像的人很多，如若大先生要找一個替身來愚弄咱們，那人的聲音，自然是要很像了。」

七先生道：「不！真的是大先生，我敢肯定。」

金五先生臉色一沉，道：「你問問二先生看，這大先生是不是真的？」

七先生回顧了文鳳一眼。

文鳳笑一笑，道：「七先生，我的好兄弟，五先生說得不錯，咱們無法肯定他是什麼人。」

七先生搖搖頭，道：「不！你們心中都明白他是大先生，但你們為什麼不肯承認？」

文鳳冷冷說道：「七先生，你冷靜一下……」

七先生忽然一瞪雙目，逼視在文鳳身上，接道：「我想不通，你們都知道他是大先生，但都咬著牙，不肯承認，何況，四先生剛剛還說過，那面具是于三先生由他臉上抓下來的。」

文鳳道：「我不知道你是否聽到了下一句，于三先生，只是取下他臉上的面具，但他卻殺了于三先生。」

七先生道：「活該他死，誰要他對大先生不敬。」

飛身一躍，落在了大先生的身側。

大先生目光一掠文鳳、錢四，轉注到金五先生的身上，道：「老五，二先生文鳳和錢四，都已經背叛了我，你準備作何打算？」

金五先生道：「于三先生被你殺了，六先生卻死於別人之手，咱們七個人，還餘下五個，都在此地了。」

大先生道：「怎麼？你承認了我的身分？」

金五先生道：「你一定要說自己是大先生，在下也就姑且相認。」

大先生道：「承認了就好！于三已死，文鳳和錢四背叛了我，七先生一片忠誠，現在，就要看你的了。」

金五先生目光轉動，不停地打量廳中的人，卻沒有回答大先生的問話。

顯然，他在藉這些時間思考。

楚小楓開了口，冷冷說道：「大先生，其實，你不取下面具，我也知道你是誰了。」

大先生冷然一笑，道：「你有這麼聰明麼？」

楚小楓道：「你可是不相信？」

大先生道：「我只相信咱們彼此間的印象並不太深，我不相信你會認識我。」

楚小楓道：「你可以不相信，但我會說出來。」

大先生雙目中流露出嘲諷的神色，淡淡說道：「楚小楓，你如真能叫出我的名字，我就會除去臉上的易容藥物。」

楚小楓道：「你就是排教教主。」

大先生哈哈一笑，道：「好！楚小楓，咱們匆匆一見，你竟然記得如此清楚，這一份記憶力，好令在下佩服。」

一面抹去臉上的易容藥物。

果然是排教教主。

這時，最震驚的不是楚小楓和文鳳，而是成方、華圓和排教四英。

他們作夢也想不到，這個神秘組合的主人，竟然會是他們心中最敬愛的教主。

楚小楓嘆息一聲，道：「毋怪你的消息是如此靈通，毋怪你對我們瞭如指掌，原來，你是一個兩面人。」

文鳳道：「哼！原來，你是排教的教主，我記得你曾經告訴過我們，丐幫和排教，是我們兩個大敵人，想不到，你竟然是排教的教主。」

大先生哈哈一笑，道：「成方、華圓，你們過來。」

成方、華圓對望了一眼，緩步行了過去。

楚小楓道：「成方，你們到哪裡去？」

成方道：「回公子的話，我們來自排教，教主既然相召，自然要回到教主的身側。」

楚小楓點點頭，道：「說得也是。」

大先生對四英一招手，道：「你們也過來。」

排教四英，年齡較大，對是非之念，已經分得十分清楚，四人低聲商量了一陣，由段山出面，抱拳一禮，道：「咱們身受教主栽培之恩，不能和教主為敵，但也不能聽從教主之命，和楚公子為敵，實在是為難得很，所以，咱們兄弟只有以死相謝了。」

一掌拍向天靈穴。

四英幾乎是同時動手，四具屍體倒下。

楚小楓急道：「四位不可。」

可惜，已經晚了。

大先生呆了一呆，怒道：「該死！」

目光轉到楚小楓的身上，接道：「我如存心殺你，單是我擺在你身邊的人，就足以致你死命。」

楚小楓雙目盡赤，冷冷說道：「你已經逼死了四個心腹，難道還不知覺悟麼？」

大先生冷笑一聲，道：「你破壞了我的全局，今日饒你不得。」

文鳳冷冷說道：「要殺楚小楓，先得殺了我文鳳。」

錢四先生道：「還有區區在下。」

金五先生道：「看來，你一直都是在利用我們，所以在下也算一份了。」
大先生道：「金五，大功將成，放眼武林都將是我們的天下了，你竟然也背叛了我。」
楚小楓突然縱聲而笑，道：「我明白了，我明白了。」
這兩句話，突如其來，聽得全場中人，都為之一怔。
大先生道：「你明白什麼？」
楚小楓道：「你不但冒充了排教的教主，而且，你也是春秋筆。」
大先生哈哈一笑，道：「你怎麼想出來的？」
楚小楓道：「唉！想不通關鍵時，確有著重重神秘，一旦想通了，就見怪不怪了。」
大先生道：「好！楚小楓，你如能說明這一點道理，我就告訴你全部內情。」
楚小楓道：「你本是春秋筆的衣缽傳人，而且，和拐仙黃侗竟也有關連，但我肯定，你不是排教教主……」
大先生接道：「這一點你錯了，我是貨真價實的排教教主。」
楚小楓道：「你可能是教主，但不是真的，原來的教主，早被你害死了。」
大先生點點頭，道：「不對！我們本是雙生兄弟，所以，我沒有殺他，只是被我囚禁了起來。」
只聽蒼勁的聲音，道：「任你詭秘千變，也無法永保隱秘，令弟已被咱們救出來了。」
說話的竟然是武林中第一大幫的丐幫黃老幫主。
只見他身後跟著四大長老，和三十二名丐幫精銳的高手。

含沙、射影，也跟在身後。

在黃老幫主的身側，還有一個蓬首垢面的中年人，人雖老邁、憔悴，但隱隱之間，卻和大先生，有很多相似之處。

大先生嘆息一聲，道：「黃老幫主，你也來了。」

黃老幫主點點頭，道：「你一手愚弄江湖上黑、白兩道，實在是高明得很。」

大先生冷笑一聲，道：「黃老幫主，我早該殺了你。」

黃老幫主淡淡一笑，道：「現在，我們總算明白了前因後果，你囚禁起來的弟弟，已經告訴了我們大部分情形，但我還有些想不明白。」

大先生道：「你還想知道什麼？」

黃老幫主道：「你究竟和春秋筆是什麼關係？又怎會和春秋筆有此關連？」

大先生道：「我就是第三代春秋筆……」

黃老幫主嘆息一聲，道：「春秋筆人人尊重，但你卻做出了這等人神共憤的事。」

大先生冷笑一聲，道：「含沙、射影，你們可也是要背叛我了？」

含沙道：「好說，好說，我們過去不明真相，那也就罷了，現在，咱們既然瞭解了實際的情形，自然不同了，咱們眼睛瞎了，但咱們的心還未瞎。」

大先生道：「好！既然你們都背叛我，那就別怪我下手無情，七先生，咱們闖出去。」

丐幫四大長老，突然向前行了幾步，攔在黃老幫主的身前。

楚小楓道：「慢著，七先生，你過來。」

七先生呆了一呆，道：「我！」
楚小楓道：「對！就是你。」
七先生怒道：「你知道我是誰？」
楚小楓道：「歐陽姑娘！」
七先生突然流下淚來，道：「你還記得我？」
大先生突然一掌，悄無聲息地拍在了七先生的後背。
楚小楓道：「小心暗襲。」
晚了！大先生的掌力，已經印在了七先生的背上。
七先生身子飛了起來，楚小楓一把抱住了七先生。
文鳳、錢四、金五，齊齊飛躍而起，撲向了大先生。
但聞一陣啪啪之聲，四個人各自拚了一掌。
大先生拿出了真功實學，文鳳、錢四、金五，全都受傷，三個人被震的吐出了一口鮮血。
黃老幫主叫道：「乾元神功。」
大先生道：「不錯，不怕死的過來。」
楚小楓放下歐陽佩玉，舉起了長劍。
這時，含沙、射影，卻悄無聲息地撲了出去，隨著兩人的撲擊，一十二枚毒針已射出。
大先生冷笑一聲，變掌劈出，迎向兩人，身軀肅立不動，讓那些毒針，射入衣服之內。

他出手無聲無息，含沙、射影的撲擊之勢又快，但聞蓬蓬兩聲，掌勢分擊在兩人頭上。

蓬然一聲，兩個屍體落地。

楚小楓的大羅劍式，化一道冷芒飛射過來。

大先生一揚手，一道金虹飛出，鏘然大震聲中，楚小楓被震飛了七、八尺遠。

但大先生卻身子一顫，道：「好可惡的瞎子，你們的暗器之中，竟然挾有寒鐵神針。」

可是，含沙、射影，已經聽不到他的話了。

這時，丐幫之中，一個叫化子悄然行了出來，一掌拍向大先生。

大先生回身一掌劈出，變掌接實。

兩個人的掌勢，觸接在一處。

大先生道：「你是誰？」

那人冷冷說道：「第二代春秋筆。」

大先生駭然道：「師父。」

叫化子道：「春秋筆沒有師徒的稱謂，只是代代相傳，想不到我有眼無珠，竟然傳了你這麼一個陰險人物。」伸手一抹臉，恢復了本來面目。

楚小楓道：「陸前輩！」

他竟是看馬的老陸。

老陸道：「很慚愧，他受了我的武功，也繼承了道統，想不到，他竟背叛了春秋筆。」

大先生怒道：「你老了，未必是我的敵手。」突然加力，掌勢向前推去。

站在一側的人，都感覺到一股暗勁，逼得人站立不穩。

老陸果然已年紀高邁，漸呈不支。

楚小楓突然舉劍，雙手握柄，呼的一劍，向前刺去。

這一劍看似平淡，但卻有一股王者氣勢，正是大羅劍式中的一招「萬方臣伏。」

劍勢由大先生的後背刺入，直透前胸。

大先生倒下去了，但他說了幾句警世之言，道：「師父，春秋筆不可傳下去，它專門找人的隱私，再加上那身霸道的武功，稍微心志不堅的人，就會受它誘惑，走入邪途……」

他的話，似乎是沒有說完，但人卻氣絕而逝。

老陸吐出了一口血，目光投注在楚小楓的身上，道：「孩子，老夫如是早幾年看到你，也許春秋筆的傳統，還可以維持下去，可惜你晚生了幾年。」

楚小楓黯然說道：「人之將死，其言也善，他說得也有道理，春秋筆雖秉正義，但手段太霸道，而且，專以揭人隱私，難免會被人所用。」

老陸點點頭，道：「孩子，你說得有道理，所以，春秋筆到第三代為止……」

回頭望著黃老幫主，道：「老幫主，當你之面，春秋筆宣告封筆，也許春秋筆永遠不會再出現江湖，除非，我能想出一個妥善的辦法出來。」

緩緩轉身，抱起歐陽姑娘，道：「楚小楓，為了查出第三代春秋筆的著落，我很慚愧，沒有伸手援救迎月山莊的劫難，春秋筆不是俠客，也不可伸手救人，這些規矩缺點很大，為了彌補那次大憾，把這位小姑娘交給我，明日，我到迎月山莊找你。」

楚小楓道：「好，晚輩恭候大駕。」
老陸抱著奄奄一息的歐陽姑娘，轉身而去。
楚小楓回顧了文鳳一眼，道：「文姑娘，你們準備如何？」
文鳳道：「我和錢四、金五，還要遣散這個組合中人，給我們三個月時間，然後，我們三個人到丐幫請罪。」
黃老幫主道：「丐幫當受不起，四個月後的今天，老朽聯合少林、武當等掌門人，在少室峰恭候二位，希望能把此事做個結論，昭告天下。」
文鳳點點頭，道：「一言為定，老四、老五，你們意下如何？」
錢四、金五點點頭，道：「我們聽從文姑娘的決定。」
文鳳道：「楚公子，四個月後再見。」
本文至此，全書已結，春秋筆是否還會出現江湖，那是以後的事了。

全書完

臥龍生精品集 56

春秋筆（四）

作者：臥龍生
發行人：陳曉林
出版所：風雲時代出版股份有限公司
地址：10576台北市民生東路五段178號7樓之3
電話：(02) 2756-0949
傳真：(02) 2765-3799
執行主編：劉宇青
美術設計：許惠芳
行銷企劃：林安莉
業務總監：張瑋鳳
封面原圖：明人入蹕圖（原圖為國立故宮博物館典藏）

出版日期：2019年10月
版權授權：春秋出版社呂秦書
ISBN ：978-986-352-748-0
風雲書網：http://www.eastbooks.com.tw
官方部落格：http://eastbooks.pixnet.net/blog
Facebook：http://www.facebook.com/h7560949
E-mail：h7560949@ms15.hinet.net
劃撥帳號：12043291
戶名：風雲時代出版股份有限公司
風雲發行所：33373桃園市龜山區公西村2鄰復興街304巷96號
電話：(03) 318-1378
傳真：(03) 318-1378
法律顧問：永然法律事務所 李永然律師
北辰著作權事務所 蕭雄淋律師

行政院新聞局局版台業字第3595號 營利事業統一編號22759935

定價：240元

國家圖書館出版品預行編目資料

春秋筆（四）／臥龍生著. --初版. 臺北市：風雲時代，2019.09- 冊；公分

ISBN 978-986-352-748-0 （平裝）

863.57　　108012532